シスター・ムーン

協力者ルーシー❷

越尾 圭

ハルキ文庫

角川春樹事務所

目次

第一章　対峙

1

落ち着かない。

伊藤瑠美《いとうるみ》は東京拘置所の面会待合室に並べられているベンチに座っていた。足が小刻みに揺れそうになるのを、必死に押さえ込む。

これから、妹を殺した殺人犯と会う。

十五年前、中学三年生だった瑠美と二歳下の妹の彩矢香《あやか》は、町田《まちだ》駅前での買い物から帰る途中、間柴丈治《ましばじょうじ》という男に誘拐された。間柴は「どちらかが死ねば、どちらかは生かしてやる」という選択を姉妹に迫った。瑠美が一瞬ためらったために、妹の彩矢香が「私が死ぬ」と答えて、殺されてしまった。

指定暴力団の竜新会《りゅうしんかい》の幹部に上り詰めていた間柴は、三ヶ月ほど前に警察に身柄を拘束されたが、十五年前に彼を竜新会に紹介した者がいる。その何者かが間柴に「大きな事件を起こせば、竜新会に推薦してやる」という条件を出した。だから間柴は殺人を犯したのだ。

その何者かの名について、警察の取り調べでも間柴は口を割らなかった。相手が瑠美であれば何かしら情報を漏らすかもしれない。そのためには間柴と面会するしかなかった。暴力団などの組織に潜入し、情報を提供する「協力者」として警視庁と契約を交わしている瑠美は、瑠美の窓口で警視庁組織犯罪対策部の名取和明《なとりかずあき》に打診し、間柴への面会許可を得た。刑務所と違って拘置所は、未決囚であれば基本的には誰《だれ》でも面会できる。名取から許可を得たのは、瑠美は警視庁と契約している身だから、黙って間柴と会うわけにはいかなかったからだ。

名取は「同席しようか」と気遣ってくれたが、警察関係者がいると間柴は口を閉ざすかもしれない。「一人で行く」と答え、先ほど東京拘置所にやってきた。

電光掲示板に受付番号が表示された。

機械音声によるアナウンスが、瑠美の番号を読み上げる。瑠美は黒い小ぶりのバッグを手にして立ち上がった。バッグをロッカーに預けると、金属探知機が設置されているゲートを通り抜け、指定された階までエレベーターで上がった。

行き先の七階窓口で面会整理表を提示し、面会室の番号を告げられる。

瑠美は灰色のドアの前で佇《たたず》んだ。

間柴は瑠美が面会に来ると知っているはず。面会は事前に予約できないため、先ほど申込用紙を書いて提出した。刑務官から瑠美の名は伝えられただろうが、こうしてここまで来られたのなら、間柴は面会を受け入れたということだ。

間柴が何を考えているかはわからないが、少しでも情報を引き出す。

心臓が高鳴る。その鼓動を感じながらドアを開けた。

間柴はまだ来ていなかった。白くて狭い部屋は透明のアクリル板で仕切られており、それぞれが向き合う形で、背もたれのない回転式の椅子《いす》が置かれている。

瑠美は椅子に座った。アクリル板の中央には小さな穴がいくつもあいている。この細かい穴を通して互いの声を行き来させる仕組みだ。

アクリル板に自分の姿がうっすらと映り込んでいる。薄手のグレーニットに黒いパンツを合わせてきた。視線を上げると、大きな二重瞼《まぶた》が不安そうにこちらを見つめている。

心を落ち着かせるために深呼吸をした。三回目の息を吸い込んだ時だ。

向こうの部屋のドアが開いた。

現れた間柴は車椅子に乗っていた。

ドアの中ほどの高さにある間柴の顔が、にやりとする。間柴は背後にいる刑務官に車椅子を押されながら部屋に入ってきた。

間柴は警察に身柄を確保される直前、竜新会で間柴の部下だった菊川梨樹《きくかわりき》――リキに両《りょう》膝《ひざ》を銃弾で撃ち抜かれた。リキは死んだ彩矢香と交際関係にあり、彩矢香を殺した犯人を捜して復讐《ふくしゅう》するために竜新会へと入った。間柴がその犯人だと突き止めたリキは、瑠美を巻き込んで間柴を殺そうと画策した。だがリキは、彩矢香は間柴が殺されることを望んでいないと理解し、かつての事件を忘れさせないために間柴を二度と歩けない体にしたのだった。

間柴を連れてきた刑務官が、部屋の端に置いてある机の前に座った。彼は面会に立ち会うだけでなく、記録係も兼ねている。

「よう、姉ちゃん。久々だな」

瑠美の正面に車椅子を固定した間柴が、軽い調子で手を上げた。

間柴は緑色のトレーナーと濃紺のスウェット姿で、顔色は悪くない。三ヶ月前にリキに散々殴られた顔面も、腫《は》れが引いて綺麗《きれい》に治っていた。

「私が何のためにここへ来たか、わかるでしょう?」

瑠美は間柴の目をとらえたまま訊《き》いた。

「慰問か? あの日以来、女に飢えてんだ。この窓を外して、こっち来いよ」

「ほんと口が減らないね。わかってるくせに」

この男に平身低頭してお願いしても意味はない。ますますつけあがるだけだ。

間柴が右手の甲を瑠美のほうへ向けた。

「見ろよ」

手の甲の小指側に大きな傷痕《きずあと》がある。リキと行動をともにしていた江藤研介《えとうけんすけ》に撃たれた痕だ。

「これに加えて左肩と両膝だ。俺《おれ》はもう自力じゃ歩けねえ」

間柴は拳《こぶし》を握り、眼下にある天板に振り下ろした。衝撃音が室内に響く。間柴の目が憎しみに満ち、天板に置いた拳が震えている。

「間柴、乱暴はよせ」

間柴の側《そば》にいる刑務官が叱責《しっせき》する。

「うるせえ。リキの野郎はどうしてるんだ。あいつが俺の足を壊しやがった」

「知らない。逃げてるんじゃないの」

「今頃《ごろ》、俺はマニラやバンコクで楽しんでいるはずだったんだ」

竜新会は間柴にフィリピンとタイでのシノギを任せ、東南アジアに送り込もうとしていた。その前にリキは事を成し遂げようと考え、計画を実行したのだった。

「そんなの私に関係ないし」

「おまえもあいつの仲間だ。こんな体にされて、おまえが知りたいことをほいほいと喋《しゃべ》るわけがねえだろ」

間柴が床に唾《つば》を飛ばした。

「いい加減にしろ」

刑務官が怒鳴るが、間柴は無視する。

「自業自得でしょ。彩矢香は歩けないどころか、この世から消されたんだから。あなたの手によって」

「俺は条件をクリアするためにやっただけだ」

「それこそ私たちには関係ない」

瑠美が撥《は》ねつけるように言い返したが、間柴は瑠美の腹部に目を移した。

「俺の弾があんたにあたった時には、妹と同じところに行くと思ったんだがな」

間柴が身柄を拘束された日、瑠美は間柴が撃った銃弾からリキをかばった。左脇腹《わきばら》に被弾し、緊急手術を受けた。幸い銃弾は貫通して内臓に損傷はなかったが、出血がひどく、左脇腹に穴があいてしまったために三週間も入院するはめになったのだ。

「まだ死ぬわけにはいかないから。だから私は今日ここへ――」

「俺への起訴を取り下げろ」

間柴が唐突に要求を突きつけた。

「何を……」

「そしたら話してやってもいいぞ」

間柴は彩矢香だけでなく、竜新会に入って以来、数多くの命を奪ってきた。起訴を取り下げるなんてありえない。できもしない条件を突きつけて楽しんでいるだけだ。

「あなたはつけ込まれたのに、そいつの肩を持つの？」

「つけ込まれた？」

「子どもの頃の話、聞いたよ」

間柴は優秀な兄と比べられ、常に両親から不当な扱いを受けてきた。その兄が高校一年生の時に交通事故で死ぬと、両親の憎悪は間柴に向かった。虐待を受け続けていた間柴は高校卒業後に家を飛び出して盗みなどをして暮らし、やがて凶行に至った――。

「そいつはあなたの心につけ込み、事件を起こせなんて命じた。そんな卑怯者《ひきょうもの》、守るに値しないでしょ」

「卑怯かどうかは俺が決める。少なくともあんたは何もわかっちゃいねえな」

「どういうこと？」

「竜新会に入って十五年、俺はとても充実していた。その時間をくれたという恩義がある。だから吐くわけにはいかねえ」

間柴は片目を大きく開いて笑い、右手の傷痕をわざとらしく眺めた。

「恩義？　あんな事件を起こせと命じたやつに、恩義？　どうかしてるんじゃないの」

瑠美は無意識に席を立ってアクリル板を掌《てのひら》で叩《たた》いた。

「落ち着いてください」

刑務官がたしなめた。瑠美は彼のほうに小さく頭を下げて椅子に座る。

「怒る女、俺は嫌いじゃねえぞ」

間柴がにやけた笑みを浮かべながら、楽しそうに手をひらひらと揺らす。

「俺には俺の価値観がある。誰にも理解されなくても、俺だけが理解してりゃいい」

人の命を屁《へ》とも思っていなかった男だ。理解なんてできるはずがない。

瑠美は息を整え、間柴の目に視線を固定させた。

「つまり、恩義を感じるほどの立場の人なの？　そもそもそれなりの力がなければ、竜新会の上層部に話は通せないわけだけど」

「さあな」

間柴が短い返答をする。少しは効果があったのだろうか。

「竜新会の組長や一部の幹部は、誰があなたを紹介したのか知っているでしょう？　あなたが口を割らなくても、いずれ彼らが打ち明けるかもしれない」

「それはねえな」

「ハッピーライフの件で竜新会は警察の摘発を受ける。今、警察は着々と準備を進めているから、その捜査から逃れるための取引に使うんじゃない？」

生活保護者に生活する場所を提供する「無料低額宿泊所」だったハッピーライフは、竜新会がバックについて運営されていた。間柴はこの施設をリキに管理させ、生活保護者たちに覚醒剤《かくせいざい》の密売、特殊詐欺の受け子や出し子、拳銃《けんじゅう》の密売といった犯罪行為をさせていた。それが竜新会の裏の収入源になっていた。

「おやじたちがそんな取引を提案するはずがねえ」

「どうして？　そいつの名を明かしたら、彼らにとって都合が悪いの？」

間柴が押し黙る。だが落ちくぼんだ目から発せられる視線には、依然強気の色が見てとれた。

「暴力団幹部と昵懇《じっこん》な者……資金や情報を提供したり、幹部にも恩義を感じさせたり、そういう人なの？」

間柴の気魄《きはく》に負けぬよう、瑠美は畳みかけた。間柴が鼻で笑う。

「よく喋る女だ。黙ってりゃ、かわいいのによ」

「どうなの？」

「仮に俺が吐いたとして、そいつをどうするつもりだ」

「もちろん罪を償ってもらう」

「どんな罪だ」

「殺人教唆《きょうさ》」

殺人教唆は殺人の実行犯と同じ罪が科せられる。彩矢香の殺害に関しては、間柴と同等の罪状になるはずだ。

「俺は『事件を起こせ』と指示されただけだ。殺せと命じられたわけじゃねえ」

「結果的に人が死んだのなら、因果関係はある」

「難しいと思うがな。まあ、せいぜい頑張ってくれ」

間柴が会話を終わらせるような雰囲気を醸すが、このままでは終わらせられない。まだ何も聞けていない。

「怖くないの？」

「何が」

「あなたは何人もの命を奪ってきた。その報いとして刑の執行を受ける。少しでも罪の意識があるのなら、被害者の役に立ってみたら？」

「俺の刑はまだ確定してねえぞ」

「確定、未確定の問題じゃない。あなたの心に問いかけてるの」

間柴は目をすがめ、怪我《けが》の痕が残る右手を鬱陶《うっとう》しそうに振った。

「お喋りな女は好かねえ。ここまでだ」

「待って」

「もう来るな。何度来たって同じだ」

「あなたにそれを決める権利はない」

「あまりしつこいと部下に命じておとなしくさせるぞ」

　間柴が車椅子を後ろに引いた。

　逮捕を機に、間柴は竜新会を破門されている。生活保護者を犯罪者に仕立て上げて荒稼ぎしていた犯行について、幹部たちはすべての責任を間柴に押しつけた。それらの事情は弁護士を通じて知らされているはずだが、間柴はまだ自分に影響力があると思っているのだろうか。この脅しは無意味だ。

「こんなことを言われたんですけど。これ、脅しですよね」

　無意味だと知りつつ、刑務官にあえて訴えた。

「間柴、今の発言も記録したぞ」

「瑠美よ、俺を虚仮《こけ》にするんじゃねえ」

　間柴は車椅子を前進させると両腕を天板にのせ、身を乗り出してきた。腕の力を使い、瑠美のほうへ体を前傾させる。間柴の顔が接近してきて、反射的に避《よ》けようとした瑠美は椅子から落ちてしまった。

「痛っ」

　固い床で背中を打ち、腰のあたりに痛みが走る。

「間柴、やめろ」

　刑務官が立ち上がり、間柴を取り押さえようとする。

「起訴を取り下げろ。俺の足も治せ!」

間柴は怒鳴り散らしながらアクリル板に額をつけて瑠美を見下ろしてくる。目が血走り、今にもこちら側に飛び出してきそうな形相をしていた。

「これも記録してください」

「瑠美、てめえ」

「間柴! 面会はこれで終わりだ」

刑務官が間柴の体を引いて、無理やり車椅子に座らせた。

瑠美は腰を押さえながら立ち上がり、間柴を睨《にら》みつける。

間柴は喚《わめ》き続けていたが、刑務官に車椅子を押されて部屋から出ていく。

瑠美は溜息《ためいき》を落とし、面会室のドアノブに手をかけた。部屋を出る時にアクリル板のほうを振り返ると、間柴の残像が見えたような気がして小さく身震いした。

2

東京拘置所を出ると、蒸し暑い空気が瑠美の体にまとわりついた。

今日は九月十九日、残暑がまだ厳しい。それに間柴の態度が応えたのか、疲労が全身を包んでいる。椅子から落ちた際に打った腰も少し痛む。

右手を腰にあてながら、左手首にはめた腕時計に目を落とした。午後三時過ぎ。名取からは四時以降なら時間が取れると聞いている。疲れたなんて言っていられない。

バッグからスマホを取り出して名取にかけた。

「名取さん、面会終わったよ。今から行っていい？」

『お疲れさま。来てくれて構わない。詳しくは後で』

「了解」

小菅《こすげ》駅から電車に乗り、桜田門《さくらだもん》へと向かった。

一時間ほどかけて警視庁に着き、ゲスト用のＩＣカードを受け取ってゲートをくぐる。エレベーターで六階に上がった。名取が所属する組織犯罪対策部が入っている階だ。

エレベーターを降りていつもの会議室に入る。大抵名取が先にいるのだが、今日はまだ来ていなかった。

窓のほうへ歩き、ブラインドの間に指を入れて隙間《すきま》を覗《のぞ》いた。赤レンガ造りの法務省旧本館が窓から見下ろせる。歴史が感じられる建築物をしばらく眺めていると、ドアが開く音がした。

「すまない。遅くなった」

「さっき来たところ。まあ、座って座って」

名取は直前まで会議だったのか、手に抱えたファイルの束をテーブルに置いて椅子に座った。瑠美も名取の正面に腰を下ろす。

「間柴は何か話したか？」

名取が右手の中指で眼鏡《めがね》の位置を直しながら訊いた。

「悔しいけど、一切喋らなかった。最後はあいつがブチギレて終わり」

瑠美は拘置所の面会室での様子を名取に伝えた。

「一筋縄ではいかないだろう。よく一人で頑張ったな」

「本当は顔を見るのも……同じ部屋の空気を吸うのすら嫌だけどね」

瑠美は十五年前に誘拐された時、間柴から手ひどい暴力を受けた。さらには妹の彩矢香が目の前で殺された。その時の犯人を捜すために暴力団やそれに近い組織に潜入し、あの時の男がいないとわかると、去り際にタレ込みをするようになった。組織が潰《つぶ》れれば、あの男の行き場が減ると考えたからだ。九年間にわたって、名古屋、大阪、福岡、東京で男を捜し続けた。ところが、やがてPTSDのような症状が現れるようになった。あの時の事件に起因しているのは明らかだったが、その症状を隠して三年前から警視庁と協力者契約を結んでいる。名取にもその事実は話していない。

間柴と会えば間違いなく心に負担がかかるが、会って話をしないではいられなかった。今は名取といるから落ち着いているものの、自宅に帰ったら症状がぶり返してきそうで怖い。

「あと三週間ほどで初公判だ。そこであいつが何を喋るかにも注目したい」

間柴の初公判は十月六日に予定されていた。間柴は六月十六日に身柄を拘束されたが手足、肩を撃たれて重傷を負っていたために、手術後に入院を続けていた。回復を待ち、実際に逮捕されたのは七月三日だ。

間柴は暴力団幹部として無料低額宿泊所「ハッピーライフ」を利用中の生活保護者を使った覚醒剤と拳銃の密売、特殊詐欺を指示していた。身柄拘束当日に発砲して瑠美に大怪我を負わせ、十五年前には瑠美の妹の彩矢香を殺害、さらには十二人もの暴力団員の命を奪ってきたと明らかになった。

警察および検察は起訴に向けてさまざまな資料や証拠を集め、起訴前鑑定での精神鑑定でも問題ないと判断され、勾留《こうりゅう》期限ぎりぎりの七月二十六日に起訴した。起訴後、一般的に一ヶ月から二ヶ月ほどで初公判が行われるから、間柴のケースもそれに則《のっと》った形だ。

「裁判でもまったく話さないと思うけどね。恩義がどうとか、似合わない発言をしていたし」

「恩義か……。間柴は竜新会から見限られたし、いつまでもそんなふうに感じているなんて妙な気がするな」

「別の理由がある？」

「かもしれないな。だが間柴を紹介した者を突き止めれば、その理由も明らかになるはず

いの？」

「竜新会の組長や幹部たちは、その人物を知っているはずでしょ。彼らから訊き出せないだ」

「摘発を警戒して警察の動きに過敏になっている折だ。今はあまり刺激はできない」

ハッピーライフに家宅捜索は入ったが、施設には竜新会との繋《つな》がりを示す資料やデータはなかった。その後、匿名の告発メールが寄せられ、裏金の口座やマネーロンダリングが明るみに出たが、その裏取りに時間をかけている段階だ。匿名メールはリキが送信したものだった。そのことは名取には伝えていない。名取たちもリキが送ったものだと推測しているので、リキから聞いたとわざわざ言うまでもないと思ったからだ。

「頼みがあるんだけど」

「駄目だ」

「まだ何も言ってないじゃん」

「竜新会に潜入したいんだろ？」

図星だ。

瑠美は黙ったまま名取の瞳《ひとみ》を見つめた。名取も無言のまま、瑠美の目を見返してくる。

「……どうしても駄目？」

「あまりにも危険だ。間柴がルーシーのことを話しているかもしれない」

「竜新会は間柴を切った。交流はないはず」

「百パーセントないとは言い切れない。間柴が口を割るか、竜新会の幹部たちが話すか、時間をかけて粘り強く待つしかないだろう。捜査は続いていく。いずれルーシーの協力が必要になる時も来るはずだ」

名取が腕時計に視線を向けた。そろそろタイムオーバーか。今日も無理を言って予定をあけてもらったから、押し問答で時間を浪費するわけにはいかない。

「わかったよ。捜査を待っている間、新しい仕事はないの？」

「今のところはない。竜新会とハッピーライフ、間柴の件で手一杯というのもある。ただ、近いうちに依頼するかもしれない。傷の具合は？」

「もう大丈夫。全然痛くないし」

「よかった。いつでもいけるように準備はしておいてくれ」

「名取さんのおかげでお見舞金ももらえたし、準備しつつ英気を養うよ」

「そうしてくれ」

間柴に撃たれた際の手術費、入院費、通院費に加え、傷が完治するまで仕事ができないため、警視庁から見舞金が支払われた。さらにはハッピーライフに潜入調査をした報酬もあり、かなりまとまった金額が振り込まれていた。年内はそれだけで充分に過ごせそうなくらいに。

いつものようにその中から、いくらかを寄付した。彩矢香が殺されたのを防げなかった贖罪《しょくざい》のため、協力者業を始めてから恵まれない子どもを支援する団体への寄付活動を続けている。このことも名取は知らない。

「じゃ、私はこれで。お仕事頑張ってね」

「気をつけて帰ってくれ」

二人はほぼ同時に席を立ち、部屋から出る。エレベーターまで見送ってくれた名取をフロアに残し、瑠美はやってきた箱に乗った。瑠美が名取に小さく手を振ると、名取も軽く手を上げた。ドアが閉まっていき、名取の姿が視界から消える。

瑠美はエレベーターの奥の壁にもたれ、大きく息をついた。

やはり竜新会への潜入調査はNGが出た。

どうしようか。

瑠美の頭は次にすべきことへと移っていった。

3

瑠美は都電荒川線の鬼子母神前《きしぼじんまえ》駅近くにある自宅マンションへ帰った。

リビングのエアコンをつけ、深呼吸をする。

目を閉じて、ゆっくりと息を吸い、ゆっくりと吐く。

しかし呼吸の緩やかさに反して、心臓の鼓動が速くなってくる。続いて締めつけられるような痛みが生じてきた。

いつもの症状――。

動悸《どうき》がして胸が痛くなり、感情が不安定になる。任務中のように気が張り詰めている時はさほどではないが、この部屋に戻ってくると、解き放たれた反動できつい症状が現出する。

予想はしていたものの、間柴と相対したのがよくなかった。この症状の原因そのものである男と会ったのだから無理もない。

両目から涙が溢《あふ》れ、その場にしゃがみ込む。

痛い、苦しい、切ない、悲しい、つらい……。

さまざまな負の感情が心の中で暴れ回る。それらの暴走がおさまるまで泣き続けるしかなかった。

一時間ほど、ただ泣いて過ごした。

やがて症状がおさまってきて、緩慢な動きで立ち上がる。

まだ胸のあたりが気持ち悪いけれど、徐々に回復してきた。

心を落ち着かせるために、お風呂につかりたい。バスタブにお湯を張っている間に、着替えとクレンジングの道具を用意する。脱衣所に入って衣服を脱ぐ。その際、鏡に映る自分の左脇腹が目に入った。

大きな傷痕——。

銃弾によってあいた穴を塞《ふさ》いだ痕は、思っていた以上に大きく残ってしまっている。腹部だけではない、銃弾が貫通した背中側にもだ。

名取には大丈夫と言ったが、全然大丈夫じゃない。確かに痛みはもうほとんどない。けれど、こんな傷痕は誰にも見せられない。これでも医師は綺麗にしてくれたほうだが、腕のいい形成外科医に相談すべきだろうか。銃で撃たれたって説明したら驚かれそうだけれど。

「まあ、そのうち」

入浴を終えて、黒い長袖《ながそで》Tシャツとモスグリーンのハーフパンツ姿になる。タオルを頭に巻いてバスルームを出ると、キッチン脇にある棚の前で立ち止まった。ウイスキーの瓶が並んでいる。お風呂の後に飲むと、より気分が落ち着く。

何本も並んでいるウイスキーの瓶を眺めているうちに、気分が高揚してきた。一番奥に黒くてひときわ大きい箱がある。ボウモア30年ドラゴンセラミックボトルだ。リキと江藤に協力した報酬として受け取ったレアボトルだが、三十万円以上はする代物のため、いまだに開栓していない。間柴に犯行を指示した人物が明らかになり、そいつが逮捕された暁には開けて飲もうと思っている。それにしても、わざわざドラゴンの名がついた銘柄を選ぶとは、竜新会の一員だったあの二人らしい。

「今日はこれかな」

アードベッグ10年のボトルに指先を定めて手に取った。

ウイスキーにはさまざまな種類があるが、瑠美はスコットランドで造られているスコッチを好んでいる。アードベッグもスコッチの定番銘柄のひとつだ。

本日の銘柄が決まると、リビングのテーブルにボトルとグラスを置き、キッチンへと戻る。

作り置きしてあった土手煮を冷蔵庫から出してレンジで温めた。彩矢香が殺されて両親が離婚した後、母の実家のある名古屋《なごや》で高校生活を送った。その時に親しんだ料理を今も食べたくなって、時折当地の料理を作ったり外食時に食べたりしている。牛すじとこんにゃくを赤味噌《あかみそ》で煮込んだ土手煮もそのうちのひとつだ。

間柴を捜すために暴力団組織に潜り込んだのも名古屋が最初だった。来たるべきその時に備えて高校時代に合気道を学び、身を守る術《すべ》も習得した。名古屋で暮らしたのは六年間だったけれど、第二の故郷のような思い入れがある。

温めた土手煮を皿に盛ってテーブルに添えた。

ボトルを傾け、やや薄めの黄金色をした液体をグラスに注《つ》ぐ。そっと一口飲むと、スモーキーな香りが鼻に抜け、すぐにフルーティーな甘さが舌に広がる。

「おいしい」

土手煮をつまみにウイスキーを味わいながら、瑠美は考える。

どうやって竜新会に潜り込もうか――。

名取が許可しないなら、自分の判断で行動するしかない。警視庁との契約には秘密保持契約はあるが、独自行動が禁止というのは明示されていない。

グラスを舐《な》め、アードベッグの後味を楽しみながら天井を見つめた。

いきなり幹部に接触するのは無理だろう。下っ端からあたっていき、少しずつ上層部に食い込んでいく。唯一の懸念は、リキに間柴の事務所に連れていかれた時、間柴の腹心たちに瑠美の顔を見られている点だ。待機室に五人、間柴の部屋に二人いた。さらにはリキを殺しにきた刺客の若い男を入れて全部で八人になる。だがどれも短時間だったし、あの時と化粧や髪の色などを変えれば、充分ごまかしは利くのではないだろうか。

間柴が管理していた組織はそれぞれ解体されたと聞く。腹心たちも破門になったり、日の目を見ない立場に追いやられたりしているかもしれない。だとしたら、つけいる隙《すき》はある。

間柴の組織で思い出す。あの男は女性を集めてハニートラップ要員として使っていた。瑠美も間柴の眼鏡にかない、その一員にされそうになった。あれから三ヶ月が経《た》つが、彼女たちはどうなったのだろうか。リキは彼女たちが解放されたとしか言っていなかったし、名取も彼女たちの行く末までは知らないようだった。

「さて……」

竜新会の末端構成員と接触するにはどうすればいいか。簡単だ。出てきたところを捕まえればいい。

瑠美はニッと笑い、空になったグラスに二杯目を注いだ。

第二章　遊撃

1

二日後の午後六時過ぎ、瑠美は神田《かんだ》へ赴いた。

間柴と会った心を鎮めてリラックスするため、あれから自宅でサブスクリプションの動画サービスで映画や海外ドラマを観《み》たり、池袋《いけぶくろ》まで歩いてショッピングをしたりして過ごした。

もう大丈夫だ。休養が長くなるほど、踏ん切りがつきにくくなる。

美容院で明るいブラウンに髪を染め直した後、いつもより濃いめの化粧を施し、晩夏らしいブラックベースの花柄ワンピースを着て出発した。

神田駅から徒歩三分ほどのところにあるビルが目的地だ。ここの二階に竜新会の二次団体である「子竜会《しりゆうかい》」の事務所が入っている。

あの後、ネット検索をしてこの事務所を探しあてた。全国の暴力団事務所をまとめているサイトがあり、そこにこの事務所が載っていた。ご丁寧に地図と外観の写真まで掲載されていた。竜新会の本部は上野《うえの》にあり、この事務所からも近い。

下部組織の組長となった暴力団員が新たに組を持つことで二次団体となる。大きな暴力団組織だと三次団体、四次団体というように、傘下の組を多数抱えている。

竜新会は構成員四百五十人ほどで、二次団体の数は五つほどとされ、三次団体は確認されていない。その代わり、フロント企業と目される会社や、半グレ集団を複数抱えている。五ヶ月前に瑠美が潜入した無料低額宿泊所のハッピーライフも、そうしたフロント企業の一種だった。

子竜会の組員から竜新会の幹部までは距離があるが、子竜会の組長であれば竜新会の幹部とも近い関係だろう。まずは子竜会の組長に接近するまでを目標とし、達成した時点で名取に報告する。既成事実を作ってしまえば、名取も駄目とは言えないだろう。

ビルが視界に入る位置に立って、スマホをいじりながら待った。なかなか人が出てこず、一時間ほどが経過した。いったんスマホを仕舞い、首を回す。ふと、人の視線を感じた。

何――？

周囲を見回す。通行人ばかりで、瑠美を見ている者は誰《だれ》もいない。気のせいだろうか。それともビルの中から見下ろされていたのだろうか。何気なさを装って、ビルの二階の窓に目をやる。ブラインドが下りていて、室内の様子はわからない。あの隙間《すきま》から、こちらを見ていたのかもしれない。

瑠美はビルから離れ、事務所の窓の死角になるような位置に場所を変えた。ビルから出てくる者がわかればいい。やがて一時間ほどして、いかにもな風貌《ふうぼう》の男がビルから現れた。黄色い柄シャツを着込んだ三十前後ほどで、髪は坊主に近く、剃《そ》った眉《まゆ》の下にかけている薄めのサングラスが街灯の光を反射させている。風体からして中堅どころのようだし、彼がよさそうだ。

瑠美は男のあとを尾《つ》けた。

男は歩いて秋葉原《あきはばら》方面へ向かった。神田川の手前にあるバーに入っていく。木製の扉に鉄で碇《いかり》の模様が描かれている。看板を見ると「ポート」と書かれていた。

十分ほど待機してから、瑠美もバーの扉を開けた。子竜会の男がカウンターの端に座ってウイスキーのグラスを傾けている。瑠美は席をひとつあけて、カウンターに腰を下ろした。

男は近くの席に人が座ったのに気づいたようだったが、何事もなかったかのようにナッツを口に放《ほう》り投げた。

「バランタイン17年、ロックで」

瑠美はメニュー表を見ながら、四十前後のマスターに注文する。瑠美もナッツを頼み、グラスと交互に口に運ぶ。しばしグラスを傾けながら、目の前に並ぶウイスキーのボトルを眺めて過ごした。定番銘柄に混じって、結構レアなボトルもある。なかなかいい店かもしれない。

そろそろか。

瑠美はクルミをつまんで指で弾《はじ》いた。クルミが男のグラスのほうへ飛んでいき、その近くに転がった。

「ごめんなさい。手が滑っちゃって」

「構わないよ。ナッツをこんなに飛ばすやつなんて初めて見たけど」

「そうですよねえ。私も初めて」

瑠美は席を立ち、クルミを指でつまんだ。男の目を見て微笑《ほほえ》みながら小さく会釈し、自分の席へと戻る。

しばらく互いに黙ったままグラスを舐《な》めていたが、

「あんた、この辺の人？」

男が体をこちらに向けて訊《き》いてきた。狙《ねら》いどおりだ。瑠美は笑みを作って答える。

「埼玉《さいたま》のほうです。たまたまお店の看板が目に入って。バーが好きなので」

「へえ。一杯奢《おご》るよ。俺《おれ》と同じものでいい？」

「いいえ、結構ですよ。初対面なのにそんな」

「ナッツをここまで飛ばすなんて、珍しいものを見せてもらった礼だ。遠慮するなよ」

「本当？　じゃあ、お言葉に甘えて」

「エドラダワーの12年、彼女に」

マスターが頷《うなず》き、瑠美の前に新しいグラスを置いた。エドラダワーもバランタインと同じくスコッチだ。先ほど瑠美が注文したのを聞いていたらしい。エドラダワーは単一蒸留所で造られるシングルモルトで、バランタインは複数のウイスキーをブレンドしたブレンデッドという違いはあるが、ここで彼に対してそうした知識は披露しない。

「いただきます。あっ、おいしいですね。エドラダワーは初めてなんですよ」

飲んだことはあるが、初体験を装う。

「スコットランドなのに『江戸』って入っているのが面白いだろ。口に合って何よりだ」

「声が聞きづらいので、お隣いいですか」

「どうぞ」

瑠美は男の左隣の席に移動した。

「こちらにはよく来られるんですか」

「週二くらいだな」

「常連ですね」

「まあな」

男がサングラスを外し、瑠美に視線を向けた。案外つぶらな目をしている。

「あんた、モデルでもやってるのか」

「モデル？　そう見えますか」

「違うのか」

「事務員です。たまにこうして知らない街をぶらぶらして、バーに入るのが趣味で。でも、モデルって言ってもらえて嬉《うれ》しい」

「いい線いくと思うけどな。もったいねえな」

男が仕事の話をしてきたので、その流れに乗って瑠美も訊いた。

「お仕事は何を？」

「銀行員だ」

「え？」

瑠美が驚いたふりをすると、男はしてやったりというように笑った。

「なわけがねえよな。まあ、見たまんまだ。どちらかといえば堅気じゃないな。金のやり取りをするのは、銀行員と遠からずっていったところだけどよ」

「そういう方にお会いするのも初めてです」

「初めてづくしだな。俺みたいなのには、会わないに越したことはねえよ」

男が笑ってグラスを呷《あお》る。もっと柄の悪い対応をするかと思いきや、意外にも紳士的だ。

常連のようだから、みっともない真似《まね》をしないよう自重しているのかもしれない。

「素朴な疑問なんですけど、土日はお休みとか、有給休暇とかあるんですか？　福利厚生はどうなってるのかなって」

男は初めて聞かれたといった顔をして、ぷっと噴き出した。

「そんなものはねえよ。例えればフリーの集まりみたいなもんだな」

「とってもわかりやすい例えですね。あ、何かオーダーしますか」

男のグラスが空になっているのを見て、酒を勧めた。男がもう一杯追加する。

「腕の筋肉がすごいですね。ちょっと触らせてもらっていいですか？」

「変わった人だな」

男は左腕をこちらに寄せて力を込めた。二の腕に力こぶが浮く。

「わっ、固いですね。たくましくて素敵です」

瑠美は無邪気な調子で力こぶを指でつつき、顔全体で笑ってみせる。

「これも商売道具みたいなもんだしな」

男はまんざらでもない様子ではにかんだ。

その後もひとしきり盛り上がりつつ、男に酒を飲ませ続けた。褒めたり持ち上げたりしていい気分にすれば、どんどん酒が進む。警視庁と協力者契約を結ぶ前は、キャバクラ勤めで生活費を稼いでいた。こういうのは苦手ではない。

「ちょっとトイレ」

男が足をふらつかせながら、席を立った。

「彼、よく一人で来られるんですか？」

マスターにそれとなく訊いてみた。マスターは目だけで笑い、何も答えない。顧客の個人情報だからだろうか。いや、この程度ならたいした情報ではない。となると……。

瑠美はそれとなく店内をうかがった。

三つあるテーブル席のうち二つが埋まっていて、いずれも暴力団員ふうの者たちが座っている。

やはりか。個人情報だからではなく、よく仲間たちと来ているから、マスターは答えられなかったのだろう。その仲間がすぐそこにいるのだ。

この店はあの男が日常的に通うバーというだけでなく、子竜会の御用達《ごようたし》の店だったようだ。あの男が瑠美と盛り上がっていたから、仲間は声をかけずに遠巻きに眺めていたのか。

ここは分が悪い。出直したほうがよさそうだ。身の危険を感じたら即時撤退する。名取からよく言われているし、瑠美も常に意識している。

「もうこんな時間。すみません、私そろそろ帰ります。彼によろしくお伝えください」

男が戻ってこないうちに手早く支払いを済ませ、店を出た。神田川に架かる橋を渡って、秋葉原駅から帰ろう。

「待てよ」

足早に駅へ向かっていると、背後から声をかけられた。隣にいた男の声だ。気づかないふりをして足を速めた。

「待てって」

人影が瑠美を抜き、男が立ちはだかった。

「勝手に帰るなんて、冷てえじゃねえか」

男は呂律《ろれつ》の怪しい口調で、両腕を広げた。

「ごめんなさい。もう帰る時間なので」

「門限があるってか？　嘘《うそ》だな。俺の仲間に気づいて怖《お》じ気《け》づいたんだろう」

酔いもあるだろうが、これがこの男の本性なのか、先ほどとは違ったドスの利いた声に変わっている。

「おう。ここだ、ここだ」

男が手を振る。瑠美が振り返ると、あの店にいただろう男が二人、こちらに駆けてきた。

「俺たちは怖くなんかないぞ」

追ってきた男の一人が、下衆《げす》な笑みを浮かべて近寄ってくる。

「いいところへ行こう。四人で楽しめるところがいいよな」

瑠美の隣に座っていた男が、瑠美の肩に手を置いた。

「やめてください」

「あんたが誘ったんだろ」

「誘ってなんていません」

「そりゃあ、ねえだろう。こっちへ来い」

肩に手を置いた男が瑠美の手首をつかんだ。瑠美が合気道の「手ほどき」を使って男の手を振りほどこうとした時、新たな声が飛んできた。

「手を放しなさい」

スーツ姿の体格のいい男性が割って入ってきて、瑠美の手をつかんだ男の肩を引き寄せた。

「何だ、てめえ。正義の味方気取りか」

追ってきた男の一人が、凄《すご》みのある声で男性を威嚇する。

「警察です。公務執行妨害で現行犯逮捕しますよ」

警察――？　まさか……。

「サツだあ？　こんな都合のいいタイミングでサツが来るかよ」

瑠美の手首をつかんでいた男が手を放し、その手を男性の胸ぐらへ伸ばす。男性警官は身を翻したが、

「うっ」

追ってきたうちの一人が、警官の後頭部を拳《こぶし》で殴った。警官は不意を打たれて前屈《まえかが》みになる。それを合図にして、三人が警官を囲み、殴る蹴《け》るをし始めた。

「やめてよ。やめて！」

瑠美が叫ぶが、三人は酔いも手伝ってか暴力を繰り出し続ける。彼らが腕と足の動きを止めた時、警官は倒れ込んだままぐったりとしていた。

「ひどい」

瑠美が駆け寄ろうとしたが、店で隣に座っていた男が、瑠美の背中を突き飛ばした。押された勢いで、瑠美も路上に転がるようにして倒れる。

「痛っ。何するの」

「俺たちと来い」

男が手を伸ばしてきた。瑠美は咄嗟に立ち上がって身構える。

「もっと痛い目に遭《あ》わないとわからねえのか」

男が拳を振り上げた。殴られる——そう思った瞬間、警笛の音が鳴り響いた。

「おまえたち、何をしている！」

制服警官が三人、こちらに走ってくる。誰かが通報してくれたのだろうか。

「やべえ。逃げろ」

男たちは三人もの警官は相手にできないと思ったのか、すかさず走り始めた。その背を警官たちが追っていく。すると倒れていた男性警官が呻きながら体を起こした。

「あの、お怪我《けが》の具合は」

「大丈夫です。お役に立てなくて恐縮です」

「名取さんの指示ですか？」

「はい……」

神田のビルの前で視線を感じた。どうやらあれは彼だったようだ。

「もしかしてここ数日、私の様子を？」

「きっと突飛なことをするだろうから、いざという時に守ってやってくれと」

「突飛……」

以前、名取に言われたことがある。今回も突飛といえばそうかもしれないが、自分の動きが完全に読まれていたとは。捜査員も人手不足なのに、自分のために人員を使わせてしまい申し訳なく思う。

「すみません。お忙しいのに」

「いえ、あなたの行く先はきっと竜新会に関係するところだろうから、見守りつつ情報を得るのもいいと、名取警部が。子竜会の構成員たちはあのバーの常連のようですね。ひとつ情報を得られました」

一応、仕事の一環か。そう言ってくれて少し気が楽になった。

警官の口角に血がついている。瑠美はバッグからハンカチを取り出し、警官の口元を拭《ふ》いた。

「洗濯してお返しします」

「いいですよ。私も怪我には慣れてるんで」

瑠美が微笑むと、警官は小さく笑った。瑠美は血のついた面を内側に折り、バッグに戻した。転んだ時の膝《ひざ》を確認する。少し擦りむいただけのようだ。ひりひりするけれど、自宅で消毒しておけばそのうち治るだろう。

「もうしません、ごめんなさい、と名取さんにお伝えください」

「わかりました。では駅まで送りますよ」

警官に見送られ、秋葉原駅の改札を抜けた。山手線《やまのて》で池袋まで行き、歩いて帰ろう。それが一番早そうだ。山手線のホームへの階段に向かっていると、目の前に眼鏡《めがね》をかけた髭《ひげ》面《づら》の見知らぬ男性が立っていた。進行方向を塞《ふさ》いでしまったようだ。瑠美は頭を下げて男性の脇《わき》を通り過ぎようとする。

「瑠美さん」

男が瑠美の名を呼んだ。この声は——。

「ちょっ。江藤さん？」

「お久しぶりです」

江藤は人懐っこい顔で笑った。黒縁眼鏡に前髪がかかるほど伸びており、口のまわりや顎《あご》に鬚《ひげ》をたくわえているから、まったく気がつかなかった。

「どうしてここに？」

「すぐ近くの岩本町《いわもとちょう》に交番があってよかったです」

制服警官を呼んでくれたのは彼か。瑠美と男性警官の様子を見て、すかさず駆け込んだらしい。

「私を監視してたの？」

「監視とは人聞きの悪い。子竜会に近づいてきたのは瑠美さんですよ」

二人はどちらともなく、コンコースの端の壁際に移動した。

「江藤さんも子竜会を？」

「ここ十日くらいほぼ毎日、あのビルの付近にいました。そしたら今日、瑠美さんが来たじゃないですか。びっくりしましたよ。どうするのかなと思って、見守っていたというわけです」

もしかしたらあの視線は江藤だったのかもしれない。

「いつもより化粧が濃いめなんだけど、わかった？」

「髪の色も違っていますが、その目力は変わりませんからね。僕ならわかりますよ」

「そう……。どうして子竜会に接近したの？」

「間柴に犯行を指示した何者かを探ろうとして。瑠美さんも？」

「あそこの組員と親しくなって、本部の幹部に近づこうと考えたんだけど」

「警察の協力者としてですか」

「ううん。勝手にやってる」

「ええっ」

江藤が驚きの声をあげ、すぐに苦笑する。

「さすがですね……。まあ、二次団体の組員のレベルはあの程度ですよ。瑠美さんもわかっているでしょうけど」

「あとを尾けて入ったバーが、子竜会の御用達だったみたいで」

「『ポート』ですよね。マスターが元子竜会なんですよ」

「そうなの？　それは迂闊《うかつ》だったな。江藤さんは子竜会の何を調査してたの？」

「組長の弱みを握ろうとしてたんです。上納金をごまかしてるって噂《うわさ》があって。あそこの組長は竜新会の幹部とも親しいんですよ。それをネタにして揺すろうと思って。なので瑠美さんが子竜会に近づいたのも、狙いは悪くなかったですよ」

江藤が髭を上下させながら笑う。

「警察に追われている身なのに、交番に駆け込んで大丈夫だったの？」

「三ヶ月前からだいぶイメチェンしてますしね。元暴力団員が、暴力団員の起こしているいざこざを通報するために交番に駆け込むとは思っていないでしょうし」

江藤は三ヶ月前まで、間柴の運転手をしていた。リキによると、江藤はもともと竜新会の下部団体に所属していたらしいが、間柴に認められて運転手を務めていた。彩矢香のために間柴に復讐《ふくしゅう》したいというリキの願いを聞き、かねてより間柴のやり方に嫌悪感を抱いていた江藤は協力してくれたのだ。

「だからって、あまり油断しないでね」

「気をつけます。ところで、調査をするなら竜新会の本部に潜入したほうが効率的だと思いますよ。僕は子竜会の組長がターゲットだったので、神田まで来ていましたけど。今日の連中は本部に出入りできる身分じゃないんで、瑠美さんの顔が割れる心配はないです。間柴の腹心も大半が破門か二次団体に追いやられましたし」

「そうなんだ。でも危険だからって、警視庁から許可が下りないんだもん」

「じつは別口で、竜新会に人を潜り込ませたんです。だから瑠美さんも潜入してくれると、一緒に調べられて助かるんですが」

「そうなんだ。どんな人？」

「ええと……」

江藤が顎鬚に手を置いて言い淀《よど》む。

「どんな人？」

「もし瑠美さんが潜入すると決まれば、教えましょう。僕らにとっての機密事項なので」

「機密事項か。なら、わかったよ。でも、リキは『困った時には俺たちの協力者になってくれ』って言ったんだよ。それなのに、なんでほかの人に頼んでるわけ？」

瑠美は江藤の眼鏡の奥にある目をじろりと見上げた。

「あれからまだ三ヶ月ですよ。瑠美さんは警察の協力者として動いていると思ったんです。勝手に動いていると知って、かなり驚きました」

江藤が言い訳っぽく答えながら頬《ほお》を掻《か》く。

「リキは竜新会の組長や幹部なら、当時の事情を知っていると言っていた。私もそう思ってはいるんだけど」

「拘置所にいる間柴から直接話は聞けませんしね」

「私、二日前に間柴に会ったよ」

「本当ですか」

江藤が今日一番の驚きを露《あら》わにする。瑠美は間柴と会った時のことを伝えた。

「そうだったんですね。まあ、あの人が口を割るとは考えられませんけど……恩義っていうのは不似合いですよ」

「私も同感」

「話せない理由がほかにありそうですけどね。そうだ、脇腹の傷の具合はどうですか」

「痛みはもうないんだけど、傷痕《きずあと》がね……」

名取には傷痕の悩みは言えないでいるが、なぜか江藤にはこうした話題も話しやすい。リキもそうだが彩矢香と同じ歳《とし》だから、気安く接し得るのかもしれない。

「いい形成外科医を知っていますよ。保険は利きませんけど」

「それって腕はいいけど怪しさ満点なやつでしょ。もぐりの医者的な。いいよ、自分で探すよ」

「見つからなかったら紹介しますよ」

「どうしてもいなかったら、その時はお願い。そうそう、江藤さんの止血処置のおかげで命が助かったんだよ。ありがとう。あと、お酒ももらっちゃって」

「瑠美さんがお礼を言っていたとリキからも聞いていましたが、どういたしまして」

「リキは骨折してたけど？」

リキは間柴に右手の人差し指を折られていた。

「ほぼ完治したみたいですよ。間柴から暴行を受けた傷もすっかり治っています」

「それならよかった」

「今日は瑠美さんと話ができたのが大収穫でした。警察と相談して、ぜひ竜新会へ潜入を。そしたら連絡をください」

「連絡先は？」

「スマホを新しくしたので、こちらの番号になります」

江藤の携帯番号を聞き、自分の番号も伝えた。潜入調査の任務中は警視庁から貸与スマホを借りられるが、今はプライベート用のスマホしかない。江藤なら教えてもいいだろう。

「帰りはどの方面ですか？」

「ここからなら、山手線で上野方面かな」

池袋から歩くつもりだが、江藤といえどもそこまでは明かさない。

「僕は北千住《きたせんじゅ》のほうに住んでいましたが、三ヶ月前からネットカフェを転々としてるんですよ」

「追われる身だもんね。今日はどこに帰るの？」

「五反田《ごたんだ》なので僕も山手線です。瑠美さんとは逆方向だから、ホームは別ですね。また連絡ください」

江藤は人懐っこい顔で笑って手を上げ、山手線外回りのホームへと歩いていった。江藤の背中が人混みに消えてから、瑠美は隣のホームへと足を向けた。

2

「勝手な真似はもうしない。その代わり、正式に潜入させて」

警視庁六階の会議室だった。

翌朝、瑠美は名取に電話をかけた。名取は午後二時から三十分程度なら会えるというので、約束の時間に会議室に駆けつけた。

「駄目だと言っているだろう」

「見張りをつけるくらいなら、最初から警察の協力者として潜入させてよ。しかも見張りの警官はぼこぼこにやられちゃうし」

名取が渋い顔をする。

「助けてくれようとしたのは感謝してるけど。さすがに三人相手は厳しかったね」

「つまり、それだけ危険なんだ」

「単独潜入じゃなければいい？」

もう一人、思いあたる人物があった。別口での潜入者という江藤の言葉から思いついた案だったが、もちろんそれは話せない。

「何だと」

名取が怪訝《けげん》そうに眉を波打たせる。瑠美はその名を告げた。

「赤城《あかぎ》さん。あの人にお願いしてみようよ」

名取が、忘れていた人を思い出したような顔をする。

「なるほど。だが、今動ける者がいるかどうか」

「訊いてみないとわからないじゃない」

名取が腕時計を確認する。瑠美もちらと自分の手首に目をやった。午後二時八分だ。

「今、会社に電話してみるか」

「お願い」

名取が苦笑しながらスーツの懐《ふところ》からスマホを取り出した。画面をタップしてから端末を耳にあてる。すぐに相手は出たようだ。

「警視庁の名取です。赤城さんをお願いいたします。……そうですか。では折り返し私宛《あて》に連絡をください」

名取がスマホを懐に戻す。赤城は不在か顧客対応中だったたか。

「出前のラーメンを食べている最中だそうだ。伸びるから、食べ終わり次第かけ直すと」

「今ごろ昼食？　繁盛してんだね」

「経営者だしな。以前会った時、毎日夜遅くまで仕事をしているとぼやいていた」

「名取さんも大概だけどね」

「そうか？　赤城さんは何でも自分でやりたがる人だからな」

五分ほどして、名取のスマホが鳴った。

「赤城さん、ご無沙汰《ぶさた》しています。お食事中に失礼しました。ご相談したい件があるのですが……。そちらに？　では直接お話させてください。週明け月曜、九月二十五日の午前中ですか」

瑠美は指でＯＫの合図を出した。

「私は十一時でしたら。はい、その時間に」

名取が通話を終える。

「込み入った話になるなら、直《じか》に会いたいそうだ。会社の場所は覚えているか？」

「新宿西口の……『レッドサークル』だっけ？　迷いそうになったら地図アプリに連れていってもらうよ」

「そうしてくれ。赤城さんの協力が得られそうなら、ルーシーの事情を話す必要があるが」

「構わないよ」

「了解した」

会議室がノックされた。ドアのほうを向くと、前髪を後ろになでつけた五十絡みの男性が顔を出していた。

「沖田《おきた》課長」

名取が立ち上がったのを見て、瑠美も席を立とうとする。

「君はそのままで。名取はもうすぐ会議だろ。ちょうど通りかかったんで、念押ししておこうと思ってな」

沖田は名取が所属する組織犯罪対策部暴力団対策課の課長だ。瑠美の協力者契約にも理解が深く、こうして活動できるのも沖田のおかげだと名取が言っていた。

「そろそろですね。遅れないようにします」

「沖田課長、ご無沙汰しています」

「ルーシー、ハッピーライフの件ではお世話になったね」

「いいえ。私こそお世話になりっぱなしで」

瑠美が頭を下げると、沖田は「謙遜《けんそん》するな」と目尻《めじり》に皺《しわ》を幾本も刻んで笑った。瑠美がリキに連れ去られた後、瑠美の捜索を要望する名取にゴーサインを出してくれたのが沖田だった。

「課長、週明けにレッドサークルに行ってきます」

名取がレッドサークル訪問を報告する。

「赤城さんのところか。何かするのか?」

「竜新会の件です。レッドサークルで適任者がいれば、ルーシーと潜入させるのも手かと考えまして」

「ハッピーライフの事件以降、竜新会もセンシティブになっている。潜入調査は否定しないが、できる限り刺激しない方法を模索するように」

「承知しました」

「赤城さんによろしく伝えておいてくれ。では、後でな。ルーシー、邪魔して悪かったね」

「とんでもないです」

沖田が手を上げてドアを閉めた。

名取がファイルを手に抱える。瑠美も腰を上げた。

「赤城さんに連絡してくれてありがとう」

「根負けしたな。赤城さんのほうで協力できなかったら、その時は諦《あきら》めるんだぞ」

「綺麗《きれい》さっぱり諦めます」

瑠美の返答に、名取は疑わしい目を作ってから苦く笑った。

3

瑠美は新宿駅の西口近くの小綺麗なビルを見上げた。

「ここか」

ビルの案内表示に「綜合《そうごう》警備　レッドサークル」というプレートが入っている。エレベーターに乗って五階で下りると受付があり、若い女性が「いらっしゃいませ」と瑠美を迎え入れた。

「十一時から、赤城さんとの打ち合わせに参りました」

用件を伝えると、女性が「こちらへ」と受付近くの会議室に通す。

「あら、名取さん。早いね」

「今着いたところだ」

六人がけのテーブルの端に名取が座っていた。赤城はまだ来ていない。瑠美は案内してくれた女性に礼を述べ、名取の隣に腰を下ろした。

すぐに床を踏みつけるような足音が近づいてきた。ドアの向こうから五十代後半ほどの、白髪交じりで恰幅《かっぷく》のいい男性が顔を出す。

「やあ、すまんね。待たせちまった」

「赤城さん。ご無沙汰しています」

名取が立って迎え入れる。瑠美も倣《なら》って立ち上がった。

「ルーシーも久しぶり。まあ、座って」

赤城には本名を伝えていない。そのためコードネームの「ルーシー」で呼ばれていた。

「お久しぶりです」

赤城に勧められ、二人は着席する。赤城の後にもう一人、赤城と同じくらいの年頃《としごろ》で顔の細い男性が入ってきて席についた。

「私もご無沙汰しています。同席させていただきます」

この会社を赤城と共同経営している石丸洋平《いしまるようへい》だ。

赤城省三《しょうぞう》はかつて警視庁の組織犯罪対策部に所属し、今は警備会社「レッドサークル」を石丸と経営している。名取の先輩だったが、十年前に辞めてこの会社を立ち上げた。

この会社の特徴は警備員に元暴力団員も雇っている点だ。完全に足を洗った者に限り、素性の調査をしっかり行ったうえで、赤城と石丸が厳格な面接をして採用している。警備という顧客の財産を守る仕事だけに、信用のおける者である必要があるからだ。

瑠美が初めて赤城と会ったのは二年ほど前だった。元暴力団員を雇っていると聞いて瑠美は驚いたが、元マル暴の赤城ならではの発想だと恐れ入った記憶がある。

元暴力団員は再就職が難しく、貧困に陥って窃盗や強盗事件を起こす者もいる。そうした状況を憂えた赤城は、矯正《きょうせい》と救済のために彼らを雇うと決めた。その考えには共同経営者の石丸も賛同している。

その石丸は刑事法を専門とする法律学者だ。彼の父親も刑事法の学者であり、暴力団対策法の成立や、以降たびたび行われてきた改正の折にも有識者として検討会に参画するなどしてきた。息子である石丸もその方面に明るく、十五年前の改正以降は老齢と病気のために体調を崩した父の後を継ぐ形で検討会に参加してきたと聞いている。当時石丸は国立東京総合大学法学部の教授で、父の考えをよくわかっているために招かれたようだ。

赤城と石丸は二十年来の知己だという。暴力団を現場で取り締まる側と、法律で御する側という二人は、互いの立場に敬意を抱いて徐々に懇意になっていったらしい。十年前に赤城が警視庁を辞める際、石丸も教授を辞してともに会社を設立した。元暴力団員を雇用したいという赤城の考えに強く共鳴し、自分の法律知識が活《い》かせるならと決断したそうだ。

警視庁の元マル暴と暴対法に関《かか》わってきた法律学者が共同経営しているというのも売りになり、会社は順調に成長している。石丸は四年前から東京総合大学の客員教授として復帰しており、それもこの会社に信頼性を与えるのに一役買っていた。

レッドサークルという社名は赤城の「赤」、石丸の「丸」から来ており、顔のパーツが大作りな赤城と、控えめな作りの石丸は見た目も対照的だ。

「で、相談ってのは？」

赤城が名取に訊いた。

「竜新会に潜入したいと考えています」

名取が要望を伝える。

「三ヶ月ほど前に大きな事件があったな。それ絡みか？」

「そうです。その事件で逮捕された間柴丈治という男がいます」

名取が瑠美のほうに視線を向けた。瑠美は「説明して」という意を込めて顎を引く。名取が赤城に顔を向け直し、十五年前に起きた瑠美の妹の殺害事件から、先のハッピーライフの事件までをかいつまんで伝えた。

「そうなのか……。過去の殺人の罪にも問われているというのはニュースでも見たが、それがルーシーの妹さんとはな。悔やみ入る」

　赤城が神妙な顔をして瑠美に言った。瑠美は小さく頷き返す。

「しかも、それを指示したやつがいるなんてな」

「竜新会の組長や古参幹部なら、それが誰なのか知っているはずです。しかし竜新会は間柴を破門し、無関係を装っている。ハッピーライフの件で摘発されるのを怖《おそ》れ、我々警察の動きに敏感になっています。その何者かが指示した条件をクリアした間柴を受け入れたのですから、当時の事件について彼らにも責任がある。それを自覚しているでしょうし、口を割ればその責任を認めることになる。仮にその何者かについて明かすように打診しても、彼らは我々の要求を呑《の》まないでしょう」

「ルーシーが潜入して、幹部連中からそいつの名を聞き出すってわけか。難易度が高すぎやしないか？」

　赤城が瑠美の身を案じるように、白いものが混じる眉尻を下げる。

「なので名取さんに頼んで、こちらにお願いに来ました。一緒に動いてくれる方がいればと思いまして。身の危険を感じたら、即時撤退します」

　瑠美が赤城に訴えかける。

「いなくはないが……」

「お願いします」

瑠美は真剣さを込めた目で赤城の大ぶりな双眸《そうぼう》を見つめた。

「名取はOKなのか？」

「信頼できる者がいれば」

「そうか。竜新会なら、今はあいつしかいないか……。まだエスになって日が浅いが、役には立つはずだ」

エスというのは警察用語でスパイを指す。SPYの頭文字からエスと呼ばれており、赤城は各暴力団にエスを潜り込ませている。そこから得た情報を警視庁に提供し、内容に応じて謝礼金を受け取り、エスにも渡している。協力者の元締めのような存在でもあるのだ。元暴力団員を社員として雇う一方、現役暴力団員をエスとして利用する。警視庁にいた頃は名うてのマル暴だったと、名取から聞いている。そんな赤城だからこそ為《な》せる業かもしれない。

「あの……いいでしょうか」

黙って話を聞いていた石丸が小さく手を上げた。赤城が「どうした？」と訊く。

「お話を聞く限り、個人的な事情という側面が強いようですが。警視庁はそれでもゴーサインを出すのですか」

「間柴に犯行を思い立たせた原因が、その何者かが出した指示なんです。殺人教唆《きょうさ》の罪に問われる可能性がありますし、その者を特定することは一連の事件の解明になくてはならないものと考えています。間柴が口を割らない以上、潜入調査は選択肢になりえます」

名取がすかさずフォローを入れる。

「もし間柴がその者の名を明かしたら、潜入調査は終了になるんですね」

「明かさないと思いますよ。私、あいつと会ってあらためて確信しました」

瑠美は石丸の考えは楽観的だというように言った。

「間柴と会ったのか」

赤城が声をあげる。石丸も驚いた様子だ。

「会いたくはなかったんですけど、情報を聞き出すために仕方なく」

「ルーシーの覚悟がよくわかった。石丸、いいだろ？」

「そうですね。懸念はエスの経験が浅いという点でしょうか」

「素質はあると思うけどな。とはいえ名取、無理はしない方針だろ？」

赤城が名取に同意を求める。

「身の安全が第一です。彼女はそれを常に意識していますから、無茶な行動はしません」

なかなか頭の痛い名取の切り返しだが、瑠美は「はい」と返答する。

「俺からエスに伝えておく。決まったら名取に連絡する。いいか？」

「お願いします。あと、沖田課長が赤城さんによろしくと」

「沖田が？　あいつとは久しく会ってないな。元気にしているか？」

「充分すぎるほどに」

「そうか。俺からもよろしく伝えておいてくれ」

「承知しました」

赤城と沖田は歳が近い先輩後輩の間柄で、赤城のほうが三つほど年長だと瑠美は聞いている。

名取と瑠美は赤城と石丸に頭を下げ、レッドサークルをあとにした。

「赤城さんたちが引き受けてくれてよかった。名取さんのおかげだよ。ありがとう」

ビルを出るなり、瑠美は名取に礼を述べた。

「俺は付き添いに来ただけだ」

「フォローしてくれたでしょ」

「口論になる前に対処したに過ぎない」

名取らしい返しに、瑠美はつい笑ってしまう。

「何かおかしかったか？」

「ううん。エスは経験が浅いみたいだけど、大丈夫かな？」

「赤城さんが認めた人物だ。問題はないだろう」

「そうだね。あ、ちょうどお昼だし、たまにはランチなんてどう？」

「すまん。この後も本庁で会議があるんだ」

「残念。おいしいインドカレーのお店があるんだけど。また今度ね」

「ああ。ルーシーは食べて帰ってくれ」

新宿駅に着いた。名取は地下鉄丸《まる》ノ内《うち》線だと言うので、構内で別れた。名取の背中が人混みに紛れるまで見送り、瑠美は小さく息をつく。名取と食事をしたのは、一年前に喫茶店でサンドイッチを食べたのが直近だ。あの時も名取は忙しそうで、さっさと切り上げられてしまった。

「別にいいんだけど」

瑠美はぽつりとこぼし、インドカレー店へと足を向けた。確かビールも充実していたはず。仕事をしている人たちを横目に、昼から飲んでやろう。

そう思うと急に喉《のど》の渇きを覚え、足早に店へと向かった。

第三章　接近

1

翌朝、瑠美のもとに名取から連絡が入った。

『赤城さんが手配してくれた。エスと会ってくれ。今夜七時、高田馬場《たかだのばば》のＢＩＧＢＯＸ前だ。貸与スマホの番号を教えておいたから、そこにかかってくる。この後、警視庁までスマホを取りに来て欲しい。俺は午前中なら時間が取れる』

急な予定の確定は毎度のことだ。

「これから行くよ」

『頼んだ』

スマホの時刻表示は午前九時二十分。瑠美が起きたのは十分前。

通話を切るやいなや、すぐにシャワーを浴びて軽く化粧を施し、スーツを着て十時過ぎには自宅を出た。端末を受け取ったらいったん自宅に帰って私服に着替え、化粧もいつもとは違う感じにし直すつもりだ。

エスはどんな人物なのか。ちょっと楽しみだけれど、不安でもある。信頼に足る人物だといいのだが。

そんなことを思いながら、やって来た都電荒川線に乗り込んだ。


名取から貸与スマホを借り、瑠美はとんぼ返りで自宅に戻った。

潜入調査の際はスマホの貸し出しに加え、セキュリティの観点から警視庁がマンションを用意してくれる。今日はエスとの顔合わせのみだから、マンションについては明日以降知らせるという。エスの名は河中鉄也《かわなかてつや》というらしい。

出かける準備をする前に、江藤に連絡を入れた。潜入調査が決まったら、リキと江藤が竜新会に送り込んだ者について教えてくれると言っていたからだ。

「そういうわけなんで、教えて」

『もう決まったんですか。いつ、どうやって潜入するんでしょう?』

「時期は間もなく。組員を介して近づくつもり」

『組員? 誰《だれ》ですか』

「それは機密事項だから、無理かな」

『そうですか。こちらが依頼した者は、すでに幹部に近い人物に接触しています。瑠美さんが幹部に近づけたら、あらためて連絡をください。それまでは互いに知らないほうが、かえってよいかもしれません。今知ってしまうと、お互いやりにくくなる可能性もありますし』

「それはそうかもね。また連絡するよ」

『待ってます』

江藤が朗らかな口調で通話を切った。調査を進めていけば、いずれわかるだろう。

夕方になっていつもより派手めの化粧をして、ネイビーのワンピースを着込んで自宅を出た。

ショッピングモールであるＢＩＧＢＯＸの前には小さなスペースがある。交番もあり、制服警官が腕を組んで周囲を警戒していた。エスとはいえ暴力団員だが、こんなところを待ち合わせ場所にして大丈夫なのだろうか。

瑠美が交番からやや離れたところで立っていると、貸与スマホが鳴った。

「はい、佐々木《ささき》です」

今回は竜新会本体への潜入調査のため、偽名を使っている。「佐々木若菜《わかな》」という名だと、赤城経由でエスに伝えてあった。

『どうも。ちゃんと来てるみたいだな』

若い声だ。

「どこにいますか？」

『稲門《とうもん》ビル、見えるか？　ロータリーを挟んでＢＩＧＢＯＸの正面だ。早稲田《わせだ》通りを横断してくれ』

瑠美は言われたほうに目を凝らした。ダイヤ型に組まれた鉄骨が剝《む》き出しになっているビルの前、ガードレール越しに手を振っている男がいる。彼か。

「そっちに行きますね」

瑠美はＢＩＧＢＯＸから離れ、早稲田通りの横断歩道を渡った。

サイドを刈り上げ、ソフトモヒカンふうの髪型をした若い男がこちらを見ている。臙脂《えんじ》色のシャツに黒い薄手のジャケットを羽織り、細身のパンツもブラックだ。いかにも夜の人間ふうだが、痩《や》せ型の体格に似合っている。

「河中さん？」

「ああ。初めまして」

男が言いながら、眉根《まゆね》を寄せた。瑠美の顔を見つめてくる。いきなり失礼なと思ったが、瑠美も彼の顔を見返してしまう。

どこかで――。

「あっ」

二人は互いを指差し、同時に声をあげた。

「ちょっと、あなたあの時の」

「あんたも、あの時の……マジかよ」

目の前にいる男は三ヶ月前、リキを殺しに来た男だった。

ハッピーライフに潜入した瑠美は、任務完了の数分前にリキに連れ去られた。潰《つぶ》れた自動車工場のガレージに連れていかれたのだが、その場所に銃を手にして現れたのが、この男だった。間柴からリキの抹殺を命じられたが、リキの反撃を受けてしこたま殴られた後、ガレージの柱に括《くく》りつけて放置されていた。その男が、なぜここに。

「どうして？　なんで？」

瑠美が問い詰めると、河中は苦い顔をして鼻先を掻《か》いた。

「落ち着けよ。ここじゃなんだ。店を予約してあるから、そこへ」

河中は身を翻して先を歩いていき、早稲田通りを少し入ったところにある個室居酒屋の引き戸を開けた。

四人部屋に通され、二人とも無言で椅子に座る。河中が差し出したメニューは見ずに、「生ビール」と答えた。同じくビールを注文した河中が、適当に食事もオーダーした。

ビールがすぐに運ばれてきて、乾杯はせずに瑠美は数口飲んだ。河中もジョッキに口をつける。

「さてと。話してもらえる？　あなた、間柴の部下だったでしょう。それがどうして赤城さんのエスをやってるわけ？」

瑠美が問うと、河中は少し考える顔をして口を開いた。

「部下っつってもよ、ほんと俺《おれ》、あの一ヶ月くらい前になったばかりだったんだよ。なんか間柴さんに気に入られたみたいでさ。で、間柴さんとの関係はまだ薄いっていうんで、本部に戻されたんだ」

あの時、間柴に認められて日が浅いと河中は言っていた。

「以前からエスをしていたの？」

「いや、違うんだ。あの後、仲間が救い出してくれたんだけど、リキさんに一方的にやられて自信をなくして、もうやってられねえって思って。組を辞めて堅気になろうとしたんだ。下っ端の組員やってても、たいして稼げねえし」

「そうなの？」

「おいしい思いしてるのは上の連中ばっかりだ。で、元組員を警備員として雇ってる人がいるってのをクチコミで聞いて、相談に行ったわけ。それが赤城さんだったんだけど、どうせ辞めるつもりならエスやらねえかって誘われてよ」

「へえ」

辞めようとしている者をエスに勧誘するとは、赤城もなかなか人が悪い。

「今ちょうど竜新会にエスは抱えていないからって。情報の内容に応じて結構な報酬をくれるって言うんで、じゃあやってみるかって」

「エスって、組からしたら裏切り者でしょ。そんなに簡単に受けて大丈夫なの？」

「仕入れた情報を右から左に流すだけだ。問題ないっしょ。金が貯《た》まったら組も辞めるしな」

河中は笑いながらジョッキのビールを呷《あお》った。組に対する忠誠心の欠片《かけら》もないように見えるが、エスをするのならこのくらいの温度感のほうがいいのかもしれない。

「そもそも、なんで暴力団員やろうと思ったの」

「一番は金だな。家が貧乏で、俺も常に金欠状態だったからよ。あと、最近は暴力団も若手不足ってのを聞いて、それなら出世しやすいんじゃないかと思って三年やってきた。でも、やっぱ俺には向いてないかもなあって」

「いくつなの？」

「二十三」

「若いね……」

見た目で若いとは思っていたが、自分より七歳も下とは。

「そんなわけだよ。俺の話はもういいだろ。仕事の話をしよう」

出汁《だし》巻《ま》き玉子と鶏《とり》の唐揚げ、シーザーサラダが運ばれてきた。サラダをつまみながら、瑠美は二杯目のビールを注文した。

「いける口なのか」

「そこそこ。どういうプランで潜入するか考えてある？」

「俺の彼女という設定でどうだ？」

「ええっ」

「それが一番説明しやすいんだよ。あんたは年上だろうけど若く見えるし、支障はないだろ。飲みの席とかに俺の兄貴……っていっても実の兄じゃないぞ」

「わかってる」

「兄貴も来るから、そこで親しくなれば幹部にも繋《つな》いでくれるだろう。あんたが幹部から何を聞き出したいのか知らないし、知りたくもないけど、俺としてはそこまでが役目だと思ってる」

もう少しスマートな形で潜入したかったが、確かに説明はしやすいだろう。これまでの潜入調査でも暴力団員の男に接近して情報を手に入れてきたから、この設定に関しても特段抵抗はない。

「じゃ、そういうことで。あなたは――」

「待てよ。飲みの席なんかで、彼女が俺を『あなた』って呼ぶのも変だろ。夫婦ならおかしくはないかもだけど」

「鉄也。それでいい?」

「ああ。俺は『若菜』って呼ばせてもらうぞ。慣れるために今からそう呼び合おう」

「いいよ。で、鉄也は竜新会の中で、どんな立場なの?」

「若衆の中でもかなり下のほうだ。だけど、一時は間柴さんに認められたってので、まあ評価はされているはず」

「間柴は竜新会から破門されたでしょう。ハッピーライフの事件も間柴が勝手にやったとして、竜新会は無関係を装っている。間柴派の鉄也は冷遇されていないの?」

「間柴さんの下にいたのは、たった一ヶ月だしな。ほかの連中は半分が破門、残りは傘下の団体に左遷だよ。俺だけ本部に残してくれたんだ。それこそが、間柴派とは見られていない証拠だ。でも、もともと間柴さんは組内に敵が多かったからな。残れたとはいえ、気を遣う毎日だ。それも辞めたくなった理由のひとつかもな」

「間柴は鉄也の何が気に入って?」

「俺はもっと効率的に金を稼ぎたいと、常々兄貴たちに訴えてきたんだ。ネットもバンバン使ってさ。一応ネット経由で銃なんかを扱っているみたいだけど、クリック詐欺とかフィッシング詐欺とか、いろいろあるだろ。パソコンはもともと好きだし、工業高校の出なんで、機械にも詳しい。その辺を熱弁しても反応が鈍かったんだけど、間柴さんが俺のことを聞きつけて、話がしたいと。どうやら間柴さんは配下にネット部隊を作りたかったようなんだ。たぶん、そのメンバーにしようと考えたんじゃないか。そういう部隊を作るにあたって、組長たちに俺の顔を覚えさせたいっていうんで、リキさんを殺すよう命じられたんだよ」

そういう理由があって、あの場にやってきたのか。

「間柴はフィリピンとタイの担当になる予定だったって聞いたけど」

「そうらしいな。けどよ、ネット部隊ならどこにいたっていいだろ。海外から日本の俺たちに指示を出すなんて簡単にできるし」

「それはそうだね。ネットや機械にも詳しいのなら、リキの車にGPSを仕掛けたのは」

「俺」

あの時、リキのBMWのヘッドライトの裏側からGPSを発見した。それを聞いて河中は驚いていたが、自分が設置したからか。

「最初の仕事がそれだったんだ。リキさんの自宅をようやくつかめたってんで、やってこいと。夜中の三時頃《ごろ》だったかな。なかなか重労働だったよ」

「リキと面識はないんだよね」

「ないよ。でも、若衆の中でリキさんは有名だったからな。車にGPSを仕込んだり、殺してこいと命じられたり、本当に俺の将来大丈夫かって思ったし、そもそもリキさんに恨みもねえしな。そうは言っても、俺に拒否権はないから。成功したらたくさん金くれるっていうんで、ならやりますって感じで。マジで金欠だからよ。今日の飲食代は後で赤城さんに請求するからいいけどな」

「人を殺すことに抵抗はなかったの？」

「あったけど、間柴さんの命令を断ったら俺が殺されそうだったからな。仕方ねえよ。今はリキさんを殺さなくてよかったと思ってる」

そう考えてくれているなら、リキの件はこれ以上問うまい。

「そっか。でもそういう腕があるなら、組を辞めても仕事は警備員じゃなくてもいいんじゃない？」

「いやあ、元暴力団員だし、いきなり探せないだろ。赤城さんに頼んだのは、あくまで繋ぎだよ。経歴ロンダリングもちゃんとしておかないと。前職が暴力団員と警備員じゃ、同じ『員』でも大違いだ」

先ほどから感じていたが、河中はなかなか現実的な考え方の持ち主のようだ。

「うまく転職できるといいね。そういえば鉄也が持っていた銃はリキが使ったけど、警察に押収されたよ」

「あれは間柴さんからの借り物だったし、俺は前科がなくて指紋を採られたこともない。心配ないだろ。それより、今後の計画についてだ」

「いつから始める？」

「ちょうど明日の夜、上野で飲みの席がある。ていうか、しょっちゅう飲み会はやってるんだけど。そこで兄貴を紹介するよ。兄貴は幹部とも親しいからな。午後八時前に上野駅の中央改札に集合でどうだ」

「いいよ。あのさ……今日の私は前に会った時より化粧を濃いめにしてあるんだけど、すぐにわかった？」

稲門ビルの前で会った時、先に以前も会ったと気づいたのは河中のほうだった。

「目だよ。なんていうの？　目に力があるっていうの？　三ヶ月前と同じ印象だったからさ」

「ああ、そう」

間柴の腹心は竜新会本体にはいないそうだが、念のために目の周囲は少し凝る必要があるかもしれない。

「俺はリキさんにぼこぼこにされて、顔の大部分が腫《は》れて大変だったよ。救いに来てくれた仲間も、最初俺ってわからなかったくらい」

「顔が変形してたもんね。傷はもう治ってるみたいだね」

「やっとだよ。そういや、なんでリキさんといたんだ？」

「私とリキは間柴と因縁があってね。間柴は逮捕されたけれど、まだ竜新会の幹部から聞きたいことがあるから潜入するの」

「そうか。まあ、人の事情にゃ立ち入らない主義なんで、深くは聞かねえけどよ。ほら、料理が冷めちまう。もったいねえし、俺の金じゃねえから、たいらげてどんどん注文しようぜ」

河中が唐揚げを箸《はし》で刺して口に持っていく。

「私の彼氏役なんだから、行儀の悪い食べ方はしないでよ」

「母ちゃんみてえなこと言うなって」

「それに、いまだに若菜って呼ばれてないんだけど」

「タイミングがなかっただけだ。本番ではちゃんと呼ぶから安心してくれ」

河中が少し照れくさそうにして視線を逸《そ》らし、唐揚げを口に放《ほう》り込む。

自分に歳《とし》の離れた弟がいたらこんな感じなのかもと思いつつ、私のきょうだいは一人だけ、ごめんねと心の中で彩矢香に謝った。

2

翌日の午後八時前、瑠美は上野駅の中央改札で河中と落ち合った。

今回は竜新会の本部がある上野が主な活動の場になるため、警視庁が品川《しながわ》にマンションを借りてくれた。品川駅高輪《たかなわ》口の近くで、上野まで山手線で二十分ほど。近いと危険だし、遠くても不便だ。ちょうどいい案配の立地の物件を、いつも押さえてくれる。

着替えや化粧品などはスーツケースで運び、必要に応じて現地で買いそろえる。お酒はかさばるので、いつも貸与マンションの周囲の酒店をめぐって入手している。昨日の今日で慌ただしかったが、午前中に名取から部屋の鍵《かぎ》を受け取り、夕方頃に荷物の運び込みを終えた。

今夜は薄めのブラウンを基調にしたドレスふうのワンピースを着用している。派手すぎず地味すぎず、それでいて印象に残るようなものを選んだ。

「よう、若菜」

今日は河中が自然な感じで声をかけてきた。

「遅かったじゃない、鉄也」

交際関係という設定はすでに始まっている。

「なかなか様になってるじゃないか。目を引くかもな」

「でしょ。先輩の名前は？」

徒歩で店に移動しながら、瑠美が訊《き》く。

「尾《お》ノ上《うえ》さん。尾ノ上弘《ひろし》」

「どんなお店に行くの？」

「クラブっぽいところ」

「うまく紹介してよ」

「この前より、目の周囲がおとなしくないか？」

「ほら私、リキといたでしょ。念のためにね」

「間柴さんの腹心以外、面は割れてないって赤城さんから聞いてるぞ。その腹心も竜新会本体にはいない。問題ないと思うけどな」

「まあいいよ。今日はこれで」

そんなことを言い合っていると、河中が足を止めた。

「ここの七階だ」

飲み屋やバーが入ったビルで、案内板の七階の欄に「クラブ　シャイン」というプレートが嵌《は》め込まれている。狭いエレベーターで七階に上がり、ドアが開くと輝かしい光の出迎えを受けた。テクノふうのビートのきいたＢＧＭがかかっていて、フロアで何人かが体を揺らして踊っている。

「あっちだ」

河中が奥のスペースに案内する。半個室のようなスペースの壁に沿って赤いソファが設置されていて、テーブルが四つ並べられていた。中央にやくざふうの三十半ばほどの男が、両腕にそれぞれ若い女を抱いて座っている。あれが尾ノ上か。中肉中背の青っぽいスーツ姿、短髪のオールバックで、鼻の下と顎《あご》にうっすらと髭《ひげ》を生やしている。

「兄貴、おつかれさんっす。早いっすね」

河中が尾ノ上の前に姿勢よく立って挨拶《あいさつ》する。

「暇だったからよ。ちょっとフライングして始めてた。それ、おまえの女？」

尾ノ上が鋭い目で瑠美を見上げた。

「ええ。若菜って呼んでやってください」

「佐々木若菜です」

瑠美がお辞儀をしたが、尾ノ上はあまり興味なさそうに「どうも」と応じた。

「河中、あっちに座っとけ。何でも頼んでいいぞ」

「ありがとうございます」

一番端の席を指定された河中が瑠美を伴って席に座り、メニューを手にする。

「あまり目を引かなかったみたい」

「初対面なんだから焦らなくていいんじゃねえの。おっ、ドンペリあるぞ。いっとく？」

「ほんと？　頼んでいいなら、お願い」

いきなり悪目立ちしそうだったが、多少気を引くような振る舞いをしたほうがいいかもしれない。

「何でも頼めって言うから、構わねえだろ。兄貴たちも飲んでるし」

尾ノ上のテーブルにはドン・ペリニヨンと銘打たれたシャンパンのボトルが二本置かれ

ており、尾ノ上が炭酸水のように勢いよく飲んでいる。

河中が店員にオーダーし、目の前にあるサンドイッチに手を伸ばした。

「とりあえず飲み食いして過ごそう。ほらほら」

河中の勧めで、瑠美もハムの挟んであるサンドイッチに口をつけた。ぱさぱさしていて、あまりおいしくなかった。運ばれてきたドンペリを店員がグラスに注《つ》ぐ。瑠美は河中と軽くグラスを合わせ、喉《のど》の渇きを潤す。

「おいしい」

「だろ。滅多に飲めねえから、遠慮するなよ」

「今日って何の飲み会なの？」

「最近、兄貴に新しい女ができたんだよ。だからこのところ、特に飲み会が多くて。羽振りがいいところを見せたいんじゃねえの」

河中が声を落として、瑠美に耳打ちする。尾ノ上の両脇《りょうわき》に女性がいるが、左隣の若い女性が尾ノ上に身を預けるようにして座っている。彼女がそうなのだろうか。目鼻立ちのはっきりした顔立ちに、髪先を内巻きにした栗《くり》色のミディアムヘアが似合っている。男好きするような容姿だ。

「あの人でしょ。左の」

「よくわかったな」

河中が二つ目のサンドイッチを咀嚼《そしゃく》しながら答えた。

いつしか人が増えてきて満席になっていた。どの席にも女性がいて、周囲の男たちと盛り上がっている。

時折、河中が仲間のところへ行って少し話しては戻ってくる。仲間と瑠美の両方に気を遣っているようだ。

尾ノ上はすでに酔っているらしく、やや呂律《ろれつ》の回らない口調で、ほかの暴力団員と喧嘩《けんか》をして勝ったという武勇伝を語っている。尾ノ上の彼女は彼が何かを言うたびに手を叩《たた》いて機嫌をとっていた。なかなか尾ノ上に近寄るタイミングがつかめない。

しばらく遠目に眺めていると、尾ノ上の右にいた女性が席を立った。トイレに行くようだ。

今しかない。

「ちょっと行ってくる」

河中に告げ、瑠美は立ち上がった。

「え、おい」

河中が声をあげるが、瑠美は無視して尾ノ上のほうへ歩いていく。

瑠美は尾ノ上の右隣に座り、テーブルに置いてある赤ワインのボトルを手に取った。

「お近づきの印に、どうぞ」

「おう」

尾ノ上のグラスにはまだワインが残っていたが、尾ノ上はそれを飲み干してグラスを瑠美に差し出した。半分注いで止めると、尾ノ上がグラスに口をつけてから瑠美に訊いた。

「河中の女だろ。名前、何だっけ」

「佐々木若菜です」

「若菜ちゃんね。いい名前だ。冬湖《とうこ》には負けるけどな。冬の湖、素敵だろ」

尾ノ上が隣にいる彼女の肩を抱き寄せながら笑う。この子は冬湖という名らしい。

「ええ、素敵なお名前。かわいい彼女に強い彼氏、お似合いのカップルですね」

「嬉《うれ》しいこと言うじゃねえか。なあ、冬湖」

冬湖も嬉しそうに笑い、「ありがとうございます」とぺこりと頭を下げた。仕草がいちいちかわいらしい。まだ二十歳《はたち》を少し過ぎたくらいだろうか。

「あんたも綺麗《きれい》じゃねえか。俺は人の女にゃ手は出さねえから、安心しろよ」

「もう、そんなのわざわざ断らないでよ」

冬湖が頬《ほお》を膨らませながら、尾ノ上の肩に額をつけた。

「わりい、わりい」

尾ノ上が大笑いしながら、瑠美のグラスにワインを注ぐ。

瑠美は数口飲んで「すごくおいしい」と、ややオーバーな調子で声をあげる。

「いい飲みっぷりだな。ドンペリもあけていたし、酒好きなのか」

「そこそこですよ」

「しかし河中にはもったいねえな。どうやって知り合ったんだ?」

「えぇ……どうしようかな」

「何だよ、言えよ」

「マッチングアプリです」

「はっはは。マジかよ。あいつ、そんなのやってんだ。あっ、若菜ちゃんもか。いやあ、おもしれえな」

酔いもあるせいか、尾ノ上は上機嫌でワインを飲んでいく。

「仕事は何やってんだ?」

「何だと思いますか」

「そうだなあ。秘書とか」

「ハズレ。正解は水商売。キャバクラですけど」

「なるほどな。なんか雰囲気あるもんな」

協力者業を始める前は、名古屋と大阪、福岡、そして東京のキャバクラに勤めていた。いずれも客からの人気をなかなか得ていたし、こういう場は慣れている。尾ノ上を客と思えば扱いは楽だ。

「どこの店?」

「調布《ちょうふ》の『ビーナス』っていうお店です」

「調布か。遠いなあ。機会があったら行ってみるわ」

「お待ちしていますね。ところで冬湖さんは、尾ノ上さんとどうやってお知り合いに?」

冬湖が髪先を指に巻きながら、退屈そうな目をしていた。放っておかれたくない気持ちはわかるので、冬湖に問いかけた。冬湖が薄めの唇を開いて笑顔になる。

「三週間くらい前かな? 私がナンパしたの。かっこよくて、思わず」

意外にも冬湖から声をかけたようだ。

「俺もちょうど女と手が切れてたんだ。イエス以外の答えは存在しなかったね」

「いいですね。私もそういう勇気が欲しいなあ」

「俺の横に来ただけでも、相当な勇気だと思うぜ。なあ、冬湖」

「そうだよ。私っていう女が隣にいるんだから」

冬湖が冗談っぽく返すと、尾ノ上が馬鹿笑いして「ワイン、もう一本」と追加注文する。

竜新会の幹部について聞いてみたかったが、今ここで訊くのは不自然だろう。また同じような飲みの席があるはずだ。その時でも遅くはない。今は親密度の向上に注力しよう。

その後も瑠美は尾ノ上と冬湖に世間話や質問を振り続け、気づけばあれからワインのボトルを五本もあけていた。そのうちの二本くらいは自分で飲んだのだけれど。

「ああ、いいお酒を飲めて幸せ」

お開きになってビルを出たところで河中に言った。

「最初はひやひやしたけど、うまく取り入ってたじゃないか」

「でも、肝心な情報はまだ。次の飲み会で訊くつもり」

「慎重だな。まあ、近いうちにまたあると思うぞ。尾ノ上さんも若菜を気に入ったみたいだしな。ん？」

河中の視線が瑠美の後ろに移動した。瑠美が振り返ると、冬湖が立っている。尾ノ上の姿はない。トイレにでも行ったようだ。

「冬湖さん、今日はありがとう。楽しかった」

瑠美が笑いかけると、冬湖はきつい目をして瑠美を見上げた。

「負けないから」

「え？」

瑠美が問い返すと、冬湖は振り向いて、戻ってきた尾ノ上の脇に駆けていった。尾ノ上の腕を取って満面の笑みを振りまいている。

「何だ？　尾ノ上さんを取られるとでも思ってんのか。若菜もたいしたもんだ」

河中がにやついているが、瑠美にはわかった。

彼女だ。

リキと江藤が送り込んだのは、彼女に違いない——。

3

上野の駅前で河中と別れ、瑠美は品川の貸与マンションに帰った。

品川駅から歩いて七分ほどのところにある、十二階建てマンションの六階だ。オートロックのエントランスを抜けて自室に入るや、バッグから携帯端末のような器機を取り出す。盗聴発見器だ。

万全の注意を払い、毎日帰宅したらすぐにこの器機で盗聴器の有無を確認する。コンセント部分を中心に、1Kの部屋を隅々までチェックした。器機は反応しなかった。異常なし。

ベッドと冷蔵庫はあらかじめレンタルしたものを、警視庁が手配して運び入れてくれている。ほかのものはないので、自宅から持ってくるか、近所で買い足して用意した。

シャワーを浴びてさっぱりしたかったが、先にやらなければならないことがある。

潜入調査中は進捗《しんちょく》確認と安否確認のため、毎夜九時に名取から定時連絡が入る決まりになっている。盗聴器のチェックをするのは、主にこの部屋でやり取りをするからだ。今日は八時から飲みの席に行くので、帰宅し次第連絡すると伝えてあった。貸与スマホは午後十一時五十三分を表示している。だいぶ遅くなってしまった。

「名取さん、遅くなってごめん」

『構わんよ。仕事していたから』

「相変わらず激務過ぎない？」

『問題ない。酒の席はどうだった？』

リキを殺しに来た刺客が河中だったというのは、名取に伝えていない。警戒されて計画が中止になっては困る。河中は間柴の命令に従っただけだし、今のところ非常に協力的だ。

「尾ノ上という、河中さんの兄貴分と知り合った。幹部についてはまだ訊いていない」

『それでいい。慎重にいこう』

リキと江藤が人を潜り込ませたというのも伝えてはいない。彼らはハッピーライフの事件で竜新会だけでなく、警視庁からも追われる身だ。先日江藤と会ったのは瑠美の意思ではないとはいえ、彼らと接触していた事実が知られるのは何かと都合がよくないだろう。

『河中はどうだ。役に立ちそうか』

「私を尾ノ上に紹介してくれただけでも、大役立ち。河中さんの彼女役ってのは変な感じだけど」

『関係性を説明しやすいんだろう。合理的だな』

彼女役と聞いて多少は反応するかと思いきや、名取は淡々と河中の狙《ねら》いを分析した。

「まあね」

『この後は？』

「尾ノ上は新しい女に力を見せたがっている。また飲みの席があると思うから、その時に幹部について触れてみるつもり。まだ尾ノ上と個人的に会えるほどの関係ではないし、尾ノ上の彼女の目が厳しそうだから」

『すでに交際相手がいるというのは、少し面倒ではあるな。その女性にも気をつけてくれ』

言われずともそのつもりだが、「了解」と返事をして定時連絡を終えた。

瑠美は続けて江藤に教えてもらった番号にかけた。

「伊藤だけど」

『瑠美さん？　番号変わったんですか』

「今後はこちらでよろしく」

任務中、プライベート用のスマホは鬼子母神の自宅に置いてくる。奪われて瑠美の素性がばれないようにするための措置だ。

「それよりも、江藤さんたちが送り込んだ人、わかったよ。冬湖さんでしょう？」

『えっ。どうしてわかったんですか』

冬湖は飲み会が終わった後も尾ノ上と一緒にいるだろうから、今はまだ江藤たちに連絡できていないようだ。

「尾ノ上の飲み会に私も行ったの」

『そうだったんですか。でも、よく冬湖を送り込んだって見抜きましたね』

「飲み会が終わった後、『負けないから』って睨《にら》みつけられた」

『ははっ。あの子らしい』

「なんで冬湖さんが私を知ってるわけ？」

『前もって瑠美さんの特徴を伝えただけですよ。瑠美さんの名は教えていません』

「どうせ目がでかいとか、目力がすごいとか、そんなのでしょ」

『そうです』

江藤は悪びれもせずに認めた。

「今日は目元をおとなしくしたメイクだったのに。それだけのヒントで私だと思って話しかけてきたみたいだけど、もし違っていたらどうするつもりだったんだろ」

瑠美は苦笑しながら疑問を呈する。

『「負けないから」っていうのは、ほかの意味にも取れますからね。あの子なりに、どうとでも取れる言い方をしたんでしょう』

確かに河中は「尾ノ上さんを取られると思っているのか」という意味でとらえていた。

「そうかもね。どういう素性の子なの？」

『それはまた、いずれ』

「冬湖さんは本名？」

『本名です。谷口《たにぐち》冬湖といいます。瑠美さんは今回、偽名を？』

「偽名だよ。佐々木若菜」

『へえ。いい名前ですね』

「伊藤瑠美が駄目みたいじゃん」

『瑠美さんも素敵ですよ』

江藤が少し焦ったような声を出す。瑠美は笑いながら訊いた。

「ところで、どうして冬湖さんが尾ノ上の彼女になってるの？　私が尾ノ上に接近するのを知ってたの？」

『いや、まさに尾ノ上が幹部に近い存在なんですよ。偶然……というより、必然に近いのかもしれません』

河中は間柴の部下だったが本部に戻され、ある程度評価されているはずだと言っていた。幹部に近い尾ノ上の下に配置されたのも、その評価ゆえかもしれない。

「尾ノ上と近い幹部というのは誰？」

『いずれわかると思いますよ』

やはり江藤もなかなか口が堅い。

「子竜会のほうはどうなったの？　子竜会組長が上納金をごまかしている件」

『まだ尻尾《しっぽ》を出さないですね』

本当かどうかはわからないが、それ以上は訊かず、瑠美は「じゃあ、またね」と通話を終えた。

谷口冬湖――。

負けないからと宣言したからには、共同で事を進める気はないらしい。そんな姿勢で臨んでうまくいくのだろうか。ともかく、自分は自分の仕事をしていくしかない。

そうだ。もう一本電話をしないと。

瑠美は暗記している電話番号をタップした。

『はい、「ビーナス」です』

少し掠《かす》れた声が応答した。

「ママ？　夜分に申し訳ありません、可憐《かれん》です」

『あらあ、可憐ちゃん。久しぶりじゃない』

可憐というのはビーナスで働いていた当時の瑠美の源氏名《げんじな》だ。

『例の件？』

「すみません、そうなんです。毎回申し訳ありませんが、もし私のことを訊かれたら……」

『うちの子って言うから、安心して』

潜入調査でキャバクラ勤めという設定を使うと、本当に瑠美がその店で働いているのか確認される場合がある。以前、とある暴力団に潜入した時に実際に確認されてしまった。その時はママの機転で事なきを得たが、この設定を使った際は口裏合わせのためにママに連絡を入れるようにしていた。

「ありがとうございます。もし訊かれたら、いつものように謝礼をお送りします」

『そんなに気を遣わなくていいのに』

報酬というほどでもないが、確認された場合は相応の金額を現金書留で送っていた。

「そういうわけにはいきません」

『相変わらずだねえ。それよりさ、早くうちの店に戻ってきてよ』

「そう仰《おつしや》っていただけるのは嬉しいですけど……」

『冗談冗談。でも、本当に路頭に迷ったら相談に来てね』

「では、その際にはお願いします」

『体に気をつけてね』

「ママもね」

瑠美はあらためて礼を述べて電話を切った。

大きく息を吸って、ゆっくりと吐く。潜入は始まったばかりだ。いつもの症状は出てこない。任務完了後に激しい症状に見舞われる場合が多いので、今はさほど心配する時期ではない。

やっとさっぱりできると思い、着替えとクレンジングのセットを手にして、バスルームへと足を向けた。

4

尾ノ上と会った二日後の昼頃、瑠美のもとに河中から連絡が入った。

もう次の飲みの席かと思いきや、河中が困惑した声色で用件を切り出した。

『尾ノ上さんが、幹部に若菜を紹介したいんだって』

「え……いきなりどうして？」

『三杉《みすぎ》さんっていう幹部に若菜のことを話したらしいんだ。飲み会に面白い女がいたって。そしたら三杉さんが興味を持って、会ってみたいと言い出したらしい』

怪しい。尾ノ上に近い幹部は三杉という人物らしいが、何か裏があるのではないだろうか。

「三杉って幹部はどんな人？」

『四十前後で……幹部の中では一番の若手だな』

十五年前は二十代半ばか。当時は若衆の一人に過ぎない存在だったはずだ。間柴を竜新会に紹介した者については知らないだろうが、三杉を足がかりに古参幹部に繋げてもらえるかもしれない。

「幹部って、若頭なの？」

『うちの組には若頭補佐っていうのがあって、三杉さんがそうだ。若頭補佐は四人いるんだけど、若頭に近い権力がある』

三杉の立場も申し分ない。瑠美としては願ってもない展開ではあったが、こんなにうまく事が進んでいることにかえって不安が募る。

「断ったらどうなるの」

「三杉さんと兄貴からの、俺の覚えが悪くなるな」

「それだけ？」

「充分だろ。まあ、いずれ辞めるからどうでもいいけどな。だけど若菜も飲み会に来にくくなるだろうし、来ても尾ノ上さんの態度が冷たくなっちゃうかもな」

「そうだよねえ」

この誘いを蹴《け》るとすると、懸念は今後尾ノ上に接近しづらくなるし、断った手前、三杉という幹部にも会えなくなる可能性が高くなるという点だ。それに、会わなければ三杉の狙いはわからないままになる。まず話だけでも聞いてみようか。いざとなれば撤退すればいい。

「わかった。会わせて」

『裏がありそうだが、いいのか？　無理せず次の機会を待つという手もあるぞ』

河中も危惧《きぐ》しているらしい。

「せっかく向こうから機会が来たんだし、会わないと当たりか外れかわからないからね。鉄也も来てくれるんでしょ？」

『それがよ、若菜だけって条件なんだ』

「何それ。ますます怪しいじゃない」

『だろ？』

「どこで会うの？」

『三杉さんの行きつけの料亭だ。上野公園の中だな』

河中が店名を伝える。瑠美も知っている店だ。以前、別の暴力団員に接近した時に連れていってもらった。明治初期から続く老舗《しにせ》で、日本家屋をベースにした趣のある店だ。

「お店の外で待っててよ。いざとなったら助けて」

『幹部が相手だぞ。恐れ多いだろ』

「辞めるつもりならいいじゃない」

『……そう言われれば、確かにそうだ。助けられそうなら助ける』

いかにも頼りないが、援軍がいないよりはましだろう。

「日時は？」

『今日の夜七時だ』

「今夜？　急だね」

『三杉さんは忙しい人だからな。今夜しか予定があいてなかったんだろ』

「六時半くらいに上野駅の公園口に集合でいい？」

『オッケーだ』

電話を切って、貸与スマホを小さなテーブルにのせる。近所の雑貨店で買った千円程度の小型テーブルだ。

どういうつもりなのだろうか。

尾ノ上が三杉に話をしたまでは理解できるが、どうして三杉が自分に興味を持ったのか。それは会って話してみるしかない。

午後七時からなら九時には自宅に帰れそうもない。三杉と会うなら先に名取に伝えておくべきだ。

スマホを手にして、名取にかけた。出ない。会議中だろうか。

留守電に切り替わってしまったので、今夜三杉という幹部に会うと吹き込んで切った。

スマホを再びテーブルに寝かせる。

緊張のせいか、心臓の鼓動が速まり始めた。
落ち着け――。
その鼓動を抑えつけるように、大きく息を飲み込んだ。

第四章　証拠

1

瑠美は上野駅の公園口改札の前で河中を待っていた。

あの後、名取から折り返し電話がかかってきた。三杉との会食に名取も警戒し、彼について調べてから連絡を入れてくれた。

フルネームは三杉信一郎《しんいちろう》といい、河中が言っていたように若頭補佐で、年齢は四十一歳だ。竜新会には二十歳《はたち》の頃《ころ》に入り、二年前から若頭補佐の役目を担っている。英語に加えてスペイン語と中国語も堪能《たんのう》で、覚醒剤《かくせいざい》などの違法薬物や拳銃《けんじゅう》の密輸を仕切っていると見られている。

護衛として、料亭の周囲に捜査員を二人配置してくれるそうだ。慢性的な人手不足ではあるが、夜の時間帯は比較的調整が利くらしい。彼らもそろそろ配置につく頃か。

「若菜、お待たせ」

河中が改札を通過して手を上げながら近づいてくる。

「まああ時間通り」

「シックな感じでいいじゃないか」

料亭なので控えめな服がいいと思い、黒のブラウスにベージュのミディ丈のスカートを着用してきた。

「そう？　行こう」

瑠美が歩きだしたが、河中は足を止めたままだ。

「どうしたの」

「料亭の近くで三杉さんの護衛が警戒にあたっているはずだ。俺《おれ》は面が割れているから、一緒に行かないほうがいい。ここから別行動だ」

「ちゃんと来てよ」

「あたりまえだ」

河中が手を振って瑠美を送り出す。三杉は普段から護衛をつけているようだ。名取が手配してくれた捜査員の存在に気づかれないか心配だが、彼らもその程度は想定しているだろう。

ゆっくり歩いて十分ほどで料亭の前に到着した。黒い空の下、趣のある料亭の玄関が柔らかい光を放っていた。

腕時計は午後六時四十五分を指している。少し早いか。先に着いているのは、三杉からすると客を待たせてしまうことになる。七時に玄関をくぐろうと思い、建物をやり過ごして公園内をぶらぶらと歩いた。

午後七時ちょうどに料亭前に戻ってくると、そのまま玄関の敷居を跨《また》いだ。下足番の男性がいて、靴を預ける。

「いらっしゃいませ」

若い仲居《なかい》がしとやかな挙措で瑠美を迎え入れる。三杉の名を告げると、「こちらへ」と案内された。板敷きの廊下を歩いていき、何度も左右に曲がる。最奥にある引き戸の前で仲居が膝《ひざ》をついた。

「こちらです」

仲居が戸を開ける。瑠美は個室に足を踏み入れた。

「失礼します」

瑠美が頭を下げてから入ると、十畳ほどの座敷の奥に男性が座っている。三杉か。その顔を見て、意外に思った。武闘派ともインテリとも違う、スポーツマンふう。彫りの深い顔に引き締まった体軀《たいく》、焼けた肌が健康的で、青年実業家と言われても信じてしまいそうな風貌《ふうぼう》だ。ダークグレーのスーツに薄くストライプが入っていて、体格にぴったり合っている。四十一という話だったが、いくつか若く見えた。

「佐々木若菜さんだね。三杉です」

声にも張りがあり、威圧的な感じはない。

「どうぞそちらに」

三杉が正面の席を勧めた。掘りごたつになっている。これなら足が楽でいい。

「佐々木です。本日はよろしくお願いいたします」

瑠美があらためて会釈する。

「気を楽に。飲み物は？」

「では……ビールで」

「料理はコースにしてあるから、お楽しみに」

三杉が仲居にビールを注文する。

すぐに瓶ビールが二本、運ばれてきた。瑠美が三杉に酌をすると、三杉も瓶を手に取った。

「いえ、自分で注《つ》ぎますので」

「いいのいいの。最初だけ注がせて。あとは互いに手酌でいこう」

三杉が瓶を傾けてくるので、瑠美はグラスを差し出した。泡とビールが黄金比ともいえる配分で注がれる。

「乾杯」

三杉がこちらにグラスを差し出す。瑠美はグラスをそっと合わせ、ビールを一口飲む。いつもより味がしない。緊張しているようだ。

仲居が先付《さきづけ》の小鉢を運んできた。カニの酢和《すあ》えだ。三杉が箸《はし》をつけたのを見て、瑠美も口に運ぶ。ほぐしたカニとさっぱりした酢がよく合うが、まだ味覚がおぼつかない。

「ご足労させて悪かったね」

「いいえ。でも、今日はどうして」

「尾ノ上から君の話を聞いたんだよ。綺麗《きれい》な女性がいたってね。しかも河中の彼女というじゃないか。キャバクラで働き、マッチングアプリで河中と知り合った。興味を覚えてね」

「鉄也……いえ、河中をご存じで？」

「鉄也のままでいいよ。あいつは最近、尾ノ上の下につけたんだ。組の中じゃ、ちょっと有名なんだよ」

「どうしてですか」

「その前は、なかなか厄介な男の下にいてね。そいつがヘマをして警察に捕まったんで、腹心たちは本部から追い出されたんだが、あいつは生き残ってね」

「へえ……しぶといですね」

「ははっ。ほんとだね」

三杉は白い歯を見せて明朗に笑った。暴力団員にはあまりいないタイプに見えるが、それがかえって警戒心を煽《あお》る。

「ところで若菜さん。君は本当に河中の彼女なのかな？」

三杉が目を細めながら問うた。いきなり太刀を振るわれた気がした。その白刃を笑みで受け、三杉の目を見つめながら答えた。

「なぜですか？　私は鉄也と付き合っていますよ。確かに尾ノ上さんにも、河中にはもったいないって言われましたけど」

「それは失礼。今の問いは気にしないでくれ。……初対面の君にこんなことを言うのもおかしいと思われるだろうが、じつは内通者という噂《うわさ》があるんだ」

「え……」

河中がエスだと見抜かれている？

「て、鉄也がですか」

わざと動揺したふりをして訊《たず》ねた。ところが三杉は首を横に振った。

「尾ノ上だ」

予想外の名が出て、瑠美は大きく目を見開く。今度は本心から驚いた。

「ほかの暴力団組織に情報を流しているという噂だ。僕はそれを明らかにしたいと考えていてね」

「びっくりしました……。でも、どうして私なんかに話してくれたんですか」

「ここからが本題なんだよ」

仲居が戸を開け、椀《わん》をテーブルに置く。三杉が「まず、いただこう」と椀に手を伸ばす。瑠美も椀の蓋《ふた》を取った。鱧《はも》の汁物だ。星形のかまぼこと絹さやが上品に浮いている。

「おいしいですね」

いつまで経《た》っても味が曖昧《あいまい》だ。三杉は何を言い出すつもりなのか。

「お口に合ったようで何より」

三杉が顔をほころばせ、「さて」と続けた。

「君に折り入って頼みごとがあってね」

「何でしょう」

「尾ノ上が内通しているという証拠を見つけ出して欲しい」

「えっ……」

「驚くのも無理はない。今日初めて会った女性に、こんな頼みごとをするなんて、僕も変だと思うからね。でも、君が適任だと判断したんだ」

「どうして適任だと」

「尾ノ上は君を気に入ったようだ」

「尾ノ上さんには交際相手がいますよね？」

冬湖の顔を思い浮かべながら訊いた。

「その彼女……谷口冬湖さんから聞いたんだよ。尾ノ上が怪しいって」

冬湖が？

「そうなんですか」

「まだ確証は得られていないがね。もちろん彼女にも調べを依頼してある。だが交際相手だからこそ、核心まで踏み込めないことだってあるだろう。恋人だろうと夫婦だろうと、言えない秘密がひとつくらいはあるんじゃないかな？　だから完璧《かんぺき》な調査は無理だ。で、僕にとって折よく君が現れた。君と尾ノ上は知り合ったばかりだ。互いを知っていく過程は楽しいものだろう？　その過程の中で、探れることがあるはずだと僕は思ったわけだ」

うまいことを言っているつもりだろうが、要は瑠美と冬湖の二人がかりで尾ノ上を攻略しろというわけか。

それに彼女――冬湖の目論見《もくろみ》がわかった気がした。

尾ノ上を嵌《は》めるつもりだろう。

尾ノ上を踏み台、いや犠牲にして幹部に認めてもらう。しかし三杉は十五年前、若衆の一人だった。当時、間柴が竜新会に入った深い事情はわからないはずだ。それなのに冬湖は三杉に近づいた。三杉が何か知っているという確信があるのだろうか。

「どうかな？　頼みを聞いてくれるかい」

瑠美が受けるかどうか考え込んでいると思ったのか、三杉が声を丸くして訊《き》いた。

「お断りします」

幹部から頼みごとをされたからといって、すんなり引き受けるわけにはいかない。ましてや冬湖の企《たく》み——リキや江藤の策かもしれないが、それに迂闊《うかつ》に乗るのは危険だ。

「ほう……どうして？」

三杉が表情を崩さずに訊ねる。

「自信がありませんし、冬湖さんがそう思われたのなら冬湖さんに任せるべきでは？」

「報酬を払うと言ったら？」

「そういう問題では」

「百万でどうだい」

三杉がにこりと笑いながら人差し指を立てた。

「待ってください。そんなお金、受け取れません」

「内通が明らかになるのなら、安いものなんだけどな。慎重なんだね。これならどうかな？　君の願いを聞こう。何でもいいよ」

「願いを……」

間柴のことを訊くのは不自然だろうか。いや、河中と交際しているのなら、瑠美が河中からある程度は間柴について聞いていてもおかしくはない。間柴の事件はしばらくの間、連日報道されていたから、まったく知らないほうが不自然ではないだろうか。これはある意味、チャンスかもしれない。

「あの……願いというか、質問していいでしょうか」

「どうぞ」

「お答えいただいても、三杉さんの頼みごとを受けるかどうかは決められませんけど、それでもいいですか」

「僕はそんな小さい男じゃないよ。いいよ、言ってみて」

「先ほど鉄也が厄介な男の下にいたと仰《おつしや》いましたが、それって間柴って人ですか」

「河中から聞いていたのか。まあ交際しているのなら、それもそうか。で?」

「その人の下にいたせいで、少々やりづらいって話を聞いたんです。どうして、そんな厄介な人が組の幹部を務めていたんですか」

「そうだな」

三杉は腕を組んでしばらく黙した後に言った。

「逮捕を機に破門されたし、少しくらいなら話してもいいだろう。でも、このことは誰にも言わないで。河中にもね」

「わかりました」

「間柴は場当たり的なところのあるやつだったんだが、野性の勘というか、直感の働く男だった。あいつの判断が大きく間違ったことはなかったし、とにかく冷徹に物事を進めていくんだ。それに人の命も虫の命も、あいつにとっては同じだった。そういうところが組長や古参幹部に気に入られていたようだね。でも、最後の最後で足下をすくわれた。部下の裏切りによってね」

リキと江藤のことだ。

「僕はあいつと付き合いは長いけれど、正直なところ性格はまったく合わなかったな」

三杉が肩をすくめながら苦笑する。

「その人は、どうやって竜新会に入ったんですか。それさえなければ、鉄也が今苦しむことはなかったのに」

「彼氏思いなんだね。僕のほうが先に組に入っていたんだけど、あいつは誰かに推薦されてやってきた。最初から幹部候補的な扱いを受けていたな。誘拐した中学生を刺し殺したっていう噂があって、組長や古参幹部からも一目置かれていた」

「噂……」

「自分から『俺が犯人だ』とは言わないからね。僕は子どもを殺《あや》めるなんてと嫌悪感を抱いたものだったが、あくまで噂で、確証があったわけじゃないから。組長や古参幹部は知っていただろうけどね。だが今回逮捕されたのを機に、当時の犯行が噂から事実に変わった。僕があの時に抱いた感情は間違っていなかったんだ」

竜新会の中にも、子どもを殺めたことが道義にもとると反対していた者がいたとリキが言っていたが、三杉はそのうちの一人だったようだ。

「私もニュースで見ました。ひどいことをするものだと思って」

「そういう意味でも、今回逮捕されてよかったよ。遺族はほっとしているだろう」

瑠美は三杉の目をあらためて見つめた。嘘《うそ》を言っているようには見えない。瑠美の胸に彼の言葉がじわりと染みわたる。

「推薦って仰いましたが、誰《だれ》があんなひどい人を紹介したんですか」

「それは僕もわからない。当時は僕も下っ端だったというのもあるけれど、組長と古参幹部以外は知らされていないようだった。僕が幹部になった後も、それは当時の者しか知らない極秘情報という扱いだ」

「そうなんですね……」

やはり三杉は知らないようだ。この話題をこれ以上引っ張らないほうがいいだろう。

「質問の答えにはなっていたかな？」

「はい、ありがとうございました」

「今のは訊かれたことに答えただけだからね。願いごとがあれば言ってよ」

三杉はなかなか強引だ。情報源を複数持っておきたいからか、やはり瑠美にも調査を頼みたいらしい。

瑠美は考えを巡らせた。冬湖が本当に尾ノ上を嵌めるつもりなら、証拠を用意するだろう。自分が調査をする意味はあまりなさそうに思えるが、三杉の信頼を得るにはいい機会だ。恩を売っておくのも悪くない。暴力団の組織内でさらに潜入調査をするような形になるが、深入りしないようにすればいいだろう。それに、引き受けると答えるまでは帰してくれないような雰囲気を醸している。断り続けるほうが身に危険が及ぶのではないか。

瑠美は決断した。

「お願いごとは調査がうまくいったら、その見返りでもいいですか」

「ということは？」

「やってみます」

「助かるよ。ありがとう」

三杉が深く頭を下げる。暴力団幹部にこんな態度をとられたのは初めてだ。

「とんでもないです。でも、こういう調査はしたことがないので、うまく探れるかどうかわかりませんけど」

「君の思ったとおりにやってくれればいい」

「そもそもの話ですけれど、暴力や脅しで無理やり尾ノ上さんの口を割らせられませんか。どうして私や冬湖さんに調査を？」

「さっき間柴とは合わないって言ったように、僕は野蛮な方法が嫌いなんだ。暴力は下の下。って、暴力団という組織にいて矛盾していることを言っているけどね」

三杉が楽しそうに笑う。表面上だけでなく、心から楽しげな目をしている。

「何だか新鮮です」

思わず瑠美も心から応じていた。

「そう言ってくれて嬉《うれ》しいよ」

「あの……もし内通の噂が本当だったら、尾ノ上さんはどうなるんですか」

「しかるべき対応をするだけだよ。君はそこまでは知らなくていいんだ」

三杉が穏やかに笑う。

処罰は確実だ。これ以上踏み込んで訊く必要はないだろう。

「では気にせず調査を始めてみます」

「そうしてくれ。その前にこれを」

三杉がスーツの懐《ふところ》に手を差し入れ、本革製の黒い長財布を取り出す。その中にある札を数えてから、瑠美に差し出した。

「三十万ある。対尾ノ上用の必要経費として、好きに使ってくれていい。領収書はいらないよ」

「そんな。受け取れません」

「いいのいいの。足りなくなったら教えてよ」

三杉は微笑《ほほえ》みながら、札を持った手を瑠美に突き出す。

「なら……お言葉に甘えさせていただきます」

瑠美は受け取り、バッグの中にある財布に札を仕舞った。

「期限はいつまででしょうか」

「できるだけ早く。ばれないように気をつけて」

「このこと、鉄也は知りませんよね？」

「当然。他言無用で頼むよ。冬湖ちゃんにも君に調査を頼むというのは言っていない」

「わかりました。ええと、三杉さんとの連絡方法は？」

「携帯の番号を読み上げるよ。ただし、アドレス帳に登録はしないでね。かけた後も通話履歴は削除しておいて」

「それも承知しました」

警視庁から貸与されたスマホのアドレス帳には、名取の連絡先も入れず、常に空にしてある。通話履歴や着信履歴もその都度削除していた。万が一、スマホが奪われた時に情報が漏洩《ろうえい》しないよう、そうした措置をとっている。そのため電話番号をはじめ、暗記には慣れている。三杉の要求も問題ない。

三杉がゆっくりと番号を読み上げる。瑠美はその電話番号を記憶した。

「覚えました」

「言ってみて」

瑠美が番号を復唱する。

「正解。結構、一回で覚えられない人は多いんだ。記憶力、いいんだね」

「昔から暗記は得意で」

「いい特技だ」

三杉がにこやかな表情で笑う。暴力団幹部というより優秀な営業マンという印象だ。三杉は覚醒剤や拳銃の密輸を仕切っているようだという名取の話だった。商談でもこういう姿勢で臨んでいるのかもしれない。この態度で接せられたら気を許しそうになるのはわかるが、竜新会という暴力団の幹部なのだ。決して信じるわけにはいかない。

その後はとりとめのない話をしながら料亭の料理とお酒をいただき、午後九時半頃にお開きとなった。

部屋で勘定を済ませた三杉が、突然拍手をし始めた。

「どうしたんですか」

「合格だよ」

三杉が柔和な笑みのまま、叩《たた》く手を止めた。

「どういう意味ですか」

「これは半分、面談みたいなものだったんだ。今うちの組は、ある事件で警察の摘発を受ける可能性がある。外部からの接触にかなりピリピリしているんだよ。僕も配下の若衆たちの人間関係に目を光らせている。特に交際関係にはね」

「鉄也の彼女だから、今日こうした場を？」

「そのとおり。最初に河中の彼女かどうか質問したのも、そうした意図があった。君は動揺せずに僕の目をしっかり見て答えた。河中に交際相手と思い込ませて、うちの組に近づいてきたのではない。二人は本気なんだと思ったよ」

「そういう意図があったんですね」

「一週間ほど前かな。冬湖ちゃんにも同様にこうした席を設けた。比較的最近、尾ノ上の彼女になったからね。その場で内通の話を切りだされて、さすがに驚いたけど。あの子は上昇志向が強いようで、僕は気に入った。そこで、内通の件を若菜さんの試問に使ってみようと思ったのさ。調査を断るようだったら、もしかしたら冬湖ちゃんと繋《つな》がっているかもしれないだろ？　冬湖ちゃんがしようとしていることに君がしゃしゃり出てきたら、冬湖ちゃんの邪魔になるからね。断られた時は少し疑ったけれど、君は引き受けてくれた。だから二人は無関係だと判断したわけだ」

「そうだったんですね」

多くを語ると墓穴を掘るかもしれないと思い、瑠美はただ合いの手だけを入れていく。

断り続けなくて正解だった。実際冬湖とはあの時の飲みの席で初めて会ったのだし、以後は一度も話をしていない。それが功を奏した。

「調査のほう、よろしく頼むよ。ああ、そういえば今日、君と会う前に調布のキャバクラ……『ビーナス』だっけ？　そこにも在籍確認をさせてもらった。君、なかなか人気らしいね。今度遊びにいったらサービスして欲しいな」

三杉が目を細めて笑う。

「ぜひ、お越しください。ちょっと遠いですけど」

やはり確認したのか。ママに連絡しておいてよかった。

「それがネックなんだよね。都心にあればね。移籍してはどう？」

「調布が好きなので」

「正直でいいね。さあ、ここまでにしよう。僕はこれから取引先に連絡する用があるので、この場で失礼するよ」

三杉がスマホを片手にそう言うので、瑠美は「ごちそうさまでした」と礼を述べて退室した。

仲居と下足番に玄関で見送られ、駅のほうへ向かった。三杉の護衛と、名取が配置してくれた捜査員がどこにいるのかは判然としない。それとなく左右を見るが河中の姿もない。

まっすぐ上野駅の公園口まで歩き、改札の前で河中に電話を入れた。

通話コールが鳴るが、なかなか出ない。

どうしたんだろうと思っていると、肩をぽんと叩かれた。振り向くと河中が立っている。

瑠美はスマホを仕舞って河中を見上げた。

「ずっとここにいたの？」

「そんなわけねえよ。料亭のわりと近くにいたんだけど、やっぱり三杉さんの護衛がいたから、少し離れたところで待ってたんだよ。そろそろ終わっただろうと思って、ここに戻ってきたら、若菜がいたからさ。で、どうだった？」

河中が改札脇の壁のほうへ歩いていくので、瑠美も彼についていく。

「ただの世間話だったよ。あ、そうだ。尾ノ上さんに今日のお礼をしたいから、連絡先を教えてくれる？」

「待てよ。世間話だけなはずはないだろ」

「本当にそうなんだから。私を気に入ったみたいだよ？」

瑠美は無邪気っぽく笑ってみせた。

「三杉さん、少し変わり者って話だからな。酔狂で女を呼びつけてもおかしくはないけどよ」

「酔狂なんて失礼な。紳士的でいい人だったよ」

「俺はほとんど喋《しゃべ》ったことないから。てかさ、幹部と知り合えて懇意になったのなら、俺の役目はこれで終わりでいい？」

「もう少し付き合ってよ。紳士的だからって、信じるのとはまた違うから」

「俺は信じてるのか？」

「三杉さんよりはね。鉄也の背後には赤城さんがいるわけだし、私の命綱みたいなものなの。だから、もうしばらく、ね」

「いいけどよ。そのぶん、赤城さんから金をはずんでもらうけどな」

「そういう考え方、嫌いじゃないよ。ねえ、尾ノ上さんの連絡先教えてよ」

「勝手に教えると、俺が怒られるからなあ。二人で挨拶《あいさつ》に行こう」

できれば一人で行動したかったが、こだわると河中に不審感を持たれるだろう。連絡先はその時に尾ノ上に直接訊いてもいい。

「いいよ、伝えておいて。私はそろそろ帰るね」

「おつかれ」

「家、どっちのほうなの？　私は山手線で東京駅方面だけど」

「根津《ねづ》のぼろアパート住まいだ。歩いて帰るよ」

「じゃあ、ここで」

瑠美は河中に手を振り、改札をくぐった。振り返ると、河中の姿はなかった。東京駅方面の山手線が到着するアナウンスが聞こえてくる。品川に帰ったら、すぐに名取に連絡を入れなければ。

瑠美は一本でも早い電車に乗ろうと、階段を駆け足で下りていった。

2

瑠美は品川の貸与マンションに帰り、盗聴器の確認をしてから名取に電話をかけた。

時刻は午後十時半になろうとしていたが、名取はすぐに出た。

「今、帰ったよ」

瑠美はフローリングの床に座り、ベッドにもたれながら話す。

『お疲れさま。三杉の話は？』

瑠美は三杉から尾ノ上の内通を調べて欲しいと依頼されたと伝えた。

『尾ノ上が？　依頼を受けたのか』

「受けた。最初は断ったんだけど、なかなか強引で。断り続けると、かえって危険な予感がしたから」

『そうか。やむをえまい。いずれにしても怪しい匂《にお》いがするな』

「三十万ももらっちゃった。半ば無理やり渡されて」

『どうしてそんな金額を』

「調査費用だって。これを使うつもりはないけどね。いつでも返せるように、バッグに入れとく」

『もし本当に費用が必要なら、こちらに請求を』

任務中に必要経費が生じたら、警視庁が精算して、後で報酬に含めて支払ってくれる仕組みだ。

「そうさせてもらうよ」

『どうやって調査するんだ』

「考え中。決まったら教えるよ」

『新しい計画を考案した時や変更が生じたら、事前報告するように』

「報告はしてるよ？」

『事前に、だ。いつも事後だろ』

「多少の前後は大目に見てよ。タイミングが難しい時もあるし。善処はするけど」

スマホのスピーカーから苦笑するような息が漏れてきた。

『方法が決まったら教えてくれ』

「了解。あと、三杉が今日私と会った理由も教えてくれた」

瑠美は三杉が若衆の交際関係を重要視して、最近組に近づいてきた者の素性を調べたり、面談をしたりしていると伝えた。

『かなり慎重になっているな。そうした動きがあるというのは貴重な情報だ。ルーシーも気をつけてくれ』

「うん、おやすみ」

互いに挨拶をして通話を終えた。スマホの画面を見つめる。

冬湖のことを江藤に確認しようとしたが、やめた。瑠美が尾ノ上の調査をするというのを、三杉は冬湖に伝えていない。万が一、瑠美も調査するというのが冬湖に漏れると何かと面倒だ。

スマホをテーブルの上に置いた。

河中が三杉は変わり者だと言っていた。今日だけではなく普段からああいう姿勢でコミュニケーションをとっているのだろう。威圧的だったり、恫喝《どうかつ》したりする暴力団員は腐るほどいるが、三杉のようなタイプは滅多にいない。だからこそ注意が必要だ。竜新会の幹部に名を連ねている男である以上、あの笑顔の裏にどれだけ獰猛《どうもう》な心を隠しているのか知れたものではない。

今のところ自分の心は落ち着いている。やはり暴力団員然とした態度で接してくる男には恐怖を覚えてしまう。中学三年生の時に間柴に誘拐され、手ひどい暴力や暴言を受けた。その経験が今もなお心に巣くっている。

間柴の初公判まであと一週間だ。

できれば傍聴したい。でも、怖い。でも、聴かなきゃ。でも——。

膝を抱え、白い天井を見上げる。しばらくその無機質な風景を眺め続けた。


翌日の昼頃、瑠美の貸与スマホに河中から連絡が入った。

尾ノ上は今日の夕方頃なら時間が取れるそうだ。尾ノ上が仕切っているフロント企業のオフィスに行くことになり、午後五時に上野駅の中央改札で河中と落ち合った。その前にお礼として、品川の和菓子店で煎餅《せんべい》を買ってきた。

上野駅から南東に向かって十分ほど歩いた五階建ての雑居ビルは年季が入っていて、くすんだ外壁に、ところどころガムテープで補修された窓が嵌まっている。

「こんなところにいるの？」

「ほぼペーパーカンパニーで、単にたむろする場所って感じでさ。今日だって土曜だけど、暇つぶしに集まってるんだよ」

河中が階段に足をかける。その背についていくと、三階のドアの前で立ち止まった。灰色がかったドアに磨りガラスがはめ込まれ、そこに「南上野商事《しょうじ》」というプレートが貼りつけられている。いかにも適当な名称だ。

河中がドアを開け、中に入っていく。瑠美も続いた。

煙草《たばこ》の臭《にお》いが鼻をついた。空気も煙たい。室内に受付などは当然なく、茶色の合皮のソファが向き合って置かれている。退屈そうな顔をしてスマホをいじっている柄の悪そうな男が二人いた。尾ノ上はいない。

「どうも。尾ノ上の兄貴に用事があって来ました」

河中が二人に用件を告げると、手前にいた坊主頭が顎《あご》を奥にしゃくった。

「では、失礼して」

河中が軽く頭を下げて奥のドアに向かう。瑠美もついていくと、もう一人のスポーツ刈りの男が小さく口笛を吹いた。瑠美に向けて鳴らしたらしい。瑠美は愛想笑いを浮かべ、河中の背中についた。

「兄貴、河中です」

河中がノックしながら名乗る。

「おう、入れ」

尾ノ上の声がして、河中がドアを開けた。瑠美も室内に入る。

「よう、若菜ちゃん。三杉さん、気に入ったってさ。よかったな」

入るやいなや、尾ノ上が満面の笑みで迎え入れた。尾ノ上は社長机のようなデスクに両脚をのせ、椅子《いす》にふんぞり返っている。その脇《わき》にある古くて固そうな椅子に冬湖が座っていた。

「おかげさまで、楽しい時間を過ごせました。今日はそのお礼に参りました。こちら、お口に合うかわかりませんが」

瑠美が煎餅の箱をデスクに置いた。

「おっ、煎餅か。俺、好物なんだよ。ビールに合うんだ、これが」

尾ノ上が今すぐにでも飲みたいという勢いで箱を開け、満足げに目を細めた。

「こりゃ、うまそうだ。冬湖もどうだ」

「私はケーキのほうが好きだな」

「冬湖は若いからな。そのうち煎餅の素晴らしさがわかってくるはずだ。後でいただくよ」

「お気に召したみたいで、よかったです。このたびはありがとうございました」

「いいってことよ。三杉さん、こういう世界に似合わない人だったただろ？」

「気さくで紳士的で」

「俺だって気さくで紳士的だろ」

尾ノ上が冗談っぽくいうので、瑠美も「失礼しました」と笑いながら頭を下げた。雰囲気が和らいだのを感じ、瑠美は訊ねた。

「あの……こちらは会社なんですか」

「一応な。ああ、そうだ」

尾ノ上がデスクの引き出しを開け、名刺を取り出した。

「これ、やるよ」

瑠美は名刺を受け取った。

〈南上野商事　代表取締役社長　尾ノ上弘〉と記され、ここの住所と携帯電話の番号が載っている。固定電話はないようだ。ほぼペーパーとはいえ、名刺くらいはあるだろうと思って会社を話題に出したのだが、やはり作っていた。

「社長さんなんですね」

「それも一応な。困ったことがあったらいつでも相談に乗るから連絡してくれ。その番号は俺のスマホに直通だ。河中じゃ頼りない時もあるだろう」

「兄貴、俺の面目丸つぶれですよ」

「はっは。まずは河中に相談して、解決できなかったら俺のところに来い。それでいいか」

「それなら、いいです」

河中がふてくされたように言うと、尾ノ上は「かわいくねえな」と噴き出した。

「女にゃいいところ見せたいもんだからな。できるだけ、てめえで解決してやれ」

瑠美は名刺をバッグに仕舞った。尾ノ上の連絡先を手に入れるという、ひとまずの目的は達成できた。

「ねえ、そろそろ出かけようよ」

冬湖がねだるように、尾ノ上の腕に手をかけた。

「わりいな、これから冬湖とデートなんだ」

「俺たちはこれで」

「おまえらも楽しんでこいよ」

尾ノ上が手を振る。瑠美はお辞儀をし、河中とその場をあとにした。

「この番号って、鉄也が知っている番号と合ってる？」

上野駅に歩きながら、瑠美は尾ノ上の名刺を見せた。河中がスマホを取り出し、アドレス帳にある尾ノ上の番号と照合する。

「合ってるな。複数台を持ち歩くのは面倒だから、ひとつにしてるんじゃねえの？」

「そうかもね。ともあれ、一緒に来てくれてありがとう」

「おうよ。でも、尾ノ上さんに連絡する用なんてあるのか？」

「困ったら連絡してって言ってたよ」

「ああ、そうか」

河中には尾ノ上にほかの暴力団との内通疑惑があるとは話していない。三杉に口止めされているからだ。

もともとは冬湖からもたらされた情報だと言っていた。彼女はこれから証拠をつかむはずだ。尾ノ上を嵌めようとしているのなら、証拠の捏造《ねつぞう》すらしかねない。瑠美としては尾ノ上に近づいて調査をしたという既成事実が作れればいい。できるだけ早く尾ノ上にコンタクトを取り、二人で会う約束を取りつけよう。

上野駅に着いた。その場で河中と別れ、品川へと向かった。品川駅のエキナカにある惣《そう》菜《ざい》店の鶏《とり》そぼろ弁当がおいしそうだったので、今日は自宅で食べようと思って買って帰った。

自宅マンションに着いたのは午後七時過ぎ。

今夜、尾ノ上は冬湖と一緒にいるから、明日にでも彼に連絡を入れよう。弁当をテーブルにのせ、買いだめてあるウイスキーでハイボールを作って食中酒にした。

食事を終え、ウイスキーをストレートに変えてちびちびとやりながら過ごす。

午後九時の名取との定時連絡で、尾ノ上の連絡先を手に入れたと報告した。

『南上野商事か。竜新会のフロント企業のひとつだ。ほとんどペーパーカンパニーのようだな』

「そんな感じっぽいよ。ほんとにただの暇つぶしの場所みたいだった」

『尾ノ上から情報を得る方法は考えたのか？』

「まだ。とりあえず連絡して、約束を取りつけなきゃ」

『先に方法を考えてから、連絡するものだろう』

「追い詰められないとアイデアが出ないタイプだからね」

『そうやっていつも……』

名取が呆《あき》れ声になる。

「ちゃんと考えるから、安心してよ」

『とにかく、場合によっては護衛をつけたいから、事前に連絡してくれ』

「了解」

スマホをテーブルに置く。方法は何となくイメージしてある。尾ノ上はお酒が好きそうだ。そこを攻めていくのがいいだろう。

ウイスキーのグラスを手に取り、残り少なくなっている琥珀《こはく》色の液体を一気に飲み干した。

3

翌日の昼前、瑠美は尾ノ上に電話をかけた。

『若菜ちゃん？　もう困ったことが起きたのか』

昨日話をしたばかりなので、尾ノ上も驚いている。

「あの……尾ノ上さんと飲みにいきたいなと思ったんです」

『俺と？　河中はいいのか』

「尾ノ上さんともっと仲良くなりたいなって。できれば二人で」

『嬉しいけどよ。冬湖がいるからな』

「最近仕事がうまくいってなくて。鉄也にはあまり話したくないんです。ストレス解消のために、ただ楽しくお酒を飲んで、お喋りできればいいんです。尾ノ上さん、お酒がお好きそうでしたし、私も好きなので」

『まあ……それくらいならいいか』

尾ノ上もまんざらではない口調になっている。今夜も冬湖と会う予定があるが、その後ならと応じた。時刻は午後十時を提案された。少し遅いが、仕方がない。

『上野にいい店があるんで、そこに来てくれ』

尾ノ上はバーの店名を言い、通話を切った。

夜遅い時間になるから、名取に告げて護衛をつけてもらおうか。融通が利くかわからないが、依頼はしてみよう。

定時連絡を待っていては遅くなるので、名取に電話した。

『どうした？』

「今夜、尾ノ上と会う」

時間と店名を告げ、できれば護衛が欲しいと頼んだ。

『内通の情報を入手する方法は？』

「お酒をたくさん飲ませて、後は成り行きに任せる」

『それだけか？』

「うん」

『じつは何か策があるとか』

「現時点ではない」

『そうか……。いざとなれば捜査員が何とかするはずだが、心してかかれよ』

すぐに護衛を手配するというので、礼を言って電話を切った。十時までまだ時間はたっぷりある。まずはどんなお店なのか調べておこう。

瑠美はスマホを手にしたまま、ネット検索を試みた。

尾ノ上に指定されたバーはアメ横の近くにあった。

その後、名取から連絡があったが、護衛の配置は零時過ぎになるという。二時間もしのぐ必要があるけれども、無理を言って依頼したのだ。それでお願いと返事をした。

夕方から降りだした雨が強くなってきて、パンプスの爪先《つまさき》を濡《ぬ》らす。

傘を畳みながら地下への階段を下り、木製のドアを開けた。ネットで店内の様子を予習してきたとおり、カウンター席とテーブル席、奥に個室が二部屋ある。客はカウンター席に男性が一人、テーブル席に男女一組が座っていた。子竜会の御用達《ごようたし》だったバーと違い、一般の客のようだ。

尾ノ上の名を告げると、個室のうちのひとつに通された。尾ノ上はまだ来ていない。個室は四人部屋で、黒革のソファに座って尾ノ上を待つ。冬湖と会うと言っていた。まさか彼女を連れてきやしないだろうか。そうなったら仕切り直すしかない。

「おう、若菜ちゃん。お待たせ」

瑠美の懸念は外れ、尾ノ上は一人でやってきた。すでに酒が入っているようで上機嫌だ。

「今来たところです」

尾ノ上は瑠美の右隣に腰を下ろした。スマホをテーブルの端に置いて、「何でも頼んで」とメニューを差し出してくる。

「では……グレンファークラス105のストレート。ダブルで」

あえて度数の強いスコッチの銘柄を頼んだ。六十度だ。

「やるねえ。俺も同じものをもらおう。あとはナッツとチーズでいいか」

「いいですよ」

尾ノ上が注文すると、すぐにグラスが運ばれてきた。同時に水の入ったグラスも置かれる。チェイサーだ。ストレートだと度数が強すぎるので、胃の中で薄める意味合いもある。

グラスの端をあてて軽く乾杯した。

瑠美は一口飲んだ。レーズンのような香りがし、すぐにスパイシー感のある甘みが喉《のど》を抜けていく。

「おいしい」

「いけるな。仕事で悩んでるんだろ？　どうして河中に相談できねえんだ」

「あの後、ちょっと喧嘩《けんか》しちゃって」

「仲がいい証拠だろ。俺と冬湖だって、しょっちゅう喧嘩してるぞ」

「尾ノ上さんは心が広いから。鉄也とは比べものにならないくらい」

「そうかあ？」

尾ノ上が笑みを浮かべ、置いたグラスに再び手を伸ばす。

「仕事の話はつまらないので、いろいろお話ししましょうよ。私もそのほうがすっきりしますし」

瑠美は尾ノ上を持ち上げるように話を進めていった。尾ノ上のグラスの中身が少なくなると、瑠美が次を注文した。酒の強さを見せつけたいのか、尾ノ上はどれだけ頼んでも嫌な顔を見せずにグラスをあけていく。

尾ノ上が五杯目を飲み干した頃だろうか。呂律《ろれつ》と目つきが怪しくなってきて、体の芯《しん》が抜けたようにだらしなくソファにもたれかかった。

「ええと、次は……」

瑠美も三杯目をあけ、新しい銘柄を頼む。自分はまだまだ大丈夫だ。

「ああ……いけねえな。もっと若菜ちゃんと話していたいんだけどよお……」

尾ノ上の瞼《まぶた》が徐々に塞《ふさ》がれていく。瑠美は尾ノ上の肩に手を添え、手前に引いた。尾ノ上が体を傾けてきて、瑠美の太腿《ふともも》の上に頭をのせた。ブルーのスカートに皺《しわ》が寄る。尾ノ上の髪に手をあてながら、ゆっくりと撫《な》でた。

「気持ちいいな……」

尾ノ上がまどろんでいる。しばらくして尾ノ上が小さくいびきをかき始めた。そのまま五分ほど過ごす。尾ノ上は寝入ってしまったようだ。

瑠美はテーブルの端に置いてある尾ノ上のスマホに目を向ける。あの中にあるアドレス帳や通話記録を調べてみよう。三杉に説明する時、ある程度具体的に話をする必要がある。実際に経験したことであれば、報告する際にぼろが出なくて済む。

腕を伸ばしてスマホを手に取った。指紋認証でロックを解除するタイプだ。

瑠美は尾ノ上のスマホを彼の手に近づけた。指紋認証を設定する際、登録したい指を決める。どの指だろう。ロックを解除する際の指の動きからして、一般的には親指か人差し指が多そうだ。右腕が上になっているので、右手のほうへスマホを向け、親指を押し込ませる。解除されない。人差し指も弾《はじ》かれた。左手か。

左腕は尾ノ上の体の下になっている。尾ノ上を体ごと少し上に向かせると、左手の掌《てのひら》がこちらを向いた。これなら指を押せそうだ。スマホのホームボタンを親指に押しつけると、ロックが解除された。

瑠美は小さく息をつき、スマホの画面を眺める。電話のアプリにアドレス帳があるはず。アプリを起動して、アドレス帳をチェックした。河中と冬湖、三杉の名はあったが、知らない名前ばかりが並んでいる。仮に本当に内通していたとしても、ほかの暴力団員の名を特定するのは困難だろう。

メールやメッセージアプリ、通話履歴も見てみよう。

「なんだ、やめろよ」

尾ノ上がいきなり声を出した。瑠美は息を止め、スマホを自分の背中のほうへ隠す。尾ノ上の目は開いていない。寝言のようだ。念のためロックをかけて、スマホが元あった場所に戻した。

瑠美は右手の人差し指を、尾ノ上の鼻先近くの宙に置いた。指に鼻息を感じる。しばらくそのまま様子を見た。尾ノ上は一定のリズムで寝息を立てている。起きる兆しはない。

瑠美が自分の左手首に嵌めた腕時計を確認すると、午後十一時十二分を指していた。

三分で終わらせる。

瑠美は尾ノ上のスマホを手に取り、彼の左手の親指を使ってロックを解除した。素早く操作して、スマホのメールをチェックする。プライベートを漁《あさ》る気はないので、ざっと見流す。特に問題はなさそうだ。差出人に冬湖の名前もない。一気に一ヶ月ほど遡《さかのぼ》るが何もなかった。主にメッセージアプリを使っているのだろう。

続いてメッセージアプリの履歴を確認すると、冬湖とのやり取りがあったが、会う場所の相談だったり、単なるのろけだったり、たいした内容ではない。ほかの履歴も重要そうな会話はなかった。通話履歴はアドレス帳と同じく名前の羅列で、よくわからない。

尾ノ上はシロではないか。

自分で決めた制限時間まであと一分近くあるが、このくらいでいいだろう。

スマホをロックしようとして、カレンダーのアプリが目に留まった。念のためにアプリを起動する。事務所での打ち合わせや冬湖との約束などが登録されていたが、一ヶ月ほど前、九月二日の予定のタイトルが気になった。

〈新宿ロダン〉

何だろうと思って本文を確認する。

〈午後八時に新宿ロダン。猪又《いのまた》〉

この人物と会う約束をしていたようだ。アドレス帳に戻り、「い」の索引を見る。猪又繁《しげる》という名があった。所属などの記載はなく、名前だけが登録されている。瑠美はその番号を記憶した。猪又の名とともに、後で名取に調べてもらおう。

これで充分だ。あまり期待はできないが、三杉にはここまで調査したと説明できればいい。猪又という人物が暴力団員でなくても、別に構わない。スマホのロックをかけて、元の位置に戻した。

腕時計に目を落とす。午後十一時十五分。ぴったりだ。

瑠美は自分のスマホをバッグから取り出し、「新宿ロダン」で検索をかけた。新宿駅の南口近くにある喫茶店が表示された。ここで猪又という男と会ったようだ。

それから二十分ほどが経過した頃、尾ノ上が目を擦《こす》りながら起き上がった。

「わりい、わりい。寝ちまった。若菜ちゃん、強えなあ」

尾ノ上がばつが悪そうに笑う。

「いいえ。今日はお疲れだったんでしょう」

瑠美が笑みを向けると、尾ノ上は急に体を抱き寄せてきた。

「何をするんですか」

「少しだけなら、いいだろ。膝枕《ひざまくら》までしてくれたんだ。そもそも今日、俺を誘ったのはそっちだ。ストレス解消って、そういうつもりなんだろ？」

尾ノ上の手が瑠美のブラウスの裾《すそ》から背中に移動する。

「ちょっと、こんなところで」

「だからいいんだよ」

今まで手を出してこなかったのに、結局これだ。

「冬湖さんがいるじゃない」

「冬湖は……いいんだよ。今は忘れてやる」

尾ノ上が顔を寄せてきて、強引に瑠美のブラウスを脱がそうとする。酒臭い息が鼻を突く。瑠美は体を捻《ひね》って、尾ノ上の腕を手で押さえた。

「……私、駄目なんです」

「しょうがねえな。だったら、場所を変えようぜ」

「そうじゃなくて。見てください」

瑠美は立ち上がり、左の脇腹が見えるようにブラウスの裾をまくり上げた。

「おい……どうしたんだ、その傷は」

酔いが覚めたように、尾ノ上の目が真剣な色に変わる。

「三ヶ月前に、男が振り回した鉄パイプが刺さったんです。貫通したので、背中まで傷がありますよ」

瑠美は背中が見えるように体をやや後ろに向ける。間柴に撃たれた傷とは明かせないので適当な理由をつけた。

「マジかよ……」

「ほら、触ってみてください」

瑠美は尾ノ上の手を取り、指を傷痕《きずあと》に触れさせた。

「痛っ」

瑠美はわざと顔をしかめた。尾ノ上が「すまん」と手を引っ込める。

「まだ治ってないんですよ。触ると痛みが走りますし、傷口が開くかもしれないので激しい運動は医者から止められています。刺された時はすごく痛くて血がたくさん出て、緊急手術後に長期入院して大変だったんです」

「そうだったのか。男って、どういうやつなんだ」

「ストーカーみたいな……お店に来ていた男です」

設定では今もキャバクラ嬢なので、そう説明する。

「逮捕はされたのか」

「逃走して、まだ捕まってないです」

「名前は？　見つけ出して俺がぶちのめしてやる」

尾ノ上の正義心に火をつけてしまったようだ。あまりこの話題に食いつかれても困る。

「高橋《たかはし》としかわかりません。そう仰ってくれて嬉しいですけど、見つけ出すのは難しいと思いますよ」

「そうだな……。河中は知ってるんだよな」

「ええ。今は彼ともそういうことはしていないです」

「まあ、悪かった。忘れてくれ。河中と冬湖にも内緒な」

尾ノ上が渋面を作り、水の残っているグラスを呷《あお》った。

瑠美は笑顔を意識して応じた。尾ノ上は「帰るぞ」と立ち上がる。

「もちろんです」

「俺の奢《おご》りだ」

「ごちそうさまです」

個室を出ると客はいなくなっていた。尾ノ上がマスターに代金を払う。真面目《まじめ》そうな五十代くらいのマスターだったが、普段から尾ノ上が個室で女性に手を出していると知っているのだろう。見て見ぬ振りをされていたわけだが、尾ノ上は暴力団員というだけでなく上客のようだし、致し方ない面もある。ただ、この店には二度と来るまいと瑠美は思った。

地下からの階段を上ると、雨はまだアスファルトを叩きつけていた。

「俺はタクシーで帰るんで」

「今日はありがとうございました」

尾ノ上は降りかかる雨にも構わずにスラックスのポケットに両手を突っ込み、さっさと大通り方面へ歩いていった。

腕時計を確認する。日付が変わる前の午後十一時五十分だった。護衛は間に合わなかったが、ひとまず切り抜けられた。

瑠美は傘を広げ、スマホを手にして名取にかけた。自宅に帰ってからだと遅くなる。護衛のキャンセルをしたいし、心配しているだろうから、無事の報告をしておこう。

名取はワンコールで出た。

「無事に終わったよ」

『そのようだな』

「えっ。護衛は間に合ったの？」

名取がすでに知っているというように答えたので、瑠美は驚いて聞き返す。

『いや。間に合わないので、俺が見張っていた。十時から』

「ええっ。どこにいるの？」

『すぐ後ろだ』

瑠美が振り返ると二十メートルほど先、黒い傘の下で名取がスマホを耳にあてていた。

瑠美はスマホをバッグにおさめて名取のもとに駆け寄る。名取もスマホをスーツの懐に仕舞った。

「尾ノ上と別れた時点で電話してよ。なんか恥ずかしいじゃん」

「尾ノ上が戻ってくるかもしれないだろ。ルーシーが電車かタクシーに乗るまでは気が抜けないと思ってな」

「それはまあ、確かに。でも名取さんが来るなら来ると言ってくれれば」

「実際に来られるか、直前までわからなかったんだ」

「それはそうと、ありがとう。忙しいのに」

「これも仕事だから、気にするな。収穫は？」

「猪又繋って人を調べて欲しい。電話番号も」

「猪又？　広橋組《ひろはしぐみ》の幹部かもしれない」

「そうなの？」

広橋組も竜新会と同じく指定暴力団で、この二つの組織は抗争関係にある。

「猪又について調査しておく。尾ノ上から乱暴されなかったか？」

「全然。大丈夫」

傷を見せるはめになったが何事もなく終わったから、これでいいだろう。

「そうか。ん？」

名取のスマホに着信があり、電話に出る。

「すまん、先ほど終わった。無事に済んだ。今日は上がってくれ。ああ、お疲れさま」

護衛に来る予定の捜査員からだったようだ。

名取がスマホをスーツの懐に戻しながら瑠美に言った。

「もう遅い。品川まで車で送ろう」

「いいよ、電車ですぐだし。送ってくれたとしても、その後に警視庁に戻るんでしょ？」

「少しだけだが」

「時間を無駄にしない。じゃ、また明日の定時連絡で」

「気をつけてな」

「名取さんも安全運転で」

瑠美が手を振ると、名取は小さく手を上げて車のあるほうへと消えていった。

名取の背を見送った瑠美は上野駅から山手線に乗り、まっすぐマンションに帰った。

玄関ドアを開けて盗聴器の有無を確認する。器機をバッグに戻すと、濡れた肩もそのままに、リビングの床に両手をついて座り込んだ。

尾ノ上の指の感触が、脇腹から背中にかけて残っている。傷痕を見せて事なきを得たが、もしこの傷がなかったらと思うと……。しかもこれは間柴がつけた傷だ。それに救われるなんて。悔しさとも情けなさともいえる感情が心の中を狂奔する。

急に悪寒がし始め、胸が苦しくなってきた。ここ最近ではきついほうだ。

しばらくその場に蹲《うずくま》る。涙こそ出なかったが、気持ちが悪くなってきた。すぐにシャワーを浴びて身を清めたい。

瑠美は緩慢な動きで立ち上がると、バスタオルと着替えを手にして、重い足取りでバスルームに入った。

第五章　急転

1

翌日午後、定時連絡を待たずに、瑠美のもとに名取から報告があった。

『猪又繁は広橋組の幹部で間違いない。こちらで把握している電話番号とも合致した』

「やっぱり尾ノ上は内通を？」

『可能性は高い』

この事実を、どうとらえればいいのだろうか。内通の証拠となる情報なら、予定が終われば削除するはずだ。残していたのは、どうも不自然に感じる。そのことを名取に告げた。

『三杉への報告は少し様子を見てからのほうがいいだろう』

待っていれば、そのうち冬湖が猪又の名を発見して三杉に報告するだろうか。もしかしたら冬湖はもう三杉に話しているかもしれない。だが、冬湖の存在は名取に知らせていない。今すぐにでも三杉に伝えて反応を見たいが……。

「事実だけ教えて、あとの判断は向こうに任せてもいいと思う」

『俺は気が進まないが』

「できるだけ早くって言われているからね。尾ノ上と会ったことが三杉に伝わっているかもしれないし、間が空くと不審に思われるかも」

『わかった。ただし三杉の態度がおかしかったら、すぐに撤退しろよ』

「了解」

瑠美は通話を切ってスマホの時刻表示を確認する。午後一時過ぎ。三杉の番号へかけた。

『若菜さん。早速、何かわかったのかい』

「昨夜遅くに尾ノ上さんと会って、隙《すき》を見てスマホのカレンダーとアドレス帳を確認しました。九月二日午後八時、猪又繁という方と新宿のロダンという喫茶店で会っていたようです。どんな方かは知りませんが、詳しい用件が書いてなかったので、かえって気になって」

『ほう。そうか……』

三杉が考え込むような間を作る。瑠美は黙って三杉の反応を待つ。

『礼を言うよ』

「とんでもないです」

『先日渡したお金、報酬として取っておいてくれ』

「そんな。いただけません。経費ですから、お返しします」

『いいのいいの。おいしいものでも食べてよ。あの時、報酬は百万って言ったよね。結果次第で残りは後から払うよ』

「いえ、それも結構です」

『遠慮しないでよ。また連絡するから』

三杉が通話を切る。抗争相手の幹部である猪又の名は知っているようだった。これでいいのだろうか。三杉の態度にはおかしいそぶりはないように思えた。

折り返し名取にかけて、今のやり取りを伝える。

『相手の出方を見よう。しばらく待機だな』

「何かあったら連絡する」

『よろしく頼む』

名取とも短い会話を終え、一息つく。

マンションの自室で過ごしていると、夕方五時頃《ごろ》に三杉から連絡が入った。

『今日、仕事はあるかい？』

「ありません。お休みをもらっています」

『よかった。申し訳ないけど、もう少し詳しい話を聞きたいので、今からうちの事務所に来てもらえるかな？　といっても上野にある僕の事務所じゃなくて、個人的に借りているオフィススペースのようなところだから、安心して』

とりあえず受けるしかない。即、名取に連絡しなければ。

「わかりました。場所はどちらでしょうか」

三杉が台東区《たいとう》の住所を読み上げる。地下鉄銀座線《ぎんざ》の稲荷町駅《いなりちょう》の近くだという。上野駅から一駅、歩いてもいける距離だ。

「今から準備をして向かいます」

『よろしく』

通話を切り、名取にかける。少し待たされたが、名取は出た。

『すまん。会議中だった』

「三杉に呼び出された」

今から稲荷町の三杉の事務所に行く旨を伝える。

『その事務所なら把握している。すぐに護衛を手配する』

「危険を感じたら逃げるから、お願いね」

『了解した』

電話を切って身支度を調える。名取はすぐにと言っていたが、護衛の配置が済むまである程度は時間を引き延ばしたい。

動きやすい細身のスラックスとスニーカーを選び、二十分ほど経《た》ってからマンションを出た。

品川駅まで時間をかけて歩いていく。ゆっくりとした足取りとは裏腹に、心臓の鼓動が速くなってくるのを感じていた。

2

瑠美が稲荷町の三杉の事務所に着いたのは、午後六時過ぎだった。

稲荷町駅からほど近い、こじゃれたビルの三階で、尾ノ上の南上野商事が入っていたビルとは対照的な趣だ。

先ほど名取から、護衛を二名手配したと連絡を受けた。六時には配置につけるそうで、六時を少し回ったところでビルに足を踏み入れた。一階のエレベーターのドア付近に防犯カメラがある。ビルのものなのか、三杉が別途設置したものかはわからない。捜査員は迂《う》闊《かつ》には近づけないだろう。遠巻きに見てくれているだろうか。

エレベーターに乗る前に、それとなく階段の有無を確認した。すぐ奥に非常階段がある。万が一の際は、階段から逃げるほうが確実性は高い。エレベーターは別の階にとまっている可能性があるからだ。

エレベーターで三階に上がると、「オフィス　サンウイング」というプレートがかかっているドアがあった。ここだ。「太陽の翼」という意味か。三杉らしいといえばらしい名称だ。

三階の非常階段の場所を覚えてから、ドアを開けた。清潔感のあるクリニックのような内装で、待合室に相当するスペースにはパステル調のソファがコの字型に並んでいる。誰《だれ》もいない。

奥にもドアが二つある。「社長室」というプレートが貼《は》ってあるドアをノックした。

「どうぞ」

三杉の声が応答する。室内に入ると正面のデスクに三杉が座っており、その前に向き合って置かれたソファに尾ノ上と冬湖が並んでいた。

「すみません、遅くなりました」

「急にお呼び立てしたからね。気にしなくていいよ。そこに座って」

尾ノ上と冬湖の正面に瑠美は腰を下ろした。

「さっそく本題に入ろう。尾ノ上が内通しているのではないかという情報を上げてきたのは、冬湖ちゃんだった。そこで僕は冬湖ちゃんに調査を依頼するとともに、若菜さんにも同様のお願いをしたんだ」

冬湖がちらりと瑠美の顔を見た。聞いていない、という目をしている。

尾ノ上はじっと下に視線を向けたまま、黙り込んでいる。

「冬湖ちゃんは昨日の夜、若菜さんは今日の昼に、それぞれ僕に報告を上げてくれた」

瑠美と会う前、尾ノ上は冬湖と会っていた。その時に冬湖はカレンダーのアプリに記載されていたスケジュールに気づいたのか。

「猪又繁というのは、我が組と長年抗争状態にある広橋組の幹部でね。その猪又と連絡を取り合い、極秘に会っていたのであれば重大な裏切り行為にあたる。そうだろ？　尾ノ上」

「ええ、そうですね……」

尾ノ上が抑揚のない声で答えた。本当に彼は内通していたのか。ところが三杉は声色をやや低くして言った。

「しかし、カレンダーの予定とアドレス帳はでっち上げだとわかった」

瑠美と冬湖が顔を上げる。互いの目が合い、次には二人とも三杉のほうへ顔を向けた。

「どういうこと？」

声をあげたのは冬湖だった。

「最初に冬湖ちゃんから内通疑惑を教えてもらった後、僕はすぐに尾ノ上を呼び出した。その場でスマホを提出させ、メールやメッセージアプリの履歴、カレンダーの予定、アドレス帳、通話履歴をすべて洗った。内通を示す証拠……今回二人ともが報告してくれた情報は、その時にはなかった。おかしいと思わないかい?」

　三杉は笑みを浮かべたまま、瑠美と冬湖に視線を行き来させる。二人が黙っていると、三杉が続けた。

「この情報を捏造《ねつぞう》する機会があったのは冬湖ちゃん、君だ」

　三杉がにこやかな顔を崩さず、冬湖に人差し指を向けた。

「どうして?」

「昨日、尾ノ上は冬湖ちゃんと会った後に、若菜さんと会った。若菜さんにはそれ以前に尾ノ上に近づき、スマホを確認する機会はなかったんだ。昨夜尾ノ上が冬湖ちゃんと会った時、冬湖ちゃんは隙を見て偽《にせ》の情報をインプットした。若菜さんが見たのはその情報だったんだよ」

「そんな……私、してません」

　冬湖が目に涙を浮かべて否定した。尾ノ上は冬湖を見ずに、三杉に対して説明する。

「冬湖と会った時、わざとスマホのロックを解除した状態で何度かトイレに行ったんだ。冬湖と別れてからスマホを見ると、その情報が新たに登録されていた。冬湖以外、いねえんだよ」

　昨夜、尾ノ上が迫ってきた時、瑠美は冬湖の名を出した。尾ノ上は「いいんだよ。今は忘れてやる」と返してきた。冬湖の裏切りを知ったから、ショックを埋めるためにあんな態度をとってきたのかもしれない。

「僕に内通疑惑を吹き込み、情報を捏造して尾ノ上を嵌《は》める。役に立つ女だと僕に認めてもらうために、こんな愚行をしたのか。それともほかの組から送り込まれてきて、竜新会と広橋組の抗争を激化させるための工作を図ったのか。いや、尾ノ上を引き抜こうとして、広橋組から送り込まれてきた？　疑われて窮地に陥った尾ノ上は、広橋組に駆け込むしかないからね。いろいろと考えられるが、狙《ねら》いはなんだい」

冬湖は「ひどい、ひどい」と喚《わめ》きながら泣きだしてしまった。

「あまり痛い思いはさせたくないんだけどねえ」

三杉が目を細めた。今の言葉を聞き、冬湖の顔が引き攣《つ》る。

「待ってください。冬湖さんが捏造した証拠はないですよね。冬湖さんと私と会う間に、ほかの人が尾ノ上さんのスマホに細工したというのは考えられませんか」

瑠美は助け船を出した。捏造したのは冬湖に間違いないだろうが、リキと江藤が送り込んだ人物だ。目の前でひどい目に遭《あ》うのを見過ごすわけにはいかない。

「若菜さん。冬湖ちゃんをかばうと、君も同じ目に遭うよ」

三杉が真顔になった。

「でも、見ていられません。そもそも、どうして私まで試すようなことをしたんですか」

「同時期に女性が二人も尾ノ上の周囲に現れたんだ。君と食事をした時にも言ったけど、交際関係を警戒するのは当然だろう？　しかも示し合わせたように同じ日に尾ノ上のスマホを調べた。そして君は今、冬湖ちゃんをかばっている。そうか……二人で共謀して何か企《たくら》んでいるのか」

　三杉の顔が再び笑顔に転じる。

「違います。私と冬湖さんはそんな関係じゃ――」

「尾ノ上。ここは汚したくない。埠頭《ふとう》がいいだろう」

　三杉がぽんと手を叩《たた》く。

「やだ……やだ……」

　冬湖が泣きじゃくっている。不意に、間柴に誘拐された時の彩矢香の泣き顔を思い出した。あの時は何もできなかったけれど、今日は名取が手配してくれた護衛の捜査員がいる。場所を移動する際に気づいて救出してくれるはずだ。

　尾ノ上がスマホを取り出して電話をかけ、「移動する。来い」と相手に命じた。

　すぐにドアが開き、作業服姿の二人の男が現れた。彼らは大手宅配業者に似た緑色の服を着て、それぞれ台車を押している。社長室の隣の部屋にいたようだ。台車の上にはステンレス製だろうか、手足を折りたたんだくらいの人が入れそうな四角い箱が載せられていた。瑠美たちを荷物に偽装させてここを出るつもりか。そうなると、捜査員は瑠美と冬湖に気づかないかもしれない。

この箱に入れられては駄目だ。その前にここから逃げ出すしかない。

瑠美はざっと視線を巡らせた。社長のデスクに三杉、ソファに尾ノ上が座っている。作業服姿の二人はまだ台車の把手《とって》をつかんだままで、ドアが開いている。このビルさえ出ればいい。逃走するような仕草をしていれば、捜査員が異変を察知するはずだ。

問題は冬湖だが、捜査員に事情を話して助けに戻ってくればいいだろう。三杉はこの場で警察と揉《も》め事を起こしたくないはずだ。潜入調査からは撤退することになるだろうが、今は自分と冬湖の身の安全が第一だ。

非常階段の場所は記憶している。エレベーターのすぐ近くだ。

瑠美は部屋の奥のほうにある窓に視線を向けた。ブラインドが下りているが、それは構わない。その方向に何かを見つけたといったように目を凝らす。三杉が瑠美の表情に気づき、かすかに首を傾《かし》げるのが視野に入った。

「えっ」

瑠美は窓に向かって大袈裟《おおげさ》な声を出した。

三杉がそちらに目を向け、尾ノ上も振り返る。作業服姿の男たちもそちらを注視しているはず。冬湖がまだ泣いているが、瑠美は立ち上がり、一気にドアのほうへと駆けた。

「逃げたぞ！」

三杉が怒鳴った。

作業服の男のうちの一人が素早く左腕を伸ばしてきて、瑠美の右手首をつかむ。その瞬間、瑠美は右手をパーの形に開いて腕を手前に引いた。前のめりになった男の手が外れると同時に、瑠美は左腕で男の左手首を押さえつけながら体を反時計回りに回転させ、ドアへと向かう。合気道で言う「手ほどき」と「転換」だ。背後で男が勢いをつけて倒れ込む音を聞きながら社長室から出て、オフィスのドアへと走った。

逃げ切れる。

ところがオフィスのドアを開けると、黒いものが瑠美の視界を埋めた。

「残念だったな」

黒っぽいスーツを着た男が二人、立っている。

見張りがいた――。

彼らも隣の部屋で待機していたのか。

「戻れ」

男たちの向こうに非常階段がある。瑠美はすぐに視線を転じた。道路に面した側に窓がある。

「助け――」

瑠美は叫ぼうとしたが、男がすぐに口を塞《ふさ》いだ。もう一人の男が瑠美の背後に回り、羽交い締めにする。

「このアマ。戻れっつってんだろ」

瑠美はそのままの姿勢で社長室まで連れていかれた。三杉は椅子《いす》に座ったままで、尾ノ上はドアの近くに佇《たたず》んでいた。ソファにいる冬湖が恨めしそうにこちらを見つめている。

瑠美は部屋に入ったところで男に背中を突き飛ばされ、倒れ込んでしまう。

「若菜さん、君の勇気には感服したよ。だが、これで言い逃れはできなくなったね。あれは合気道かい？」

三杉が問いかけるが、瑠美は床を見つめたまま答えない。

「君の扱いには注意しなくちゃいけないが、合気道は相手の力を利用するものだ。こちらが警戒していれば問題ない。おい、やれ」

作業服姿の男たちは手にロープと布を持っていて、瑠美と冬湖の動きを封じにかかる。

「やめてください」

瑠美は身をよじったが、彼らは手慣れたように手足の自由を奪った。後ろ手に縛られ、足首を拘束された。冬湖も「やめて、やめて！」と暴れ始めたが、男の一人が頬《ほお》をはたくとおとなしくなった。このシーンも彩矢香と重なり、胸にじわりと痛みが走る。

冬湖も拘束され、二人の口に布製の猿轡《さるぐつわ》が嚙《か》まされた。

「スマホを没収してくれ」

三杉の指示で、尾ノ上が冬湖と瑠美のバッグに手を突っ込む。冬湖もバッグにスマホを入れていたようで、尾ノ上が二台のスマホを三杉のデスクに置いた。

「時間差で運んでくれ。僕は後で向かう。尾ノ上、任せたよ」

「わかりました」

尾ノ上と作業服姿の男が冬湖を抱え上げる。冬湖は怯《おび》えきっているのか、抵抗せずに箱におさめられてしまった。蓋《ふた》には鍵《かぎ》がついている。作業服の男が施錠し、台車を押して部屋から出ていった。

尾ノ上が瑠美に近づく。睨《にら》みつけると、尾ノ上は充血したような目で見返してきた。接近してきた女が二人とも、尾ノ上のスマホを調べていたのだ。何か思うところがあるに違いない。

尾ノ上が瑠美の胸ぐらをつかんだ。

息が苦しい。

尾ノ上は何も言わないが、怒りのためか手が震えている。

「箱に入れるぞ」

手を放した尾ノ上は残っていた作業服の男と、瑠美を持ち上げて箱に押し込めようとする。

瑠美がもがきながら喚くと、尾ノ上は「うるせえ」と瑠美の鳩尾《みぞおち》に拳《こぶし》を打ち込んだ。腹部に痛みが走り、瑠美の目に涙が滲《にじ》む。力が入らなくなってぐったりした隙に、尾ノ上と作業員が箱の中に瑠美を押し込んだ。箱はステンレスではなく鉄製のようだった。

「静かにしてろよ」

尾ノ上は吐き捨て、その体勢のまま十分ほど待たされた。殴られた痛みはおさまったが、身動きが取れない。

「そろそろいいだろう。運べ」

尾ノ上が命じると、作業服の男が蓋に手をかけた。三杉たちは周到に移動させようとするだろう。仮に捜査員に見過ごされても、まだ終わったわけではない。逃げる術《すべ》はあるはず。蓋が閉じられて闇《やみ》の中に放《ほう》り込まれた後も、瑠美は強く念じた。

3

トラックに載せられたようだ。

瑠美は暗闇の中、神経を研ぎ澄まして観察した。積載されてしまったのならば、ここまで捜査員は気づいていない。やはり見逃してしまったのか。

エンジン音がかかり、車が発進する。冬湖の箱も同じトラックに載せられているのだろうか。埠頭がいいと三杉は言っていた。東京港に埠頭はいくつもある。どこなのかはわからない。

車の揺れを全身で感じていると、徐々に呼吸が浅くなってきた。胸が締めつけられるような痛みを発する。落ち着け。

大丈夫。きっと大丈夫。

苦しさに耐えながら心の中で唱え続けていると、やがてトラックのエンジンが切られた。運び出される感覚がする。着地してすぐに、台車の車輪の音と振動が伝わってきた。埠頭なら倉庫に移動するのだろうか。海外ルートを仕切っている三杉なら、密輸品を保管している倉庫を持っていてもおかしくはない。

台車が止まり、蓋の施錠が解かれる音がした。急に明るくなる。スーツ姿の見知らぬ男が二人いて、瑠美を抱え上げて床に敷かれたブルーシートに下ろす。作業服の男たちはいなくなっていた。

やはり倉庫だ。がらんとした空間の端に、段ボール箱が積まれている。英語や中国語の記載があり、海外から運び入れたもののようだ。中身はわからない。

冬湖も箱から出されて、瑠美の隣に座らされる。

「ここで待て」

彼らは立ったまま、二人を見下ろしている。三杉が来るのを待っているようだ。冬湖は恐怖のためか視点の定まらない目をブルーシートに落とし、体を小刻みに震わせていた。

捜査員は来なかった。今もまだ稲荷町の事務所を張っているのだろうか。三杉の部下たちは宅配業者に扮《ふん》していたから、トラックもその業者のものを偽装していたのかもしれない。仮に箱が怪しいと踏んでもダミーの可能性だってある。防犯カメラがあったからエレベーターまで近づけなかっただろうし、別の会社から運び出された荷物と判断してもおかしくはない。いずれにしても、彼らを責めるのは筋違いだ。

この後、どうなるんだろう。

三杉は冬湖に強い疑惑を抱いていた。冬湖が口を割るとして、リキと江藤のことだけを話すわけがない。道連れにしようとして、瑠美の素性も明かすだろう。警視庁の協力者だとわかれば、三杉は絶対に許さないはずだ。冬湖の口を割らせるわけにはいかないが、彼女の様子を見ると、とても叶《かな》わない願望のような気がした。

「やあ、お待たせ」

倉庫の奥にあるドアから、笑顔の三杉が現れた。後ろに尾ノ上もいる。

尾ノ上が駆け足でやってきて、瑠美と冬湖の口に巻いていた布を剝《は》ぎ取った。

「これが最後の機会だよ。さあ、言うんだ」

三杉が冬湖に近寄り、両腕を大仰に広げた。

「黙っていたら、わからないだろう?」

冬湖は下を向いたままだ。瑠美も三杉の足下を見続けた。

「痛い目には遭わせたくないけれど、爪《つめ》の一枚や二枚、剝がされても構わないって覚悟があるんだね？」

冬湖が肩をびくりと揺らし、三杉を見上げた。

「私、私……」

「言ってごらん」

「知りません。何もしていません。お願いです。本当なんです」

命乞いをするように、冬湖は拘束された足でにじり寄り三杉を見つめる。

三杉がいきなり蹴《け》り上げた。足先が頬に直撃し、冬湖はのけぞって倒れ込んだ。

「痛い……痛いよお……」

冬湖は頬を赤く腫《は》らし、すすり泣く。三杉が薄い笑みを浮かべた。

「冬湖ちゃん、君は重罪なんだよ。うちの大事な部下が裏切っているなんていう情報を捏造したんだからね」

「私……してない……」

冬湖は案外にも口を割らない。まさか、本当にしていないのだろうか。

三杉が屈《かが》み、冬湖の髪をつかんで顔を強引に上げさせた。三杉は冬湖の目を凝視している。冬湖は涙で頬を濡《ぬ》らしながら、しゃくり上げている。

三杉は髪をつかんだまま、冬湖の頭を振り払った。髪の毛が何本も抜ける音がする。

「いやあっ」

三杉は手を放したが、冬湖は伏せったまま泣いている。三杉の指の間から、冬湖の髪の毛がはらはらと落ちた。

三杉の目が瑠美に向いた。

「若菜さん、これでも冬湖ちゃんの肩を持つかい？」

「私は……」

冬湖が吐かないのなら、無関係だと主張すれば見逃してもらえるかもしれない。でも、冬湖は確実にひどい目に遭う。最悪、殺されてしまうかもしれない。怖いだろうに、痛いだろうに、彼女なりに頑張っている。ここで彼女を見捨てたら、一生後悔する。彩矢香を守れなかった時のように。

「情報を捏造できたのは冬湖さんしかいないって言いましたよね」

「そうだね」

「ほかにもいます」

「へえ。誰だい」

「あなたですよ、三杉さん。あと、尾ノ上さんも」

三杉から笑みが消えた。

「どういう意味かな」

「三杉さんが尾ノ上さんのスマホを見た時には、その情報はなかったんでしょう？　いかにも冬湖さんが捏造した情報をスマホに入力したかのように言っていますが、冬湖さんがスマホを見た時に、すでにその情報が入っていたとしたら？　それができるのは、やはりほかの人……つまり尾ノ上さんか、またはそうするよう指示した三杉さんです」

「どうして僕たちがそんなことをするのかな」

「冬湖さんが尾ノ上さんの内通疑惑を報告したからでしょうか。その時点で、あなたたちは冬湖さんの存在を疑った。何らかの意図があって、そう報告したのだと。その意図を明らかにするには、冬湖さんを嵌めて口を割らせるしかない。だから偽の情報を仕込んだんです」

三杉が突然、笑いだした。

「なかなか面白い推理だ。この土壇場で、そんな物言いができるとは。君、たいした度胸だね」

三杉は心底から楽しそうに笑っている。

「でもね。誰が仕込んだかというのは、もうどうでもいい問題なんだ」

「どうしてですか」

「君たちはこれから死ぬからだよ」

「いや、そんなのいや！」

冬湖が喉《のど》から絞り上げるような声で叫んだ。

「なら、今すぐ吐くんだ。冬湖ちゃん、どうして尾ノ上が内通しているなんて嘘《うそ》をついたんだい？」

「嘘じゃない……嘘なんかじゃ……」

「じゃあ、死ぬんだね。若菜さんと共謀したという疑惑も、今や意味をなさない。若菜さんには悪いが、冬湖ちゃんが寂しがるといけないから、あの世までついていってあげてよ。僕だって君を殺したくはないんだけど、仕方ないんだ」

三杉がにやと笑い、瑠美にウインクした。冬湖殺害の口封じのために瑠美も殺すつもりなのか。

「三杉さん、先日私と会った時に願いごとを聞いてくれるって言いましたよね」

「確かに言ったね」

「私たちの命を助けてください。二人が無理なら、せめて……冬湖さんだけでも」

「いやだ。あんたの同情なんて受けたくない。それにさっき、私を置いて逃げようとしたでしょ」

「違う。あれは――」

「私が死ぬ」

冬湖が顔を上げて瑠美を睨んだ。あの時の彩矢香と同じ言葉――。瑠美の心に痛みが走る。

「若菜さん、確かに情報を得てきてくれたのは評価しよう。でもね、この状況でそれを持ち出すのはずるいってものだ。聞き入れるわけにはいかないね。あれは反故《ほご》にするよ」

三杉が冷たい口調で瑠美の要求を突っぱねる。

「待ってください。それはあんまりです」

「普通の感覚ならそうだろうね。でも残念ながら僕はこういう世界に生きている。だから普通じゃないんだよね。レディーの血は見たくないから、爪を剝ぐのはやめておいてあげよう。尾ノ上、船だ。東京湾じゃ近すぎる。相模湾《さがみわん》か太平洋まで行って棄《す》ててこい」

「了解です」

尾ノ上と三杉の部下の男たちが、瑠美と冬湖を取り囲んだ。男二人がかりで、瑠美の上半身と足をつかむ。

「やめて。絶対いや！」

男たちに持ち上げられた冬湖が絶叫して暴れている。

「うるせえ、黙れ」

冬湖の足を抱えている男が怒鳴るが、冬湖は体をうねらせて抵抗している。激しく動いたせいで男たちが手を放してしまい、冬湖がブルーシートの上に落下した。全身を打ちつけた冬湖は顔を歪《ゆが》めて身をよじっている。

「三杉さん、船着き場まで距離があるんで、こいつらを歩かせていいですか。抱えていって、暴れてアスファルトに落ちたら厄介ですよ。頭の打ちどころが悪かったら、殺す楽しみが減りますし」

「また箱に入れたらどうだい？」

「あの箱、重すぎて船に積むのが大変なんで。俺たちが両側を挟んで連れていきます」

尾ノ上は面倒な作業は避けたいのか、瑠美と冬湖を歩かせようとする。

「いいだろう。手は縛ったままで頼むよ。若菜さんの合気道も、手が塞がれていたら無力なはずだ。最後くらいは自分の足で歩かせてやろう。大地を踏みしめて船に乗るといい」

尾ノ上と部下たちが瑠美と冬湖の足のロープを切り、肩をつかんで立たせた。手は拘束されたままだが、逃走できないよう、左右を部下の二人が挟んで肘《ひじ》を組んでくる。

「いやだ、いやだ……」

冬湖は顔をぐしゃぐしゃにして泣き喚いているが、強引に歩かされていく。瑠美は左右に視線を流した。倉庫の正面はシャッターが降りている。ほかに出入りできるのは三杉がやってきた裏手のドアしかない。倉庫内から走って逃げるのは無理だろう。となると、倉庫を出て船に移動する時しか機会はない。尾ノ上は船着き場まで距離があると言った。逃走を企てるならそのタイミングだ。

瑠美も冬湖に続いて、倉庫の奥にあるドアから外へと連れ出された。すると、三杉が手を上げた。

「僕は忙しいんで、ここで。君たち、苦しまずに死ねるといいね」

それだけ言い残して、三杉はどこかへ行ってしまった。

「とっとと歩け」

尾ノ上が先導しながら叱咤《しった》する。瑠美が前方に目をやると、少し離れたところに船着き場があるのが見えた。クルーザーのような船が停泊している。あれに乗せられるのか。

車のエンジン音が遠ざかっていくのが聞こえた。三杉が帰っていったようだ。

瑠美は周囲を目で見渡した。誰《だれ》もいない。船着き場まで二百メートルほどか。自由なのは足と口しかない。逃げる方法を考える。両サイドを男たちが固めているが、何かできるはずだ。

船に乗せられる直前、叫びながら自ら海に飛び込んではどうか。いや……周囲には誰もいない。叫び声をあげたり、人が海に落ちる音がしたりしても助けは来ない。

男たちを強引に振り切り、車の走る通りまで駆けていって助けを求めるというのは？

……これも無理だろう。仮に彼らの腕を振りほどいたとしても、手が塞がれている状態であればすぐに追いつかれてしまう。

じゃあ、じゃあ——。

思い浮かばない。

船着き場が近づいてきて、船の形がどんどん大きくなってくる。

こんなところで終わる？

いやだ。まだ死にたくない。やらなきゃいけないことがある。

だから死ねない。まだ死ねない。

船の向こう、東の空の低い位置に満月に近い月が出ているのが視界に入った。彩矢香が殺されたあの日、小屋の小窓の先から半月の放つ光が射し込んできたのを思い出す。月の光の下、今度は私が――。

急に胸が痛くなってきて、息が荒くなった。足下がふらつく。

「おい、しっかり歩けよ。おまえら、腕組みを解け」

尾ノ上が男たちに命じると、彼らは瑠美から離れた。体の異変を気遣ってくれたのかと思った直後、尾ノ上が瑠美の左脇腹《わきばら》に蹴りを入れた。瑠美は蹴られた衝撃で右半身からアスファルトに倒れ込む。

「痛っ」

蹴られた脇腹と、転んで打ちつけた体に痛みが走る。

「俺を騙《だま》してスマホを盗み見しやがって」

「違う。三杉さんに頼まれて……」

「断りゃいいじゃねえか。あの傷痕《きずあと》もとっくに治ってるんじゃねえのか。ええ？」

尾ノ上は鬱憤《うっぷん》を晴らすように、また瑠美の左脇腹を蹴り上げた。

「痛いっ。やめて」

脇腹の痛みが持続している。本当に傷口が開いてしまうかもしれない。

「どうせ死ぬんだ。少しくらい蹴ったっていいだろ。この後、皆と船の上で楽しませてもらうからな」

尾ノ上の下卑た声が遠くに聞こえる。冬湖の泣き声もどんどん小さくなる。音が聞こえなくなっていく。

すべての音が消え去っていくかと思われたが、突如低い音がし始めた。

静かな埠頭の中、新たな音が瑠美の耳に響く。

耳鳴り？

違う、これは。

瑠美は音のするほうへ目を向けた。

バイク——。

二台のバイクがこちらに突っ込んでくる。

捜査員？　いや、あの姿は——。

フルフェイスの黒いヘルメットにライダースジャケット、レザーパンツを着込んだライダーたちが、みるみるうちに近づいてくる。

メタルボディのスポーツタイプのバイクと、もう一台は黄緑色を基調としたオフロードバイクだ。

「なんだ？」

男たちが狼狽《うろた》えた声を出し、瑠美と冬湖から離れる。黄緑色のバイクがウィリーして男たちに突っ込んでいく。男たちは反射的に避《よ》け、皆が一斉に倒れ込んだ。その隙にスポーツバイクのライダーが冬湖に手を伸ばした。光るものが見える。ナイフだ。冬湖が背を向けると、ライダーは手を縛っていた縄を切った。

瑠美のほうにも黄緑色のバイクが寄せてきて、ライダーが手を出せとジェスチャーする。瑠美は痛みに耐えながら立ち上がり、背中を見せた。縄がすぐに切られた。ライダーがヘルメットホルダーからヘルメットを瑠美に投げ、後部座席に乗れと指で合図する。瑠美はヘルメットをかぶり、ふらつく足で後部座席に飛び乗った。冬湖ももう一台のバイクに乗っている。

「てめえら、何やってんだ」

尾ノ上の怒声が響く。倒れ込んでいた男たちが起き上がり、二台のバイクへ距離を詰めてきた。するとスポーツバイクのライダーがジャケットの裏から拳銃《けんじゅう》を取り出し、男たちのほうへ向けた。男たちの足が止まる。

周囲に人はいないが、ほかの会社の倉庫がある。尾ノ上や男たちも銃を持っているかもしれなかったが、ここで銃撃戦をするような目立つ行為はできないのだろう。

瑠美が乗っているバイクのライダーが、親指で方向を示して走り出した。冬湖が乗っているバイクのライダーが銃を懐《ふところ》に戻してその後に続く。

「この野郎」

駆け出した尾ノ上が瑠美の乗っているバイクに飛びついてきた。バイクが一気に加速し、宙をつかんだ尾ノ上はアスファルトの上を回転する。

瑠美はライダーの腰に巻きつけている腕に力を込めた。小柄だが腹筋が固くて、全体的に筋肉質だ。救い出してくれたのなら、リキの部下だろうか。竜新会を辞めても慕ってくれている部下たちがいるとリキが言っていた。この人もそうかもしれない。

流れゆく信号に「有明《ありあけ》三丁目」と書いてあるのが一瞬見えた。有明の埠頭だったか。

瑠美は目を閉じた。

ただ風の一部となり、バイクに身を預け続けた。

やがてバイクは日比谷《ひびや》公園の霞門《かすみもん》前で停《と》まった。もう一台は先着している。

冬湖といるのは……江藤だ。江藤がこちらに手を上げた。今日は眼鏡《めがね》をかけていない。

瑠美はバイクから降り、ヘルメットを脱いだ。瑠美が乗ったバイクを運転していたライダーがスタンドを立て、ヘルメットを——。

礼を言おうとした瑠美は言葉を失った。

「え……」

バイクの脇に立っているのは、優しそうな少し垂れた目が印象的な女性――九鬼《くき》操《みさお》だった。

九鬼はいつもの笑みを浮かべながら、「伊藤さん、久しぶり」と手を振った。瑠美の目にみるみる涙が溜《た》まり、九鬼の姿がぼやけていく。

「九鬼さん」

瑠美は九鬼に駆け寄って抱きついた。涙がとめどなく流れていく。

「ごめんね。遅くなっちゃって」

「ううん。九鬼さんが助けてくれた……九鬼さんが……それだけで」

礼を伝えたいのに、声がうまく出ない。九鬼が瑠美の肩、そして頭を撫でてくれる。

「どうして九鬼さんが」

「そうだよね。びっくりしちゃうよねえ。リキから聞いたよ。十五年も……大変だったねえ」

感情の籠《こ》もった九鬼の言葉を聞き、瑠美の目から再び涙が溢《あふ》れ、今度は声をあげて泣いた。九鬼が瑠美の体を両腕で抱きしめてくれている。しばらくそのままでいたが、瑠美ははっとして顔を上げた。

「あっ、すみません」

瑠美は慌てて九鬼から体を離し、目元を拭《ぬぐ》った。九鬼は慈しむような笑みをたたえている。

「いいんだよ。リキからまた依頼を受けてね。大事な仕事だから、また私にお願いしたいって。報酬も奮発してもらっちゃった」

九鬼はハッピーライフの職員で、約半年前にハッピーライフに潜入した瑠美と働いていたが、実際には所長の大比良孝男《おおひらたかお》を監視するという役目を竜新会から与えられていたのだった。彼女はかつてメキシコの麻薬カルテルで覚醒剤《かくせいざい》取引を仕切っていた経験があり、竜新会でも同様の仕事を担っていた。リキが間柴に復讐《ふくしゅう》したいという話に乗り、多額の報酬をもらい受けてリキに協力していた。ハッピーライフに家宅捜索が入る直前に逃亡し、竜新会との関係も絶った。九鬼操の名は偽名で、本名はリキも知らないという。

「大事な仕事というのは？」

「伊藤さんを救出する役」

「本当ですか」

「それも仕事の一部。リキと伊藤さんが知りたいことは同じでしょ？　私も前の仕事の一環と受け止めて引き受けたの。間柴は逮捕されたけど、復讐はまだ終わっていないからね」

十五年前、間柴に犯行を指示した何者かについて瑠美も探っているというのを、リキから聞いたようだ。

「そうだったんですね」

「リキが私のこと、いろいろ話したでしょ。騙してたみたいで、ごめんね」

「九鬼さんは九鬼さんの仕事をしていただけなんですから。麻薬カルテルの話はびっくりしましたけど」

「ほんと、メキシコじゃあ常に気が抜けなくて疲れちゃって。一財産築いてさっさと帰ってきたよ。あ、殺しは一切してないから安心してね。私は取引専門でやってたから。身を守るために鍛えてはいたけどね」

「そうでしたか……」

麻薬カルテルや竜新会にどの程度関与していたかはわからないが、そのあたりは訊《き》いても教えてはくれないだろう。

「江藤さんのバイクとは違う種類なんですね」

代わりに瑠美は、九鬼の脇に駐《と》めてあるオフロードバイクを見ながら訊《たず》ねた。モトクロスのレースで見るようなタイプだ。

「うん。これはこれで便利だからね」

九鬼がバイクのシートをぽんと軽く叩いて笑う。

「瑠美さん。またぎりぎりになってしまいました」

江藤が人懐っこい笑みを浮かべ、髪を掻《か》きながら小さく頭を下げた。以前、瑠美とリキが間柴に殺されそうになった時、江藤が間一髪で助けてくれたのだ。

「ううん、ありがとう。冬湖さんは大丈夫？　三杉に蹴られたし、怪我《けが》してるでしょう」

冬湖は江藤のバイクにもたれて夜空を見上げていた。

「私は平気。あのくらい、わけないよ」

冬湖が空を見ながら、ぶっきらぼうに言い放つ。瑠美は江藤に向けて苦笑する。冬湖が続けて言った。

「あんたこそ、尾ノ上の馬鹿に蹴られたでしょ。お腹《なか》、大丈夫なの？」

「まだちょっと痛いけど、問題ない」

左脇腹に疼痛《とうつう》があるが、痛み自体はおさまってきている。じきに回復するだろう。

「尾ノ上のばい菌が入るかもしれないから、後で消毒しときなよ」

「そうね。そうする。江藤さんたちはどうしてあの埠頭に？」

江藤が今もたくわえている髭《ひげ》を撫《な》でながら答える。

「冬湖が稲荷町の三杉さんの事務所に行くというので、僕一人でずっと張っていたんです。そしたら瑠美さんも入っていくのが見えて、すぐに蘭《らん》さんを呼んだんですよ」

「蘭さん？」

「はあい、私。今回は矢野《やの》蘭っていうの。だから蘭って呼んで」

九鬼が何だか嬉《うれ》しそうに自分の顔を指差す。

「ら……んさん」

「そうそう。よろしくね」

「それで蘭さんと見張っていたら、大きな箱が運び出されてきて。作業服とトラックは宅配業者のものを精巧に模していますが、僕は三杉さんの部下の顔を知っていましたからね。すぐに怪しいって思ったんです。ダミーかもしれないので、僕が残って、蘭さんがあとを追いました。しばらくして三杉さんが出てきたので、あれは本物だと。蘭さんから有明の倉庫に向かっているようだと聞いたので、僕も急行しました。三杉さんは事務所や倉庫が汚れるのを嫌うんですよ。だから、きっと船から海に落として溺死《できし》させるか、船で殺してから海に沈めるだろうと予測しました。となると、倉庫から船に移動する間しかチャンスはありません。だからあのタイミングになったというわけです」

江藤が冬湖にも聞かせるように、ゆっくりと説明した。

「そうだったんだ。私が事務所に呼び出されたから、警視庁の捜査員が二人、事務所の近くにいたんだよ。彼らに私と冬湖さんを助けてもらおうとして隙を見て逃げたんだけど、オフィスのすぐ外に見張りがいて捕まっちゃって」

「なんだ。そういうことか。だったら逃げたのは許してあげる」

冬湖がそっけない調子で言った。誤解が解けて瑠美はほっとする。

「捜査員がいたのは把握していました。僕は彼らに見つかるとまずいので、気づかれないように張っていましたけど。ともあれ、間に合ってよかったです」

「ナイフもあらかじめ用意してたの？」

「蘭さんから借りました」

「私、いつも持ち歩いてるからね」

九鬼……いや、蘭はいつもドライバーや錐《きり》といった工具やナイフを身につけているとリキが言っていた。ハッピーライフの家宅捜索の日も、女子トイレの窓を外して逃げたのだった。

「冬湖さんは、江藤さんと蘭さんが救ってくれるって知っていたの？」

「事務所の近くで僕が見張っているのは知っていましたからね。連れ去られても、バイクで救出されるというのはわかっていたはずです」

倉庫から船に運ばれていく時、冬湖が暴れたために足のロープが切られた。冬湖は江藤たちが来ると信じ、足だけでも自由にしようとして、あのような行動をとったのだろうか。

冬湖は「信じてたからね」と瑠美の考えを読んだように、空に向かって言った。

「そっか。冬湖さんが、尾ノ上のスマホに細工を？」

瑠美は江藤に訊ねた。リキと江藤の指示のもと、冬湖は動いているはずだからだ。

「細工をしようとしたのは事実です。でも、冬湖がスマホを確認した時には、すでに情報が登録されていました」

「だったら、三杉と尾ノ上が冬湖さんを嵌めようとして？」

「でしょうね。少しの変化にも敏感になっているようです。冬湖と瑠美さんが同時期に尾ノ上の前に現れたために警戒したのでしょう。接近する人物をあらかじめすり合わせておけばよかったですね。すみません」

江藤が申し訳なさそうに眉尻《まゆじり》を下げる。

「でも三杉は古参幹部じゃないから、十五年前に間柴が紹介された経緯は知らないでしょ。どうして尾ノ上を利用して三杉に近づこうとしたの？　私のほうはたまたまの成り行きで尾ノ上に近づいたんだけど」

河中がエスをしていて瑠美に協力しているとは明かせないから、自分のことは少しぼかして江藤に訊いた。

「幹部の中では三杉さんが一番、接触しやすいからです。組長や古参幹部はとにかくガードが堅く、なかなか姿を現しません。なので三杉さんを介して、組長や古参幹部に近づこうとしたんです」

「なるほどね。三杉と繋《つな》がるのには尾ノ上が一番見込みがあったんだから、私たちが接近した人がかぶってしまったのはしょうがないよ」

「私のほうが先に尾ノ上に近づいたのに」

冬湖がまだ空を見ながら、小声でぼやいた。

「仮に瑠美さんが先に接近していても、こちらのターゲットが尾ノ上というのは変わりありませんでしたよ」

江藤がすかさず補足する。冬湖は三杉の尋問にも口を割らなかった。怯え切っているようでいて、内心では強い気持ちで今回の潜入に臨んでいたようだ。

「冬湖さんはどうして、江藤さんたちに協力しているの？」

「ええと、それはまあ、また今度――」

江藤がしどろもどろになるが、冬湖がこちらを向いた。

「隠す必要なくない？　私、間柴のもとで働かされていたんだよ。ハニートラップの兵隊としてね」

「え……」

間柴は情報を引き抜くため、敵対組織の重要人物にハニートラップを仕掛けていた。そのために多くの女性を集めており、瑠美も間柴に誘われた。潜入調査の歪《ゆが》んだ形を見せつけられて間柴に怒りを覚えたが、冬湖がその一員だったなんて。

「リキと研介に助けてもらったから、その恩返し？　のために協力したの」

「そうだったの……」

「危険な仕事だから、最初は僕たちも断ったんだけどね」

江藤が腕を組み、苦笑いを浮かべる。

「でも最終的にリキは『期待してる』って。そんなふうに言ってくれる人、今までいなかったから」

冬湖が視線を下に向ける。足下がもじもじ動いている。

「それにどうせ私、間柴のもとでほとんど死んでたから。リキに協力して死ねるなら、別にいいかなって」

冬湖がぽつりと呟《つぶや》く。そういうことか。でも冬湖は、リキの彩矢香への思いを知っているのだろうか。すると突然、

「樫山《かしやま》彩矢香。あんたの妹だって？」

彩矢香の名が冬湖の口から発せられた。冬湖が再び瑠美に目を合わせる。「樫山」は瑠美の以前の苗字《みようじ》だ。彩矢香の死後、両親が離婚したために瑠美は母親の旧姓だった「伊藤」を名乗っている。

「話、聞いたの？」

「負けないから」

冬湖がふてくされたように、そっぽを向いた。そういう意味も含んでいたのか。

「まあ、そんなわけなんです。三杉や尾ノ上たちに、冬湖と瑠美さんの面が割れてしまいました。子竜会の件も動きはないですし、いったんすべて仕切り直しですね」

面は割れたものの、瑠美のほうは接近した理由や素性までは突き止められていない。ま

だチャンスはあるはずだが、このような目に遭ったのだ。名取から撤退の指示が出るかもしれない。

名取はどうしているだろう。

瑠美は腕時計を確認した。午後九時半を回っている。名取に連絡しようと思ったが、スマホを奪われてしまっていた。貸与スマホには瑠美に繋がる情報や、名取や江藤の電話番号も登録されておらず、通話と着信履歴もすべて削除してある。返却したら廃棄するが、奪われたり紛失したりした場合はすぐに連絡を入れる規則だ。

江藤たちと別れたら公衆電話を探して名取にかけよう。

「あっ、財布。事務所か」

バッグも三杉の事務所に置いたままだ。公衆電話を使うにはお金が必要だが、財布もバッグの中にある。財布には札と小銭しか入れていないから、ここからも瑠美に繋がるおそれはない。バッグには三杉から受け取った三十万円も入れてあった。三杉に回収されているだろうが、そのお金は返すつもりだったので問題ない。

「江藤さん、申し訳ないんだけど、少しお金を貸してもらえる？」

「いいですよ」

「待って。私が貸したい」

バイクにもたれて皆のやり取りを微笑《ほほえ》みながら聞いていた蘭が手を上げた。

「そんな、悪いですよ」

「遠慮は無用だよう。ええと、依頼主の人に連絡したいんだよね？　あと、自宅に帰る交通費も必要だね」

蘭が瑠美の用件を察して、財布から百円玉を五枚と一万円札を一枚取り出して貸してくれた。

「こんなに」

「お腹もすいてるかなって」

「ありがとうございます。近いうちにお返しします」

「特別に無利子で貸してあげる」

「珍しい。蘭さんがめついからなあ」

江藤が冗談ぽく言うと、蘭が「がめつくない」と頬を膨らませた。二人の会話を瑠美も目を細めて聞いていたが、ふと思いあたった。

「肝心のリキはどこにいるの？　全然姿を見せないけど」

「リキはいろいろと準備中なんです。そのうち、会う機会もありますよ」

「別にどうしても会いたいってわけじゃないんだけど」

「そんなこと言ったら、リキがいじけますよ」

江藤が髭を揺らしながら笑う。瑠美は冬湖のほうに視線を流した。冬湖が眉根に皺《しわ》を寄せて、こちらを見ていた。瑠美はすぐに視線を切る。

「そろそろ私はここで。蘭さん、江藤さん、本当にありがとう」

礼をした瑠美が頭を上げると、蘭が抱きついてきた。

「またねえ。お金、ちゃんと返してね」

「必ず返しますよ。冬湖さんも、また」

蘭にしがみつかれたまま、瑠美は冬湖に言った。冬湖はまたそっぽを向いたが、手だけを軽く二度、振った。


瑠美は江藤や蘭たちを見送り、公衆電話を探した。幸い霞門の内側にあるのを見つけ、受話器を手に取った。

名取の番号は暗記している。貸してもらった百円玉を入れて、名取の電話番号にかけた。おそらく出てくれるはずだ。三コールほどで名取が出た。

「名取さん？　ごめん、私――」

『ルーシー、今どこにいるんだ』

「ええと、日比谷公園。私、三杉に……」

『知っている。護衛が機能しなかった。すまん』

「それはいいんだけど、とにかく無事を伝えたくて連絡したの。あと貸与スマホを奪われたから、新しいのを貸して欲しい」

『必要ない。撤退だ』

名取が毅然《きぜん》とした口調で告げた。

「どうして？　私の素性は割れてないよ。まだできる」

『そうじゃないんだ。聞いてくれ』

「何？」

少しの間を置いて、名取が言った。

『間柴が死んだ』

第六章　最悪

1

瑠美は警視庁へと駆けた。
日比谷公園の霞門からなら、走ったほうが早い。脇腹《わきばら》の痛みはとうに吹き飛んでいた。
東京地方裁判所と東京高等裁判所の入った合同庁舎の脇を走り抜ける。今週末、間柴は
ここで初公判を受けるはずだったのに。
その間柴が死んだ。死んだ。死んだ――。
なぜ？　なぜ――？
電話越しに詰め寄る瑠美に、名取は直接話せるかと訊《き》いた。日比谷公園にいると伝えた
からだろう。
霞《かすみ》が関《せき》一丁目の交差点を渡って右に曲がる。桜田《さくらだ》通りを挟んで右手の先に赤レンガの法

務省旧本館が見える。先日、警視庁の会議室から見下ろした。あの時には、こんなことになるなんて思ってもみなかった。

警視庁舎が近づいてくる。正門まで速度を緩めずに走ると、警備の警官が立っていた。その手前に眼鏡《めがね》の男がいる。名取だ。

「名取さん!」

瑠美が叫ぶように呼ぶと、名取が手招きをした。名取は警備の警官に目で合図をし、無言のまま瑠美を庁舎内に促す。

正面玄関を入ったところで名取は立ち止まった。

「ここで。今はまだ情報収集中だが……本日午後六時三十七分に、間柴は死亡した」

「どうして?」

瑠美は息を荒らげながら声をあげた。混乱しているのが自分でもわかる。

「転倒が発端だった」

「車椅子《くるまいす》から落ちたの?」

「ああ。今朝八時頃《ごろ》に転倒し、その際に床で頭を打った。意識がなくなり、脳挫傷《のうざしよう》の疑いがあるため、救急搬送されたんだ」

「病院に?」

「拘置所から近い、堀切《ほりきり》の総合病院だ」

「治療は？　ちゃんとしてくれたの？」

「医師は鋭意努力したと。昼頃に手術が終わって集中治療室に入っていたが、容態が急変して死亡した。今わかっているのはこのくらいだ」

「裁判は？　あいつは裁かれるの？」

「間柴は被告人死亡で公訴棄却となるだろう。裁けは……しない」

「そんな、そんな……」

瑠美の目から涙が溢《あふ》れ出す。こんな馬鹿なことがあるか。

「ルーシー」

「あいつは何も話してないし、罪を償ってもいないじゃない！　それなのに、それなのに」

瑠美は名取の胸に額をあてて歯を食いしばり、さめざめと泣いた。

「……ごめん」

瑠美は名取から体を離し、手の甲で目元を拭《ふ》いた。ハンカチも置いてきたバッグの中だ。

「いいんだ。沖田課長の指示のもと、潜入調査は撤退が決定した。だが間柴の死については捜査一課の捜査が入る。俺たちも捜査に協力し、間柴の死を究明する」

瑠美は顔を上げ、名取の眼鏡の奥にある細い目を見つめた。

「……殺された？」

「今のところ事故の公算が高いとされているが、殺人の可能性はゼロではない」

「もし殺されたのなら、竜新会の手によって？　ううん、間柴に犯行を命じた何者かが間柴を殺した？」

「もちろん、その可能性もゼロではない。とにかく捜査を進めていく」

「私も捜査に加えて」

「無理だ。ルーシーは警官じゃないだろ」

名取が諭すような声色で瑠美を宥《なだ》める。

「そうだけど……納得できない。潜入だって、まだできる。間柴の罪は裁けないけれど、間柴に犯行を命じたやつは罪に問えるはず」

「今は待つんだ。焦りは禁物だ。ルーシーだってわかっているだろう」

名取の目が少し怒っている。

瑠美は顔をそむけ、警視庁舎の壁を眺めた。その壁に向かって歩いていき、右の拳《こぶし》を押しあてた。ひんやりとした感触が伝わってくる。その姿勢で壁を睨《にら》みつけた。

悔しい。その悔しさを名取もわかってくれているはず。撤退であって中止ではない。時を置いて状況が変われば、きっと機会はある。名取はそう言っている。そのくらい、自分にだってわかる。

「ああ、もう。わかったよ」

瑠美は壁に向かって言葉を吐き、大きくひとつ息をついてから名取に向き直る。名取は厳しい目つきをしていたが、先ほどよりは目元が柔らかい。

「何かわかり次第、連絡する。それまで待て」

「絶対、連絡してよ」

瑠美は名取の前へと戻った。

「もちろんだ。品川のマンションは撤収させる」

「あっ、鍵《かぎ》もバッグの中だ」

「業者に掛け合っておく。私物はこちらでまとめてルーシーのマンションに送ればいいか？」

「ええと」

見られてまずいものはないだろうか。化粧品、衣服、下着……このくらいならいいが、ウイスキーのボトルが気がかりだ。ウイスキーは開栓後の劣化がかなり緩やかだから、飲みかけのものが何本もある。あまり見られたくない光景だ。

「名取さんが部屋にあがるわけじゃないよね？」

「業者を手配する」

「わかった。なら、お願い。任務中、鬼子母神の自宅の鍵はガス器具の扉の奥に隠してあるから問題ない」

「了解した。ところで三杉と尾ノ上に連れ去られた後、どうやって日比谷まで？」

「ああ、それね。有明の倉庫に連れていかれたんだけど、じつは……江藤研介さんが助けてくれたの」

「江藤が？　警察が追っている人物じゃないか」

ハッピーライフの件で、江藤も蘭も警察に追われている身だ。潜入調査中にやむなく行った瑠美の犯罪行為は特別に免じられているとはいえ、そのような人物と接触していたという事実は重要視されるだろう。黙っているよりは明かしたほうがいい。ただ江藤には悪いが、蘭の名は伏せておいた。

「でも、また殺される寸前のところを救ってくれたんだよ。命の恩人だから黙認して欲しいけれど……。日比谷までバイクで送ってもらって別れた」

「なぜ江藤がその場に？」

「三杉か尾ノ上を見張っていたみたいだけど」

「そうか。捜査員は三杉の事務所から鉄製と思《おぼ》しい箱が運ばれたのは認識したが、宅配業者の作業服とトラックだったため、別の会社から運び出されたと判断したようだ。エレベーター付近には防犯カメラがあって長時間の滞在ができず、三杉のオフィスから運び出されたのかわからなかった」

「やっぱり。そうだったのかもって思った」

「三杉がビルから出てきたのを見て異変を感じ取り、彼の車を追ったがまかれてしまった。警察だけではなく敵対組織からの尾行を警戒して、常にそういう走り方をしているようだ」

「途中までは来てくれていたんだね。捜査員にお礼を伝えておいて」

「わかった。有明の倉庫の場所は？」

「詳しくはわからないけれど、途中で有明三丁目の信号が見えた」

「捜査員をあたらせる。江藤のバイクを特定するため、日比谷周辺の防犯カメラも確認してみるが、いいか？　ルーシーの頼みでも黙認はできない」

「いいよ。映っていればいいけど」

日比谷公園の霞門は公園の西側で、日比谷の中心地からは外れている。たぶん映ってはいないだろう。

「命が無事でよかったが、危険な目に遭《あ》わせてしまい、すまなかった」

「終わったことだから、いいよ」

喋《しゃべ》っているうちに、幾分か心が落ち着いてきた。

「とりあえず自宅に帰るよ。名取さんは？」

「今夜は徹夜になりそうだ」

「仮眠くらいとりなよ」

「午前二時から二時間ほど眠る予定だ。タクシーで帰ってくれ。これを」

名取が一万円札を渡してきた。今日はよくお金を受け取る日だ。これは経費だから遠慮なくいただこう。

「ありがとう」

名取は瑠美がタクシーを拾うまで付き合ってくれた。見送る名取に手を振り、タクシーの後部座席に身を沈めた。

間柴が死んだ——。

これからどうなるんだろう。

リキと江藤はこの事実を耳にしただろうか。少なくとも日比谷公園にいた時点では、その情報は入っていないようだった。

瑠美は憂える目で、夜になっても光り輝く都心の風景を眺め続けた。

2

瑠美は鬼子母神の自宅マンションに帰ると、すぐにテーブルの引き出しに仕舞ってあるプライベート用のスマホを取り出した。

間柴の名前でネットニュースを検索する。

〈初公判前に被告人が死亡　車椅子から転倒か　問われる拘置所の管理体制〉

というタイトルをタップして記事を読む。間柴は本日十月二日の月曜日、午後六時三十分頃に死亡したとある。名取が説明してくれた内容よりも具体性に乏しく、有益な情報はなかった。ほかの記事も確認してみたが、似たり寄ったりだ。

スマホの着信履歴はない。

瑠美は江藤に電話をかけた。

『瑠美さん？　また番号を戻したんですか』

「うん。それより、聞いた？」

『間柴の件ですよね。さっき、リキから』

「リキはそこに？」

『電話で聞いたんです』

「これからどうするの？」

『真相を知る間柴が死んだのは痛いですが……僕たちは間柴ではなく、竜新会の幹部から情報を引き出そうとして動いていましたからね。仕切り直しの方針は変わりませんよ』

リキや江藤は間柴に面会ができるような状況ではない。間柴から情報を得るというのは最初から想定していなかったのだろう。

『瑠美さんは？』

「撤退だって。まだできそうだったのに」

『何なら、僕らと合流しますか？』

「馬鹿を言わないでよ。江藤さんたちは警察に追われる身でしょ。一緒に行動なんてできないよ」

『そうですよね』

「間柴が死んだ件の捜査次第で、再潜入が始まるかもしれない。それまで待機しておくよ」

『少し休んでくださいね』

「江藤さんも。またね」

スマホをテーブルに置いた。

疲れたけれど、一杯飲みたい。キッチンに足を向けたその時、突然胸に痛みが走った。

しゃがみ込み、深呼吸を繰り返す。

三杉の事務所で殴られて身動きを封じられたうえに箱に詰められ、暗闇《くらやみ》の中を移動した。倉庫では三杉から尋問を受け、冬湖が暴力を振るわれた。船に移動する途中、瑠美は尾ノ上に脇腹を蹴《け》られた。

今日の記憶がものの数秒のうちに、心に流れ込んでくる。

体を横にし、仰向《あおむ》けになって呼吸を繰り返す。床がぐらぐらと揺れるようで目が回りそうになる。

苦しい――。

十五年前の記憶が新たに顔を出す。

彩矢香……。

間柴、死んじゃったよ。

何も吐かせられなかった。ごめんね……。

荒れ狂う記憶の嵐《あらし》が過ぎ去るのを、目を閉じて待ち続けた。

やがて心に凪《なぎ》が戻ってきて、瞼《まぶた》を開けて体を起こす。部屋の置き時計は午前一時を回っていた。

小ぶりの本棚の端に置いてある、笑顔の彩矢香の写真を見つめる。

このままじゃ、いられない。

私はもうためらわないって、決めたのだから。

3

翌日の午後、瑠美は新宿に赴いた。

午前中に名取から連絡が入り、レッドサークルで今後の打ち合わせをしたいという。赤城に撤退を伝えたところ、詳しい話を聞きたいというので集合となった。

先日も通された会議室に入る。すでに赤城、石丸、名取がそろっていた。名取の横があいていたので、挨拶《あいさつ》をして腰を下ろす。赤城が「さて」と始めた。

「間柴の死を受けて、潜入調査は撤退したと名取から聞いた。ルーシーも危険な目に遭ったとか?」

赤城が案ずる目で訊《たず》ねる。

「はい。でも、潜入した理由や私の素性がばれたわけではありません。いつでも再調査できる準備はしています」

「しかし相手に面が割れてしまったうえに、命が脅かされたとなると中止にせざるをえないのでは」

石丸がテーブルの上の手を組み直しながら意見を述べた。

「でも――」

言いかけた瑠美に、名取がかぶせる。

「間柴の死は竜新会の手による可能性も否定できませんが、事故死もありえます。間柴の死に関する真相究明が済むまで、潜入調査は凍結と考えています」

「結果次第では完全中止もあると」

石丸が念を押す。潜入調査をバックアップする立場だから、計画の継続判断には慎重を期しているようだ。

「もちろんです」

「結局、間柴は事故なのか？　殺人なのか？」

赤城が難しい顔をして、名取に問いかけた。

「今のところ、少し妙ではありますが、頭を打った時の影響で心不全によって亡くなったという医師の所見が出ています」

「拘置所で転倒した時に刑務官はいなかったのか」

「室内で用を足そうとした際に転倒しました」

「両膝《りょうひざ》は使えないと聞いているが」

「ええ。トイレに手すりはありません。間柴はそれでも自力で用を足していたようですね。刑務官がおむつの利用を提案したそうですが、それは断固として拒否したそうです」

こんな話は聞きたくなかったが、彩矢香を始め、何人もの人を殺しているのだ。このくらいの罰は仕方ないではないかと、瑠美は自分に言い聞かせる。

「監視カメラはないよな」

「死刑確定囚の房や一部の独房にはありますが、通常の房にはないですね」

「捜査の状況は？」

「ここでは話せませんね」

「そりゃ、そうか」

赤城が自分の頭をぽんと叩《たた》く。

「あの……河中さんの役目もいったん終わりなのでしょうか」

瑠美が訊くと、赤城は「ああ」と頷《うなず》いた。

「あいつもこの役目からは解くよ。エスは続けるから、ほかに有益な情報があれば流してもらうがね」

「もし今回の潜入目的に関係するような情報があったら、私にも知らせていただけませんか」

「わかった。特別に教えよう」

「赤城さん。役目を解いた後に情報を第三者に流すのは漏洩《ろうえい》になりますよ」

石丸が注意するように言う。

「そうだなあ。では再潜入が決まったら、その時にまとめて教えるというのはどうだ?」

「それならいいでしょう」

「いいかな? ルーシー」

「わがままを言ってごめんなさい。それでお願いします」

と返事をしたものの、瑠美が個人的に河中に連絡してみるのは構わないだろう。後で電話してみよう。

赤城が「悪いね」と瑠美に言って名取に顔を向ける。

「これまでにかかった経費と依頼料は後で請求するから、よろしくな」

「承知しました」

「今回の名取からの依頼については、いったんここまで。お疲れさん」

赤城が軽く手を打つと、皆それぞれ席を立った。

「名取、また何かあったら遠慮なく連絡してこいよ」

「ありがとうございます」

「それにしても、名取も警部か。偉くなったな」

「赤城さんの教えのおかげですよ」

「うまいことを言うようになったじゃねえか。入ってきた頃は、ほんと何を考えているのかわからないやつだったからな」

「では、我々はここで」

名取が苦笑しながら、瑠美を促す。

「私はもっと昔話を聞きたいなあ」

「時間がない。行こう」

名取がさっさと会議室を出ていく。瑠美は赤城と笑みを交わし、名取の背中を追った。

レッドサークルの入るビルを出ると、名取が「ちょっとこっちへ」と道の脇のほうへ移動した。

「どうしたの」

「捜査状況というか、気になる点があってな」

「どんな？」

「病院側の意向でまだ伏せられているんだが、昨日の午後六時頃、急患が複数人運ばれてきたんだ」

「それが何？」

「一人は腹部を包丁で刺され、もう一人も同様だった。いずれもその病院の敷地内だった。さらには病院内の階段からの転落で肋骨《ろっこつ》と腕、足を骨折した者が一人、同じく別の階段から転落して頭を打って一時的に意識不明になった者が二人」

「五人も？」

「ほぼ同時刻だ。病院の急患現場はかなり混乱していたらしい」

「それって……えっ、その混乱に乗じて間柴を？」

「可能性は充分にある」

瑠美の背筋に冷たいものが走った。これらの急患がすべて仕組まれたものだとしたら、そうまでして間柴を消したいという執念が感じとれる。

「その騒ぎの少し前に、間柴は一時的に意識を回復したんだ。やつは集中治療室で治療を受けていたが、そのために看護師も新たな急患対応を優先して、目を離していたらしい」

「集中治療室って誰《だれ》でも入れるもの？」

「いや、病院の許可が必要だ。だが混乱の極みでそういう状況ではなかったそうだ」

「ますます仕組まれた可能性が高いね。それに刑務官も怪しいんじゃない？　間柴を転倒させて頭に傷を負わせられるはず」

「刑務官への聴き取りは続けている」

「これを仕組むとしたら……」

「竜新会の幹部たちか、間柴に犯行を命じた何者かだろうな。間柴はさまざまな情報を握っている。竜新会に都合の悪い情報も多いはずだ。そして犯行を命じた何者かは、自らの名が明かされることは絶対に避けなければならない」

「初公判前というタイミングも……」

「そうした推測を裏づける理由のひとつになる」

「その時間帯の防犯カメラの解析もしているの？」

「ああ。何か発見できるといいが」

「その五人の急患の身元は？」

「洗っている最中だが、重傷や重態患者ばかりだ。回復したら聴取する」

「間柴の体から毒物は？」

「分析中だ」

先ほどは赤城にも伏せていた情報を、名取は明かしてくれている。名取なりに瑠美が危険な目に遭ったことや、潜入調査を撤退させたことに責任を感じているのかもしれない。

名取が周囲を見回す。近くに人はおらず、離れたところに歩行者がいるくらいだ。そのうちの何人かはスマホを見ながら歩いている。

「俺から教えられるのは、このくらいだな」

瑠美が礼を言うと、名取は新宿駅のほうへ歩き始めた。瑠美もその横につく。

名取は地下鉄丸ノ内線で警視庁に戻るというので、新宿駅の構内で別れた。瑠美は山手線で池袋に出て、歩いて鬼子母神の自宅マンションに帰った。

部屋に入るとスマホを取り出して、非通知で河中にかけた。出るだろうか。

『もしもし』

不審そうな河中の声が応答した。

「若菜だけど」

『なんだ。びっくりしたな。非通知でかけてくるなよ』

「ごめんごめん。事情があってさ。ところで、私の話は聞いた？」

『潜入凍結だろ？』

「いったんね」

『三杉さんと尾ノ上さんに拉致《らち》られたって、赤城さんから聞いたぞ。三杉さんの事務所に行く前に、俺《おれ》に言ってくれればよかったのに』

河中は不満そうな口ぶりだ。

「それもごめん。三杉さんから他言無用だって言われて。見事に嵌《は》められたわけだけど」

『よく生きて帰ってこられたよなあ』

河中の声色が感心したように変わる。

「隙《すき》を見てね。鉄也は無事だったの？　私の彼氏役だったでしょ」

『無事だな。あの冬湖っていう尾ノ上さんの彼女が、何か企《たくら》んでいたって話だぞ。若菜が何かを探ってるってのはばれていないようだから、俺もお咎《とが》めなしみたいだ』

「私は三杉さんの調査に協力していたからね。それ自体は評価するって言っていたし、鉄也がお咎めなしというのは、そのおかげっていうのもあるかも」

『じゃあなんで拉致されたんだよ』

「冬湖さんのその企てっていうのに巻き込まれたの。三杉さんもやむなくって感じ？」

『だったら潜入は中止しなくてよかったんじゃねえか』

「でも結果的に連れ去られて殺されそうになったばかりか、間柴も死んだから。警察や赤城さんたちも念のためにって。鉄也は間柴の死をどう思ってるの？」

『組でいろいろと憶測は飛んでるけど、どうせ殺されたんだろ。あれだけ無茶してたんだ。竜新会にとっても都合が悪い存在だしな』

河中が突き放したように言う。間柴のせいで組員たちに気を遣うとこぼしていた。それが辞めたくなった原因のひとつだとも。

「そっか。ところで私と冬湖さんが連れ去られたっていうのは、組の中では話題になってないの？」

『ああ、何も。兄貴が彼女を殺そうとしたなんて、組のもんに知られたくないんじゃないか。三杉さんが絡んでるなら、三杉さんが口止めしてるんだろうけどよ』

二人を連れ去って取り逃がした事実を知るのは、あの場にいた部下だけのようだ。三杉たちの目をかいくぐれば、まだいけるかもしれない。

「あのさ、三杉さん以外の幹部を紹介してもらえる？　できれば古参の幹部で」

『はあ？　何言ってんだ。あんな目に遭ったのに』

「お願い。どうしても紹介してもらいたいの」

『あのな。三杉さんから他言無用って言われてたとはいえ、そこはちゃんと知らせてくれないと、俺だって協力できないだろ。信頼関係が損なわれたと俺は思ってる』

意外と気にするんだと思ったが、河中の言はもっともだ。

「今度はしっかり情報共有するから」

『俺と交渉するなら、赤城さんに許可を取ってからにしてくれよ。それまではもう連絡するな。じゃあな』

「あ、待って――」

通話が切れた。瑠美はスマホに溜息《ためいき》を落とす。河中の言い分も理解できるだけに、これ以上強引には頼めない。

スマホを手にしたまま、ネットニュースを検索した。間柴の件の続報を知るためだったが、目につく情報はなかった。

病院内で急患が五人も同時に発生した件も、まだ記事になっていない。病院側はただでさえ重大事件の容疑者を死なせてしまったのだ。殺人だと確定したら、混乱の隙を衝《つ》かれたとはいえ、セキュリティ体制や急患対応の方法について問題がなかったか批判を浴びるだろう。

殺人ならば病院だけの問題ではない。竜新会への潜入調査は完全に中止になってしまうはずだ。

せめて事故死であって欲しいと、瑠美はスマホを握りしめながら願った。

4

その日の夜、瑠美の願いは早くも打ち砕かれた。

定時連絡を待たずに電話をかけてきた名取が言った。

『間柴の遺体から毒物——ジギトキシンが検出され、殺人と断定した』

夕食に作ったレバニラ炒《いた》めをつまみながら、ウイスキーを舐《な》めている最中だった。グラスを落としそうになり、慌ててテーブルの上に置く。

「本当に毒物が？」

信じたくなくて訊き返していた。

『ああ。この後すぐに記者会見がある。だから今、連絡した。俺の口から伝えたほうがいいと思ってな』

「潜入調査はどうなるの？」

『沖田課長からの通達で中止が決定した。部長も同意している。拒否はできないし、再開もない』

座っているのに、足下から崩れ落ちそうになった。間柴に犯行を命じた何者かを突き止めるという機会は失われた。

「終わりなの？」

『これまで以上の危険があるとわかっていて、潜入調査の許可は出せない。俺もそう思う』

最悪だ――。最悪だ。最悪だ。

目の前にあるグラスをつかみ、残っているウイスキーを一気に飲み干した。喉《のど》と胃が焼けるように熱い。

『今回の潜入調査は中止だが、待てばいずれ――』

「待てない」

瑠美は通話を切り、膝を抱えた。瞼を閉じて額を膝頭につける。目の奥から涙が押し寄せてきて、すぐに決壊した。

間柴に犯行を命じた何者かは、ほくそ笑んでいるに違いない。その者が間柴を殺したとは限らないが、都合の悪い存在が消えたのだ。今頃は祝杯でもあげているだろう。

そう思うと、悔しさに食い殺されそうになる。

しばらくの間、とめどなく溢れる涙に溺《おぼ》れそうになりながら、悔しさの海を漂い続けた。

やがて落ち着いてくると、床にスマホが転がっているのが目に入った。スマホを手にとって、名取にかけ直す。

「ごめん」

『またかかってくると思ったけどな』

名取の言い方に、前髪を掻《か》き上げながら苦笑する。

「見抜かれてて、悔しい」

名取が軽く笑い声を立てた。

「訊いていい？」

『ああ』

「毒物が検出されたんだよね。ジギトキシンだっけ？　どういう毒なの」

『ジギタリスに含まれている毒だ』

「ジギタリスって、花の？」

民家の庭先で、釣り鐘のような形をした紫や白の花が稲穂のように連なって咲いているのを見た記憶がある。

『そうだ。花や葉、根といった全草に強い毒性があり、重症になると心機能が停止する。誤食して死亡した例もある』

「そんなに強毒なんだね。急患対応で混乱している最中に、ジギタリスの毒を打たれたの？」

『そう見ている。ジギタリスは江戸時代に日本に入り、やがて観賞用として定着した後、自生するようになった。いわゆる外来種だが生花店で買えるだけでなく、三十以上の道府県で自生しているとされる。入手経路から辿《たど》るのは困難だ」

「毒を抽出する方法を知っている人ってことだよね」

『化学的な知識がある者かもしれないが、それだけでは特定するのは難しいな』

「防犯カメラから何かわかったの？」

『まだだ。だが、間柴が一時的に意識を回復した後に騒ぎが起きた。その時間帯から間柴が死ぬまでを重点的にチェックしている』

「間柴は死ぬ前に何も言わなかったの？」

『意識は回復したものの、依然言葉を喋れる状態ではなかったそうだ』

「会話ができるようになった時に、転倒時の様子について間柴が話すのを怖《おそ》れて殺した？」

『時系列的にはそれが自然に思える』

「病院内部の犯行の可能性は？」

『それも含めて捜査中だ』

間柴の死については、このまま警察の捜査に結果を委ねるしかない。その方面は名取に任せる。

でも、やっぱり私は自分で何とかしたい。

「わかった。捜査が進展するのを、期待して待ってるから」

『期待に添えるよう励むよ』

瑠美は通話を終えると、スマホを手にしたまま、暗記している電話番号をタップした。

コール音が止《や》む。相手が言葉を発する前に瑠美は言った。

「江藤さん、今ちょっといい？」

第七章　協力

1

瑠美はスマホの地図アプリを確認しながら、江藤から教えられた住所を目指していた。

あの後、江藤に「合流したい」と申し出た。そんな予感があったのか、江藤は驚きもせずに「では明日の朝十時に、今から読み上げる住所に来てください」と応じた。

子竜会の組員に接近した際、名取は瑠美の行動を予見して、捜査員に尾行させていた。今日は地味めなグレーのニットを着て、マンションから出た後は周囲を警戒しながら歩いたり、走ったり、いきなりバスに乗ったりした。仮に捜査員が尾《つ》けていたとしても、振り切ったはずだ。

江藤に知らされた住所は港区赤坂《あかさか》だった。地下鉄の赤坂見附《みつけ》駅から、赤坂方面に向かう。目当ての住所には雑居ビルが建っていた。一階が中華料理店、その上にはバーがあり、怪しげなエステも入っている。指定されたのはそこの四階だ。ビルの案内板の四階は空白になっている。

いったんビルをやり過ごし、入り組んだ道に入ったり、急にUターンしたりして、再びビルのもとに戻る。不審な者……と表現しては捜査員に悪いけれど、ともかく尾行はいないようだ。

汚れの目立つ狭いエレベーターに乗り、四階で下りた。

〈カタダ企画〉

というプレートが嵌《は》まったドアがある。ほかに部屋はないようだ。踊り場の天井付近を見上げる。防犯カメラはない。それを確認してからドアをノックした。応答がない。と思ったらスマホが振動を始めた。江藤からだ。

『瑠美さん？　着きましたか』

「ドアの前にいるけど」

『今、開けます』

ドアが開いて、濃紺のシャツを羽織った江藤が顔を出した。

「瑠美さんが来たとは限らないので、用心のために電話で確認しました。どうぞ」

江藤に促されて足を踏み入れた。打ちっぱなしのコンクリートが剝《む》き出しになっていて、会社の設備のようなものは何もない。奥にベージュのソファが向き合って置かれており、座っている蘭が「こっち、こっち」と手を振っている。今日の蘭はブラックのツイードジャケットに細身のデニムを合わせていた。

「蘭さん。あ、お金返します」

瑠美は蘭から借りていた一万五百円を返した。

「律儀だねえ。確かに」

蘭は両手で金を受け取って財布に仕舞った。

「あの、ここは？」

「私たちの一応の根城」

「リキのつてです。竜新会に入る前に知り合った、少々胡散臭《うさんくさ》い不動産屋から、短期間だけ貸してもらってるんです。ここ、もとは潰《つぶ》れた企画屋ですよ」

江藤が室内を見渡しながら説明する。

「社名入りのプレートがあったね」

「ええ。監視カメラをつけたかったんですが、空き部屋の前に設置されているのは不自然なのでやめました」

「そういうわけか。リキは？」

「来てないですね。瑠美さんが来るっていうのは伝えたんですけど」

「まったく……」

「座ってください。お茶も何もないですけど」

「お構いなく」

瑠美はソファに腰を下ろした。

「江藤さん、仕切り直して具体的にどうするの？」

「その前に、瑠美さん。合流するからには、僕らの協力者になると考えていいんですよね」

「そのつもりだけど」

「こう言っては身も蓋《ふた》もありませんが、僕たち犯罪者の集まりですよ。その覚悟はありますか」

瑠美は江藤の目を見返した。

もとよりそれは承知のうえだ。任務中ではないから、犯罪を起こしても罪は逃れられない。そもそも、警察が追っている者たちといるのだ。この時点ですでにアウトだろう。それでもいい。

彩矢香は間柴に刺され、絶命する前に言ったのだ。「そいつを懲らしめて」と。間柴を捜すために協力者になった。間柴は死んだが、間柴に犯行を命じたやつはきっと生きている。そいつも明らかにしなければ、何のために協力者をしてきたのかわからない。これを機に協力者契約は解除されるかもしれない。そうなったとしても構わない。私は協力者がしたいんじゃない。彩矢香の死を招いた何者かを突き止めたいんだ。だから、ここに来た。

「もちろん」

瑠美が力強く応じると、江藤は頷《うなず》いた。

「わかりました。その覚悟、しっかり受け止めさせてもらいますよ」

「大袈裟《おおげさ》だねえ、研介は」

「ここは大事なところなんですよ。さて、僕たちの計画を説明します。来週、竜新会が幹部や有力若衆たちを集めてパーティーを開催します」

「パーティー？　こんな時に」

「こんな時だからでしょう。急遽《きゆうきよ》開催が決まったようです。警察の捜査に対して、決して屈しないという決起集会みたいなものでしょうね。捜査は着々と進められ、破門したとはいえ元幹部の間柴が死んだ……動揺するなという引き締めの意味合いもあるかと」

「それで？」

「そこに潜り込みます」

「ええっ。みんな面が割れているよね。ほかに誰《だれ》かいるの」

「いません。ここにいるメンバーに加え、リキと冬湖です」

「無理でしょ」

「瑠美さんにかかっています」

「私は三杉と尾ノ上に面が割れているよ。そもそも潜り込んでどうするの」

「それはまだ言えません」

「私を信用してない？」

「違いますよ。まだ詰めている段階なので、計画ができあがったら連絡します。とにかく今は、パーティーに潜り込む……どちらかと言えばパーティーの場を利用するという感じですが、それだけを覚えておいてください」

江藤が申し訳なさそうに言う。

「パーティーの日時と場所は？」

「来週十月九日、月曜日の午後七時からです。敵対組織による襲撃や暗殺を危惧してパーティー会場は毎回変えていますが、今回は六本木《ろっぽんぎ》のイーストパレスホテルです」

「高級ホテルじゃん。警備やセキュリティが厳しいんじゃないの」

「でしょうね。とはいえホテルは不特定多数の人間が行き来する場ですから、そこまで神経質にならなくていいと思っています。そうそう、瑠美さんは、これまでの三杉さんや尾ノ上の言動で気になったことはありますか？」

江藤が話題を切り替えた。計画の件はこれ以上話してはくれないだろう。連絡を待つしかない。

「そうねえ」

三杉から十五年前の話を聞いたが、瑠美が把握している内容と大差なく、誰が間柴を紹介したのかは彼も知らないと言っていた。ほかにもヒントに繋《つな》がるような発言はなかった。

「ないかな」

そう答えてから、どこか引っかかるものがあった。何だ？　三杉と会ってからの時間を思い返すが、その正体はつかめないまま霧消していく。

「どうしました？」

「何かあったような感じがしたんだけど、気のせいかも」

「もしあれば、いつでもいいので教えてください」

「わかった。そういえば冬湖さんは？」

「リキと一緒にいるはずですよ」

「電話してみよっか」

蘭がジャケットの裏からスマホを取り出す。

「あ、いいですよ。単に気になっただけなので」

「そう？」

蘭がスマホを懐《ふところ》に仕舞う。

「ところで、間柴は殺人と断定されたけど」

名取から連絡を受けてすぐ、警察と病院が記者会見を開いた。毒物の名は明かされなかったが、毒殺と断定したという内容だった。

予想したとおり、病院側のセキュリティや管理体制に対する批判が、マスコミとネットを中心に湧《わ》き起こっている。病院の院長は当時の急患現場の混乱についても述べていたが、それは言い訳だという論調が多く、焼け石に水だった。同時発生した五人の急患たちは全員身分証などを所持しておらず、重態患者もいるので身元確認が遅れているらしい。そのためネットを中心に、間柴の殺害と急患患者たちを関連づけた憶測も飛び交っていた。

「ネットのニュース記事を見ました。間柴を殺した者が急患たちを動員したのでしょうね」

「私もそう思ってる」

「手の込んだ方法ですが、間柴を殺すにはそのくらいの周到さが必要というのはわかります。僕たちが追っている人物が明らかになれば、間柴を殺した者も自《おの》ずと判明するでしょう。さて」

江藤が自分の太腿《ふともも》を軽く叩《たた》いた。

「今日のところはこんなもんですかね。また連絡しますよ」

「もう終わり？」

「今日は顔合わせです」

「その割に約二名いないけど？」

「まあまあ。いろいろとやることがあるんですよ」

江藤が膝頭《ひざがしら》に手を置いて立ち上がる。

「みんなここに住んでるの？」

瑠美も腰を上げながら訊いた。蘭は座ったままだ。

「私は住んでる。っていっても、一時的な宿だけど」

「自宅はないんですか」

「あるような、ないような」

蘭が曖昧《あいまい》に返す。深く訊くなということか。

「僕は相変わらずネットカフェ暮らしですよ。案外なんとかなるものです」

「ここに住めばいいのに」

「蘭さんがいますからね。冬湖は自宅ですが、リキも同じくネットカフェやかつての部下のところを転々としていますよ」

「私は気にしないって言ったんだけど。真面目《まじめ》なんだよね、研介もリキも」

「やめてくださいよ。リスク分散にもなりますからね。必要な時に集まればいいんです」

江藤が髭《ひげ》を上下に揺らしながらドアのほうへ歩きだす。

「江藤さん、また連絡ちょうだいね」

「二、三日以内に必ずします」

「じゃあねえ、瑠美ちゃん」

蘭がソファの上から手を振っている。いつの間にか、伊藤さんから瑠美ちゃんに呼び名が変わっていた。

2

江藤と蘭と話した二日後、瑠美は江藤から連絡を受けた。

尾行を警戒しながら、再び赤坂見附に赴いた。その日も江藤と蘭だけだったが、計画の全容を聞いた。聞き終わるや、瑠美は「そんなの、できるの？」と江藤に問い返す。江藤は「やるしかないですよ」と笑った。

そして今日、十月九日――。

瑠美は週末に新調した深紅のドレスを着込み、イーストパレスホテルの四階の一角に置かれた椅子《いす》に姿勢よく座っていた。この近くの広間で、もうすぐ竜新会のパーティーが開催される。

暴力団のパーティーとわからないよう、広間の入り口には「株式会社リュージン・コーポレーション設立二周年パーティー」という墨書きの紙が掲示されていた。フロント企業の社名だろう。いかにもといった風貌《ふうぼう》の男たちがフロアを往来しているが、一般客を怯《おび》えさせない配慮か、皆グレーや黒といった地味なスーツを着用していた。

瑠美はフロアの隅から参加者たちをそれとなく観察する。先ほど三杉と尾ノ上が広間に入っていった。ほかの客もいるし、瑠美が座っているのは気づかなかったようだ。もっとも、今日は美容院で髪をアップにし、以前彼らと会った時よりも化粧を厚めにしていた。

午後七時を迎えた。

広間のドアが閉ざされる。あそこにいる幹部たちの誰かが、間柴に犯行を命じた者を知っている。

しかし、今日狙《ねら》うのはただ一人――。

薄く目を閉じて念じた。

うまくいきますように。いや、これから行うのは紛うかたなき犯罪だ。うまくいくように念じるなんて、虫がよすぎる。

瑠美は目を開けた。やり遂げる。ただ、それだけ。

広間のドアの向こうから、低い声が轟《とどろ》いてきた。決起集会の意味合いもあると江藤が言っていた。組長か幹部が檄《げき》を飛ばしたのだろう。

パーティーが始まって一時間が経過した。

そろそろだろうか。

瑠美はじっと待ち続ける。広間のドアが時折開き、トイレに行く者や、用事のために電話をかけたりする者が出入りしている。

一時間十五分ほどが過ぎた頃《ころ》だ。ドアが開き、護衛らしき者を二人従えた男が現れた。

竜新会組長の朝比奈竜司《あさひなりゅうじ》――。

六十四歳と聞いているが頬《ほお》は引き締まっており、眼光が尋常ではない。無数の修羅場をくぐりぬけてきた者の持つ、厳しさと妖《あや》しさが同居する眼差《まなざ》しに思えた。朝比奈だけは和服を着ており、ほかの者にはないオーラのようなものを纏《まと》っている。

瑠美は朝比奈たちのあとについた。少し奥まったところにトイレがある。朝比奈が向かう先はあそこに違いない。この瞬間から、計画スタートだ。

朝比奈たちがトイレに近づくと、「清掃中」のパネルが立っていた。三人は立ち止まり、別のトイレを探そうとする。すると男子トイレの中から女性清掃員が現れ、パネルを手に取った。

「どうぞお」

清掃員が笑顔で朝比奈たちに会釈する。その清掃員は――矢野蘭だ。いつもとはまったく異なる化粧を施し、ほとんど違う顔になっている。清掃員の作業着に加えて眼鏡とマスクもしており、蘭を知っていても、彼女とは見破れないだろう。女子トイレの前にもパネルが置いてあり、蘭はそちらへと足を向けた。

朝比奈は「失礼する」と蘭に断り、護衛を置いて男子トイレに入っていった。護衛たちは男子トイレの入り口の前に姿勢よく立って、朝比奈の戻りを待つ。蘭が女子トイレの中に消えていく。

今だ。

瑠美は護衛の近くへと歩いていった。彼らの姿が近づいてくる。

早く。早く来い。

瑠美はまっすぐ女子トイレに向かうそぶりを見せる。

まだか。焦りが生じ始める。

何をしているんだ。

すると、ドタドタとした足音が背後から聞こえてきて、思い切り突き飛ばされた。

「きゃっ」

瑠美は前方に派手に転倒した。後ろから突き飛ばした者も勢いでその場に転がる。

「いたあい」

冬湖だった。ブルーのドレス姿の冬湖は持っていたバッグを投げ出し、足首を押さえている。瑠美も転んだ拍子にバッグを遠くに投げた。

護衛たちは目の前で繰り広げられているハプニングをただ見下ろしている。

「すみません、バッグを取ってくださる?」

冬湖が護衛の一人に頼んだ。

「あの……私も足が痛くて。そこのバッグを取ってもらっていいですか」

護衛たちは顔を見合わせた。

そのうちの一人が、朝比奈はまだ用を足している最中と判じたのか頷《うなず》いた。二人はそれぞれ冬湖と瑠美のバッグのほうへ歩いていき、拾い上げた。

「ありがとうございます。あの、起こしてもらえますか。ヒールが高くて」

瑠美が手を伸ばすと、護衛は「いいですよ」と瑠美の手をとった。冬湖も同じように起こしてもらおうとしている。

その時だ。

女子トイレから出てきた清掃員姿の蘭が、男子トイレの案内板に手を伸ばした。するりとシールが剝《は》がれ、下から女子トイレの案内板が現れる。続いて女子トイレの案内板に手を伸ばすと、下から男子トイレの案内板が同じように現れた。それらのシールを丸めて作業着のポケットに突っ込み、男子トイレの姿に戻った女子トイレの前に置いていた清掃中のパネルを手にしてこの場を去っていった。

瑠美と冬湖は、それぞれ護衛に礼を述べ、互いに「ごめんなさい」と頭を下げる。護衛たちは案内板を見て、本来の男子トイレの前へと戻っていく。

すると女子トイレ――数秒前までは男子トイレ――から、清掃業者の帽子をかぶったマスク姿の男性清掃員が二人、台車を押しながら出てきた。台車の上には人が入れそうなほどの箱がのっているが、箱の側面に「清掃道具入れ」と印字されている。

清掃員たちは素早く台車を押していく。そのうちの一人が瑠美を一瞬見た。

リキだった。

リキがわずかに目を細める。瑠美も目で応じた。リキはもう一人の清掃員――江藤とともに、「関係者以外立ち入り禁止」と書かれた扉のほうへと足早に台車を押していく。

瑠美は腕時計を見て「いけない、こんな時間」と慌ててフロアのエレベーターのほうへと駆けだした。一方、冬湖は「遅刻しちゃう」と女子トイレを素通りし、瑠美とは逆のほうへと忙《せわ》しない様子で走っていく。

瑠美はエレベーターに乗り、大きく息を吐いた。

やり遂げた。

自然と笑みが浮かび、ゆっくりと拳《こぶし》を握りしめた。

3

竜新会組長の朝比奈竜司を拉致《らち》する。

それが江藤の明かした計画だった。

パーティーの途中、朝比奈は一度はトイレに行くはずだ。その際は必ず護衛がつくが、一般客の目を気にしてか、中にまでは入ってこない。過去のパーティーに参加した経験のあるリキが、その様子を幾度か目撃したという。

トイレに入った時、朝比奈は一人になる。その隙《すき》に拉致するという計画だったが、問題はほかの利用者と、男子トイレの前にいる護衛だ。

そこで、清掃員に扮《ふん》した蘭が清掃中のパネルを置いて利用者を防ぎ、さらには案内板を偽装して、男子トイレと女子トイレの表示を入れ替えた。朝比奈が入っていったのは女子トイレだったのだ。

赤坂見附の根城に瑠美が訪れた際、リキと冬湖はホテルの下見に加え、パネルやシール、清掃業者の作業服などの小道具を調達するために奔走していた。リキたちがいなかったのは、この計画の準備のためだった。特にホテルが使っている業者の作業服や案内板と似たタイプのものを探すのに時間がかかったそうだ。ネットでも探せたが、やはり色合いやサイズ、質感は実際に実物を見ないとわからないと言っていた。

朝比奈が一人でトイレに入った後、清掃員姿で待ち構えていたリキと江藤が彼を拘束し、鉄製の箱の中に詰める。これは瑠美と冬湖が三杉に連れ去られた方法を模倣したという。

瑠美と冬湖が衝突して護衛を引きつけている間に、蘭は案内板のシールを剝がして本来あるべきトイレの姿に戻す。護衛たちは朝比奈が入っていかなかったほうのトイレの前で彼を待つ。日常的に使っていないトイレの男子トイレ、女子トイレがどちら側かというのは、案外覚えていないものだ。ここが一番の難所だったが、ハプニングへの対応もあり、錯誤した彼らは誰もいないトイレの前に立ち、女子トイレから出てきた清掃員と台車には目もくれなかった。

リキと江藤はホテルの業務用エレベーターを使い、朝比奈をのせた箱を運び出した。瑠美と冬湖もそれぞれ別のエレベーターで下り、正面玄関からホテルをあとにした。ホテルの近くに駐《と》めたバンに箱をのせ、リキと江藤は赤坂見附に向かった。瑠美と冬湖は各自タクシーで赤坂見附に行き、〈カタダ企画〉のあったフロアへと集合した。

そして——。

朝比奈竜司はソファの上で仏頂面を浮かべていた。

「組長、手荒な真似《まね》をして申し訳ありません」

朝比奈の正面に座ったリキが頭を下げた。瑠美たちはリキの座るソファの後ろに立ち、二人のやり取りを見守る。

「無茶しやがるな。リキ」

朝比奈は顔を歪《ゆが》め、自分の肩を軽く揉《も》んだ。朝比奈の声は低く、迫力のある声色だった。このような状況でも冷静で、怒りはあるだろうが、それを表には見せていない。

「は。面目もありません」

「何のためにこんなことを？」

「間柴です」

「間柴？ あいつは破門した。うちの組とは関係ない。それに、先日死んだ」

「十五年前、間柴を竜新会に紹介した者がいるはずです。それが誰なのか、教えてもらえますか」

朝比奈の表情に一気に殺気が走る。

「なぜだ？」

「間柴はそいつに命じられ、俺の後ろにいる女の妹を殺しました」

朝比奈の眉《まゆ》がぴくりと動く。

「そこの女の妹？」

朝比奈がリキの背後に目を向ける。瑠美はその眼光を受け止め、力強く頷いた。朝比奈は瑠美がその女だと気づいたようで、リキに視線を戻した。

「それがなぜ、リキと関係がある？」

「その妹というのは、将来俺と結婚を約束した相手でした」

「十五年前なら、おまえも子どもじゃねえか」

「子どもにだって考えはあります。人生経験は乏しいですが、そのぶん想《おも》いは強くて深い」

「おまえが間柴を裏切り、組を飛び出した理由はそれか」

「はい」

朝比奈が低く唸《うな》る。リキが間髪を入れずに切り込む。

「間柴が幼い子どもを殺《あや》めたのを承知で、組長や幹部は間柴を受け入れました」

「批判は受けよう。だが、その者の名は明かせん」

「どうしてですか」

「もはや、切っても切れぬ関係だからよ」

瑠美は朝比奈の顔を見つめた。切っても切れない関係？　どういう意味なのだ。そいつも暴力団関係者なのだろうか。

「その関係とは？」

リキが身を乗り出す。朝比奈は動じずに答えた。

「言えぬ。言えば、ハッピーライフとは比べものにならないほどの打撃を受ける。組が壊滅しかねん」

「組が壊滅……」

リキが言葉を失う。

「それだけの権力を持つ者なんですね？」

瑠美が問いを投げかけた。

「権力……というのとは少し違うだろうな」

「違う？」

「これ以上は言えんよ」

朝比奈は口を閉ざして瞑《めい》した。リキがやや焦《じ》れたように訊く。

「質問を変えます。間柴の殺害を命じたのは組長でしょうか」

「うちが殺《や》ったのではない。死んでくれたほうが都合がいいのは確かだがな」

朝比奈は目を閉じたまま応じた。

間柴の死は竜新会の仕業ではない？　信じていいのだろうか。

「本当ですか」

リキが不信を込めた声で問う。

「信じるか信じないかは、おまえの勝手だ」

「わかりました。では組長は誰が間柴を殺ったのか、心当たりはありますか」

朝比奈が、「ふん」と鼻を鳴らした。

「俺を誘導するな」

「組長、その何者かについて、これでも言えませんか」

リキが作業服の懐から拳銃《けんじゅう》を取り出し、朝比奈に向けた。朝比奈は目を開いたが、銃口を見るや不敵に笑った。

「それは短慮というものだ、リキ。俺《おれ》を殺れば組の者たちすべてがおまえを殺すために、一生追い続けるだろう」

「そのくらいの覚悟はありますよ」

リキが引き鉄に指をかける。

「撃ってみろ。それでも俺は言わんぞ」

朝比奈にこうまで言わせる人物とは、いったい誰なのだ。

リキと朝比奈は硬直したまま睨《にら》み合っている。このまま時間だけが過ぎていくと思われたその時――。

朝比奈の目が動いた。と同時に蘭が「後ろ！」と叫び、腰に巻いたナイフケースからナイフを引き抜いてドアのほうへ体を向ける。

ドアが吹き飛ばされて、何人ものスーツ姿の男たちがなだれ込んできた。竜新会の者たちか。彼らは皆、銃を持っており、瑠美やリキ、江藤、蘭、冬湖を取り囲む。

「菊川、銃を置け。おまえたちに勝ち目はない」

スーツの男たちの先頭にいる、いかつい岩のような男がリキに命じた。

リキは唇を噛《か》みしめて、銃をテーブルの上に置いた。

朝比奈が立ち上がり、何事もなかったかのように瑠美たちの間を歩いていく。

「これは余興だ。この者たちには手を出すな。帰るぞ」

朝比奈が組員たちに言い放つ。先頭にいたいかつい男を始め、組員たちがなぜという顔を作る。

「パーティーで組長が攫《さら》われるわけがねえだろ。馬鹿どもが。リキ、いい余興だったぞ」

朝比奈がこちらを向いて、わずかに口角を上げた。

メンツだ。朝比奈はメンツを保つため、攫われたのではなく、あくまで余興と言い張る気だ。

「ホテルにもあれは余興と伝えておく。防犯カメラに映っているだろうからな。大騒ぎされては困る。リキ、組に復帰したいなら、いつでも来い。歓迎してやる」

「組長、どうしてここが」

「知らなくていい」

「まさか……」

「戻るぞ。パーティーを締めないとな」

朝比奈が肩を揉みながら部屋から出ていく。組員たちもあとに続いた。彼らがいなくなると、室内に静寂が落ちた。

「リキ、どうして組長の居場所が突き止められたのかわかったの？」

蘭がナイフをケースにおさめながら、リキに訊いた。

「体にGPSを埋め込んでいるんだ」

「ええっ、そうなの？」

蘭が口を大きく開けて驚く。

「おそらく肩だろう。ずっと気にしていた」

「そういえばここに来た時にも肩を揉んでいた。GPSの調子を確かめていたのかもしれない。

「組長というのは常に命の危険に脅かされている。万が一に備え、位置の把握は常時しておく必要がある。だから体にGPSを埋め込んだのだろう」

「結局、何も教えてくれなかったねえ」

蘭が不満そうに口を尖《とが》らせる。

「切っても切れない関係。言えば組が壊滅するほどの打撃を受ける。権力とは少し違う。そのあたりがヒントになりそうだけど」

瑠美が朝比奈の発言を思い出しながら言う。

「どれも曖昧《あいまい》ですね」

江藤が腕を組んで顔をしかめる。

「それは後で考えよう。ここは撤収する。竜新会に突き止められたから、もう使えない。組長はああ言っていたが、内心激怒しているはずだ」

リキがフロアを見やりながら皆に伝えた。江藤が腕を解いて答える。

「了解。不動産屋に謝礼を払って後で処分してもらうから、ソファなんかは置いていくよ。持っていくものは蘭さんの生活用品とパソコンくらいかな」

蘭はノートPCを持ち込んでいた。今回の計画を聞いた時にその理由を訊《たず》ねると、身分証や書類の偽造をするのに便利だから使っているらしい。画像だけでなく動画の編集、加工も得意だという。瑠美がすごいですねと言うと、身分詐称に必要なスキルだからと蘭は笑っていた。

「PCだけでいいや。ほかは全部買い直すし。その前に私たちは着替えないとね」

瑠美と冬湖はドレス、蘭は清掃員姿だ。リキと江藤はこのままでいいというので、女性陣だけ奥のスペースで着替えを済ませる。

瑠美はライトブラウンのジャケットにチノパン、冬湖は薄手のオレンジ色のダウンジャケットとジーンズ、蘭はライダースジャケットにレザーパンツ姿になる。瑠美と冬湖は靴も動きやすいものに履き替えた。

「ドレスとヒールは置いていって」

蘭が瑠美と冬湖に言う。いずれも計画に合わせて新調したものだが、お代はリキを介して経費として受け取っていた。二人とも了解する。

「一時間後に次の拠点に集合だ。俺は車だが、できるだけ分散したいから、あんたは蘭の後ろに乗せてもらえ」

リキが瑠美の顔を見た。根城を移すようだ。瑠美は頷きを返す。

皆で部屋を出ると、江藤が吹き飛ばされたドアを抱え、「これも謝礼だね」と言いながら元あった位置に立てかけた。

リキは冬湖とバンで向かうと言い、さっさと走り去っていった。バンは今回の計画に合わせて、これもやや怪しめの中古車店から激安品を購入したらしい。リキが乗っていたBMWは足がつくおそれがあるので、ハッピーライフ事件の直後にその中古車店に売ったそうだ。

瑠美は蘭のノートPCが入ったバッグを斜めがけして、バイクの後部座席に跨《また》がった。蘭の腰に腕を巻くやバイクが発進し、体が後ろに持っていかれそうになる。

瑠美は蘭の細い腰を抱える腕に、ぐっと力を込めた。

4

一時間後、到着したのは北区の十条《じゅうじょう》にある町工場だった。かつては印刷会社だったようで、錆《さ》びついた印刷機器などが寂しく置かれている。

蘭が「二階だよ」と奥にある階段を上っていく。瑠美もあとに続いた。

二階は居住スペースだったのか、フローリングの床になっていた。靴脱ぎ場で靴を脱いであがる。

リキと冬湖、江藤は先着しており、皆が床に座り込んでいた。

瑠美と蘭が輪に加わる。

「ここは別の不動産屋に工面してもらいました。同じく短期間ですけど」

江藤が説明してくれる。

「拉致は成功したものの、肝心の情報を得るのには失敗した。バンに乗せた後、組長の衣服などを検《あらた》めたんだが、体に埋め込んでいるとはな。読みが甘かった」

リキが悔しそうな表情をしながら状況を振り返った。

「仕方ないよ。本当に殺すつもりはなかったんでしょ?」

蘭がリキの心中を慮《おもんぱか》ったように微笑《ほほえ》む。

「もちろんだ。間柴を受け入れた責任はあるが、恨みもないのに殺したくはないからな」

リキの言葉に、瑠美の中で何かが刺激された。先日、江藤に問われた時にも感じたような、何かだ。今の蘭とリキのやり取り? どこかで聞いたような……。

「あ」

瑠美が声を出す。皆の目が瑠美に向いた。

「どうした」

リキが問いかける。

「幹部の三杉との会話を思い出したの」

「三杉の？　どういう会話だ」

「待って。整理する」

あの時だ。冬湖とともに倉庫に連れていかれた時、三杉は瑠美に言った。

僕だって君を殺したくはないんだけど、仕方ないんだ――と。

冬湖を亡き者にしようとした三杉が、口封じのために瑠美も殺そうとした。そう受け取ったのだが、別の意味があるとしたら？

もし、本心から殺したくなかったとしたら――。それに対して「仕方ない」というのなら、三杉は誰かから瑠美の殺害を命じられていたと考えられないだろうか。

三杉は瑠美に尾ノ上の内通疑惑を調べるよう依頼した。初対面の者にそんなことを頼むなんておかしいと三杉自身も言っていたが、確かにおかしいのだ。あまりにも強引だし不自然すぎる。

瑠美の殺害を命じられていたから、冬湖を嵌める際に瑠美を無理やり巻き込んだ。いや、瑠美を嵌めるために冬湖を巻き込んだのだ。いかにも冬湖を疑うかのように見せて、そのじつ瑠美を殺そうとした。巻き添えは瑠美ではなく冬湖だった。

「ちょっと聞いて」

瑠美は皆に、今の考えを述べた。

「私がひどい目に遭《あ》ったのは、あんたのせいなの？」

聞き終わるや、冬湖がきつい口調で言い放つ。

「まあまあ。瑠美さんのせいじゃなくて、やったのは三杉さんだから」

江藤が冬湖を宥《なだ》める。蘭が顎《あご》に指を添えて言う。

「仮にそうだとしたら、瑠美ちゃんの情報が漏れているわけ？」

「あんたの依頼主は大丈夫か」

リキが険しい表情をして問いかける。

名取はありえない。となると……赤城、石丸、河中か。

赤城と石丸が経営するレッドサークルが、暴力団内にエスを作っているとは打ち明けられない。話してしまえば、彼らの情報網が無に帰してしまう。それに彼らは長年、名取をはじめ警視庁と仕事をしてきている。今ここで疑うほどの強い根拠はない。同様にエスである河中についても話せない。

警視庁といえば、名取の上司である沖田課長はどうか。沖田も瑠美のことを知っている。自分を評価してくれている一方、今回の潜入調査の中止を決定したのは彼だ。これまでの経験上、まだいけると思っていたのに、一方的に中止の判断がなされた。沖田がこれ以上、瑠美の潜入調査を続けさせたくなかったとしたら。朝比奈が言っていた「組が壊滅する」

というのは警察組織を指していたのだとしたら……。いや、これはさすがに飛躍しすぎか。

ほかに情報漏れがあるとすれば、ここにいる誰かだが、それはないだろうし、今あえて皆を疑心暗鬼にさせるメリットはない。

「大丈夫。絶対に」

「なら、どこから情報が漏れている？」

「わからない……」

「話にならんな」

「なに、その言い方」

「ちょっとちょっと。仲間割れは御法度だよ」

蘭が瑠美の肩に手を置いて続けた。

「間柴っていう可能性はないかな？」

「間柴か。破門後も竜新会と繋がっていたのであれば……」

リキが言いかけるものの、「だが破門した者とは絶対に交流しない。その可能性は低そうだな」と首を捻《ひね》る。

「どこから漏れたにせよ、三杉さんが瑠美さんの殺害を命じられていたんだったら、潜入後の三杉さんの動きも納得できます。内通疑惑を申し出たのは冬湖なのに、いきなり瑠美さんを呼んで尾ノ上の内通の調査を依頼する。変ですよね」

江藤が瑠美の考えに沿う。瑠美はぽつりと言った。

「どうして内通をでっち上げたんだろう」

「やはり冬湖と瑠美さんを嵌めるためでしょうね」

「広橋組の幹部……猪又繁の電話番号、あれ合ってたんだよ」

瑠美は名取から、猪又の名前と電話番号は合っていると伝えられた。

「それがどうしたんですか」

「嵌めるなら、でたらめの番号でもいいんじゃない？」

「番号を知った冬湖や瑠美さんが、存在確認をするために猪又に電話をするかもしれない。だから正しい番号を登録したんじゃないですか。でたらめの番号だと、本当に存在する人物なのかわかりませんからね。それに冬湖と瑠美さんを殺してしまえば、内通疑惑で嵌めたことそのものが表に出ない。疑惑がでっち上げだと知っているのは、三杉さんと尾ノ上だけですから」

「どうして猪又の番号を知ってるの？　抗争中の暴力団の幹部同士で電話番号の交換ってするものなの？」

「いや……」

江藤がリキに目を向ける。

「共闘関係にある組の幹部なら名刺交換くらいはするだろう。だが広橋組と竜新会はそんな間柄ではない。互いの組員との接触は固く禁じられている」

「ということは……」

瑠美はリキの目を見据えた。リキが頷く。

「内通者は三杉なのかもしれない」

周囲の空気が一瞬固まる。

「待ってよ、リキ。三杉さんが内通しているのなら、わざわざ内通疑惑をでっち上げなんてしないんじゃないかな。怪しまれるし」

江藤がその空気を破るように発言した。江藤の反論を聞いたリキが瑠美に言う。

「殺しをしたら、組長やほかの幹部に報告しなくてはならない。つまりあんたと冬湖を処分した理由が必要だ。内通というのは最も説明がしやすく、説得力がある。もともとは冬湖が幹部に認めてもらうために尾ノ上を嵌めようとして、内通疑惑を三杉に報告したんだ。それを逆手に取ろうとしたのかもしれない」

瑠美の頭にもうひとつの疑惑が浮かぶ。

「仮に三杉が広橋組の内通者で、さらに別の者から私を殺すように命じられていたとしたら……」

「広橋組、そして何者かと通じる掛け持ちのスパイってわけだ」

今度は空気が凍りついた。その空気を蘭の声が溶かす。

「でも、論拠としては弱くないかな。瑠美ちゃんの推測だけが主な理由だし」

蘭の言葉にリキが応じる。

「今の状況では三杉を攻めるのもひとつの手だが、そのためには証拠が必要だ」

「証拠……」

瑠美は呟《つぶや》いた。どうすれば三杉から証拠を得られるのか。彼の周囲は警護されている。瑠美と冬湖に逃げられ、ほぞを噛んでいるだろう。そんな時に彼に近づくのは危険だ。となると……あれしかない。

瑠美は皆に言った。

「ひとつ、アイデアがある」

第八章　偽計

1

二日後の朝、瑠美はスーツを着て、十条の印刷工場へと再び出向いた。

これから新たな計画を実行する。

ターゲットは三杉……ではなく広橋組の猪又だ。三杉に近づくのが危険なら、内通疑惑の相手である猪又を攻める。もし猪又が内通を認めれば、それを口実に三杉を揺さぶる。裏切り者だと組長の朝比奈に報告すると脅せば、三杉は瑠美の殺害を命じた者の名を吐くかもしれない。その者はかつて間柴に犯行を指示した何者かである可能性が高い。この案にリキをはじめ、皆が賛意を示した。

猪又の電話番号は暗記している。それをリキたちに伝え、皆で意見を出し合って計画を立案した。

昨日は準備に充《あ》て、今日を決行日とした。

印刷工場の二階の部屋に入ると、皆がそろっていた。と言っても自宅にいったん帰ったのは瑠美だけで、ほかの皆は直前まで準備をするためにここで過ごしていた。

「始めるぞ」

リキがスマホを手にする。この端末は計画が終わり次第、廃棄するらしい。リキがスマホをタップして電話をかけた。

「もしもし、猪又さんですか？　私、警視庁組織犯罪対策部の鈴木《すずき》と申します」

『サツ？　なんでサツが俺の番号を知ってるんだよ。限られたやつにしか教えてねえはずだ』

リキがスピーカーホンにして、猪又の声を皆にも聞こえるようにする。猪又は不機嫌そのものといった声色だ。

「警察だから知っているんですよ。二、三ご質問があるのですが、直接お会いできませんか」

『質問だあ？　本当に警察なのか？』

「お会いした時に警察手帳をお見せしますが、警視庁に問い合わせていただいても構いませんよ」

『……そうまで言うなら、まあいい。何の件だ？』

暴力団員が警視庁の組織犯罪対策部に直接電話をかけるのは、彼らの本能的にも躊躇《ちゅうちょ》するはず。警察手帳を見せると前置きしたのもきいたようだ。瑠美の読みはあたった。

「それも電話ではお話できません。よろしければ、これから四ツ谷《よや》まで出向きますが」

広橋組の事務所は四ツ谷駅の近くにある。

『待て待て。サツと会ってるところなんて、見られたら面倒だ。どこか指定してくれ』

「では中野《なかの》駅北口の『フォルテッシモ』という喫茶店に、十一時でいかがでしょう。お店の情報はネット検索すれば出てきます」

『わかった』

猪又が通話を切った。

「本当に来るかな？」

蘭が腕を組んで首を傾《かし》げる。

「来るさ」

スーツ姿のリキが自信ありげに言い、「行くぞ」と瑠美に告げた。最初は冬湖が行きたいと言い張ったのだが、冬湖では明らかに若すぎる。瑠美のほうがいいだろうとリキが説得した。リキと瑠美が捜査員役で、バンに乗ってリキの運転で中野へと赴いた。竜新会で実力のある若衆だったリキは、猪又に面が割れているかもしれない。リキは黒縁眼鏡《めがね》をかけ、以前江藤が変装で使っていたような太い付け眉毛《まゆげ》を使用して臨んでいた。江藤と蘭、冬湖も念のためにバイクで移動し、喫茶店の近くで待機する。

フォルテッシモはレトロな店構えで、クラシカルな雰囲気の落ち着いた店だった。ここでは声を荒らげにくいだろう。それも見込んで、瑠美がこの店を選んだ。

十一時少し前に喫茶店に入り、猪又を待つ。瑠美とリキはコーヒーを頼み、互いに一度、カップに口をつけた。

リキのスマホが振動する。リキが端末を手にして耳にあてると、スマホを手にして店に入ってきた男が、こちらに目を留めた。猪又か。

「鈴木さん？」

「猪又さんですね。どうぞこちらに」

リキが正面の席を勧める。猪又は四十前後か。黒っぽいスーツに剃《そ》りの入った前髪、中年太りしかけた体で、頬《ほお》がやや弛《たる》んでいる。

「警察手帳を見せろ」

座ると同時に、猪又が要求した。リキの変装には気がついていないようだが、やはり疑っているらしい。

リキがスーツの裏ポケットから手帳を取り出した。猪又が目を凝らして確認する。

「仕舞え」

リキが手帳を懐《ふところ》に戻す。この手帳は精巧なレプリカで、蘭が以前手に入れたものだ。どうやって入手したのかと訊《き》いてみると、ネットオークションで流れてきたもののようだった。何かと便利だからずっと持っているという。二つ折りの手帳の上部に写真を入れるのだが、昨日リキが証明写真機で撮ってきたものがはめ込まれている。階級や氏名などは蘭がノートPCにインストールしてある画像編集アプリを使って加工した。

店員が注文を取りに来た。猪又は「アイスコーヒー」とオーダーする。

「俺《おれ》に何の用なんだ」

「コーヒーを待ちましょう。すぐに来ますよ」

リキがソフトな口調で言うと、猪又は小さく舌を打って顎《あご》の肉をつまんだ。しばらくして店員がグラスを持ってきて去っていく。猪又はストローを使わずにグラスから直接コーヒーを数口飲んだ。

猪又がグラスを置いたのを見て、リキが口火を切る。

「単刀直入にお訊きします。猪又さんは竜新会の三杉さんから組の情報を得ていますね？」

猪又の瞼《まぶた》がゆっくりと開かれていくが、すぐに不審げな目つきに変わる。

「何言ってんだ。それが刑事の訊くことか。関係ねえだろ」

「否定はしないと」

「違《ちげ》えよ。俺はあんたの質問がずれてるって言ってんだ」

「ずれていませんよ。三杉さんは広橋組に内通している。猪又さん、もしやあなたも広橋組の情報を三杉さんに流しているのでしょうか」

「ふざけんな。そんな用件なら、帰るぞ」

猪又が席を立とうとする。

「真面目《まじめ》にお答えできないのなら、広橋組の組長に確認しますが」

「はぁ？　だいいち、証拠はあるのかよ」

腰を上げようとした猪又だったが、座り直して身を乗り出してくる。

「竜新会の尾ノ上弘さん。彼のスマホに猪又さんの名と電話番号が登録されていました。ここにいる彼女——中山《なかやま》がそれを確認しました。尾ノ上さんは三杉さんの腹心です。どうして彼のスマホにあなたの名が？」

猪又の前では瑠美は中山という名を使うことにしてある。

「尾ノ上？　知らねえよ、そんな下っ端」

「あなたが知らなくても、尾ノ上さんはあなたを知っている」

「それがどうして、俺と三杉ってやつが繋《つな》がっている証拠になるんだ」

「三杉さんが尾ノ上さんのスマホに、あなたの名と番号を登録するよう命じたからです」

「おかしい。おまえら、警察じゃねえだろ。竜新会の者か？　俺を嵌《は》めに来たのか」

猪又が警戒心を露《あら》わにして、乗り出した身を引いた。

「警察ですよ。やはり組長と話をするしかないようですね」

「物的証拠がなきゃあ、信じられねえ」

「では、これを見てください」

リキがスマホを取り出して操作し、テーブルの上に置いて猪又に画面を見せる。覗《のぞ》き込んだ猪又の目が一瞬見開かれた。

「これは……」

「猪又さんが三杉さんと繋がっている証拠ですよ。これを組長に見せましょうか」

稲荷町にある三杉の事務所が入っているビルから、猪又が出てきたところをとらえた写真だった。猪又は今日と同じような黒味の強いスーツを着ている。

「ざ、ざけんな。画像なんていくらでも加工できるだろうが」

「こちらは？」

リキがスマホを置いたまま操作する。次は動画が再生された。同じビルから猪又が出てきて、何食わぬ顔をしながら画面から消えていく。

猪又はしばらく画面を凝視した後に要求した。

「もう一度、再生しろ」

「何度でも」

リキが再生する。猪又は眉間《みけん》に縦皺《たてじわ》を寄せて画面を見つめている。

これは蘭が編集した偽の動画だった。昨日朝から二手に分かれ、まず四ツ谷の広橋組の事務所を江藤が張り、夕方頃《ごろ》に猪又が事務所から出てきた場面を撮影して蘭のメールアドレスへと動画データを送った。続いてリキが稲荷町にある三杉の事務所の動画を撮影して蘭に送った。

データを受け取った蘭は動画の編集アプリを使い、猪又の姿だけを切り取り、稲荷町のビルを撮影した動画と合成した。普段から使い慣れているため、蘭は手際よく動画の編集を進めていった。江藤とリキの撮影時間を合わせたのは、太陽の向きによって光のあたり方が違うため、できる限り加工作業の手間を省くようにするためだ。三時間ほどで、ほぼ完璧《かんぺき》に近いほどに捏造《ねつぞう》された動画が完成した。写真は動画を一時停止させたシーンを切り出して用意した。

猪又と三杉が繋がっているのだとしたら、三杉の事務所にも訪れている可能性は高い。リキによると三杉は本来の事務所を上野に持っており、あの稲荷町の事務所は来客などの外部の者と話す時に使っているらしい。確かに三杉は「上野にある僕の事務所じゃなくて、個人的に借りているオフィススペース」と言っていた。だから暴力団事務所のような雰囲気ではなかったのだ。常駐している組員はおらず密会にも使えるから、猪又がやって来るのなら稲荷町の事務所だと踏んで、加工する素材に選んだのだった。

「いかがでしょうか。これは紛れもない物的証拠ですよ」

「いつ撮った?」

「情報源の身の安全に関《かか》わりますから、それは言えません」

「知らんぞ」

「何がですか」

「俺は三杉の事務所の場所なんて知らねえ。これも加工した動画だろう」

リキがにやと口角を上げてから言った。

「私はここが三杉さんの事務所だなんて、一言も言っていませんが？」

猪又の表情が固まる。次には目が泳ぎ、上唇を舐《な》めた。陥穽《かんせい》に嵌まった自分を恥《は》じるように押し黙っていたが、やがて口を開いた。

「たとえばだぞ、俺と三杉が内通していたとして、それが警察とどう関係してくるんだ」

「捜査に関係しているんですよ」

「捜査？　何のだ」

「殺人未遂です。三杉はここにいる中山を殺そうとしました。すんでのところで逃げましたが、その際に尾ノ上のスマホにあなたの番号を入れるよう三杉が命じたのです。あなたと関わりがなければ、三杉があなたの名を出すこともない。あなたもこの件に関わっているから、名を出したのではないでしょうか」

「あいつが、俺の名を？」

猪又が瑠美の顔を見る。瑠美は「はい、確かに。有明の倉庫でした」と言葉に力を込めて応じた。

「有明の……。俺は殺人なんかに関わっちゃいない。本当だ」

リキが猪又に畳みかける。

「とすると、三杉さんはあなたの名を出すことで、あなたも共犯にして嵌めようとしたのかもしれない」

「あの野郎」

猪又の目に憎しみの色が浮かんだ。

「あいつは俺に情報を横流ししていただけだ。それなのに俺の名をそんなところで使いやがって。許せねえ」

猪又が三杉との関係を認めた。瑠美はリキと目配せする。

「有明の倉庫はご存じでしょうか」

瑠美が訊《たず》ねた。先ほどの猪又の反応は、三杉が有明に倉庫を持っているというのを知っている様子だったからだ。

「あそこは竜新会の倉庫のひとつだ。ヤクやシャブの一時保管に使っていると聞いた」

リキが鷹揚《おうよう》に首を縦に振って応じる。

「我々もその倉庫を調べていたんですよ。そこでこの中山が捕まってしまったんです。三杉さんへの情報提供の見返りは何ですか？」

「俺から金を渡していた。こっちの情報も多少は融通していたけどよ」

「最初に接触してきたのは？」

「三杉だ。顧客を装って、うちの関連企業に近づいてきた。商談のために幹部を紹介して欲しいと頼み込んできたんだ。それで会った。何度か話をするうちに、あいつは竜新会の情報を俺に流すようになった。一方的というのも悪いから、俺は金を渡したり、情報を交換したりした」

猪又の瞳《ひとみ》が憎しみから後悔するような色へと変わっていった。

三杉のあの調子で懐に入り込まれたら、つい喋《しゃべ》ってしまいそうになるのもわかる。

「三杉の目的は何でしょうか」

リキが問いを続けた。

「金だと思うけどな。あとは、いずれこっちに移ってくる気なのかもな」

「最初の接触はいつ頃でしたか」

「一年ほど前だな。……待てよ、おい」

猪又が顔を上げ、リキと瑠美の顔を睨《にら》みつけてくる。

「やけに俺と三杉の関係を探るじゃねえか。これが捜査に必要だってのか」

「ええ。あなたたちの関係性は充分に把握しておかなければなりませんから。情報のやり取りだけをしていたのなら、殺人未遂に深く関わっているわけではないと、私はそう思いますがね」

「俺は関係ないってわかっただろ」

「充分に。ただし捜査中ですから、猪又さんと我々がこうして会ったことは三杉さんにもご内密に」

「ん、ああ」

「ご協力、ありがとうございました。お代は結構ですよ。さ、行こう」

リキが猪又に軽く会釈して立ち上がる。瑠美も頭を下げて、レジに向かうリキのあとについた。二人は猪又のほうを一度も振り返らずに店を出た。

2

「しっかり録《と》れている。これなら使えるな」

十条の印刷工場の二階だった。リキがスマホのレコーダーアプリの停止ボタンをタップする。瑠美とリキ、喫茶店の周囲にいた江藤たちはすぐに十条へと戻り、猪又とのやり取りを録音したデータを皆で聞いた。

「これを三杉さんにぶつけると」

江藤が顎鬚《あごひげ》をいじりながら言うと、リキは瑠美に視線を移した。

「三杉を呼び出して、このデータを突きつける。すべてを話さなければ、猪又と内通していたと組長に報告すると揺さぶって吐かせる。あんたの殺害を命じた者が、十五年前に間柴に犯行を指示した者であれば、それで片がつく」

「どうやって呼び出すの？」

瑠美の問いに、リキが頷《うなず》く。

「内通の件を持ち出すと、俺たちと会う前に猪又に連絡してしまうだろう。猪又が俺たちの偽計に気づく前に三杉と話す必要がある。そこで、急ぎ仲介の依頼を持ちかける」

「仲介？」

「組長が俺の復帰を許すと言っていた。あれは余興の一部で本気ではないだろうが、あの場に駆けつけた組員たちがどう受け取ったかは知らん。あの時の発言は三杉の耳にも入っているかもしれないから、三杉に俺の竜新会復帰の仲介をお願いしたいと申し出る」

「復帰を？」

「竜新会を裏切ったのではなく、無茶をしている間柴を成敗したのだと言ってな」

「三杉は間柴と性格が合わないって言っていたから、その理由だったら理解を示すかも」

「ああ。それに三杉は俺に恩を着せようとして、この仲介を受けるはずだ。今後、俺を駒《こま》として扱おうと考えて……計算高いやつだからな。さらにはあんたと冬湖を差し出すといえば、必ず俺と会う」

「私と冬湖さんを？　組長やあの場に来た組員にも面が割れているよ。私たちはリキの仲間だって思われているはず」

「確かに一緒にいたが、竜新会に復帰したいために考え直した。だからこうして差し出すんだと言えばいい」

「どこで会うの？」

「料亭がいいだろう。ああいう場であれば、三杉も手荒な真似《まね》はできまい。どうだ？」

「いいんじゃない？」

瑠美が皆の顔を見渡す。全員が首肯した。

「よし、準備開始だ」

リキが手を叩《たた》いて、各自に指示を出し始める。

瑠美のスマホが振動した。着信表示を見ると名取からだ。こんな時に。

「ちょっと失礼」

瑠美は一階に下り、薄汚れた印刷機器に囲まれながら通話ボタンをタップした。

「どうしたの」

『新たに調査をお願いしたい案件がある。今日、夕方頃に警視庁に来られるか？』

「新たな？　竜新会に潜入する件とは違うの？」

『違う。まったくの別件だ』

これから大切な計画がある。引き受けるわけにはいかない。

「ごめん。傷の痛みがひどくなってきて。この前尾ノ上に蹴《け》られたし、その後も少し無理してたせいかも」

『病院には行ったのか』

「様子を見て、厳しそうなら受診するつもり」

『早く行ってこい。調査は延期する』

「ほんと、ごめん」

『ルーシーが謝る必要はない。俺もほかに仕事を抱えているからな。調査内容をより詳細に詰める時間が与えられたと思えば延期も悪くない』

瑠美の心に鈍い痛みが生じる。

「うん、ごめん」

『また謝ってるぞ』

「そうだね」

『傷がよくなってきたら連絡してくれ』

「またね」

瑠美は通話を終え、口元を歪《ゆが》めた。名取を騙《だま》している。いつも計画を変更してから事後報告をしているが、それとはまったく違う、後味の悪さが胸に染みていく。

錆《さ》びた印刷機器に拳《こぶし》をあてた。その甲に額をおしつけ、目を閉じる。潜入調査中は嘘《うそ》に慣れているが、名取に依頼された時にこんな嘘をついたのは初めてだった。これほどまでに嫌な気分になるんだと思うと、目頭が熱くなってきた。

「ごめん……ごめん……」

また謝罪の言葉が口をついて出た。言わないと心が落ち着かない。

歯を食いしばる。ここで泣いてはいけない。涙の跡を皆に見られてしまう。

今はとにかく先のことを考えるしかない。

やると決めたんだ。あと少しなんだ。

瑠美は歪《ゆが》めた口を引き結んで顔を上げると、二階への階段に足をかけた。

3

その日、午後八時――。

リキが上野の料亭の部屋を押さえ、三杉との約束を取りつけた。瑠美と三杉が会った、上野公園内の料亭だ。彼が行き慣れた店のほうが警戒されないだろうという読みだ。三杉はリキの復帰の仲介役を快諾した。瑠美と冬湖も同席し、その場で三杉に引き渡す運びとなった。

瑠美とリキ、冬湖は八時少し前に料亭の一室に入った。三杉はまだ来ていない。料亭の外に三杉の部下が二人いて、三人はボディチェックをされた。当然、武器になるようなものは持ってきていない。

座敷の上座にあたる奥の席は三杉が座るため、手前の座布団にリキが腰を下ろす。その後ろ、瑠美と冬湖は畳に直《じか》に正座した。二人の頬と口元には痣《あざ》ができ、髪も乱れている。ここに来る前に抵抗したため、リキに叩かれたという演出だった。蘭が施したメイクは本物の痣のような仕上がりだ。

三人は無言で三杉の来訪を待つ。

午後八時をまわった。

二人分の足音が近づいてくる。もう一人は仲居《なかい》か。

戸が開いた。

「やあ、二分遅れた。すまないね」

三杉は上座にまっすぐ歩いていき、片手を上げながら着座した。

「食事は後にしてもらっています。まずはご挨拶《あいさつ》を。仲介を受けていただき、ありがとうございます」

リキが丁重に頭を下げた。瑠美と冬湖は項垂《うなだ》れた姿勢を崩さない。

「君のおかげで間柴を追い出せたんだ。こちらこそ感謝だよ」

三杉が軽口を叩く。間柴は死んでしまったから遠慮がない。

「結果オーライではありますが」

「謙遜《けんそん》するなよ。今日は予定を変更までしてここに来た甲斐《かい》があったというものだ」

三杉が瑠美と冬湖に目を向けながら笑う。

「この二人は手土産《てみやげ》です」

「冬湖ちゃん、若菜さん。君たちを誰《だれ》かが助けたそうじゃないか。だが助けられた君たちは、リキといる。なぜかな？」

「あれは俺の元部下の勇み足でした。俺がこの二人はまだ使えそうだと言ったのを早とちりして、あのような暴挙に」

「どうして君が冬湖ちゃんと若菜さんのことを知っていたのかな」

「元部下たちの中には俺に情報を流してくれるやつがいます」

「さすがだね。情報収集には抜かりがないというわけか」

「ええ。暴挙には出ましたが、結果的にこうして仲介の手土産として役に立ちました」

「その様子じゃあ、リキから手ひどくやられたようだけど、どのみち生かしてはおけないよ。いいのかな？」

瑠美と冬湖が顔を上げ、そろって体をびくりと震わせる。

「構いません。が、その前にもうひとつ手土産が」

「何だい」

「これを聞いていただければ」

リキがスーツの内側からスマホを取り出して、レコーダーアプリの再生ボタンをタップした。猪又が三杉との関係を認めた部分を中心に編集してある。

リキが三杉との関係を訊ね、当初猪又ははぐらかすが、やがて認めたという流れだ。

会話が終わり、リキがアプリの停止ボタンをタップする。

「僕が広橋組に内通していると言っているようだが」

「そのとおりです」

「これが何か」

「事実でしょうか」

「こんな録音を聞かされて、はいそうですと答える馬鹿がどこにいるんだい？」

三杉が白い歯を見せながら、大袈裟《おおげさ》に肩をすくめた。

「お認めにならないのなら、朝比奈組長にこのデータを提出して判断してもらいます」

「僕を脅すのかい」

「いえ、質問に答えていただければ、このデータは今ここで消します」

「それを脅しと言うんだよ。ひとつ話せることがあるとすれば、冬湖ちゃんと若菜さんが見たという尾ノ上のスケジュールは、僕が仕込んだでっち上げだよ」

「でっち上げ？　なぜそのような」

「二人を殺すためさ」

三杉は当然じゃないかという口調で答えた。

「なぜ殺そうと？」

「怪しいからだよ。いきなり尾ノ上に二人が近づいてきたんだ。何者かに送り込まれてきたのかもしれない。警戒するのは当然だろ」

「だからと言って、殺さなくても」

「非情になりきれない。そのあたりは、君もまだまだだね」

「内通相手の実名を使ったのは、どうしてですか」

「内通していたなんて、決めつけないでくれよ。そもそも二人とも死ぬはずだったんだ。内通が事実だろうが、そうでなかろうが、それは重要な問題じゃないだろ」

「重要な問題ですよ。お認めにならないのですか」

「リキ、いいかい？」

三杉が瑠美と冬湖に視線を向け、楽しげに目を細めた。

「君が竜新会にいた頃の行いは、僕の耳にも入っているんだ。だから、妙なんだよ」

「行い……？」

「君は決して女性には手を上げない。その傷、メイクだろ？」

瑠美は三杉の顔を見た。笑みが消えていた。その目に冷酷な炎が燃えあがっている。

背後の戸が勢いよく開いた。

三人が振り返ると、拳銃《けんじゅう》を手にした三杉の部下が二人、目の前に立っていた。

「リキ、若菜さん、冬湖ちゃん。三人はこれから死ぬ。言い訳や命乞いは無意味だ」

三杉は最初からリキの仲介をするつもりはなかったのか。

「けれど、ここで騒いだら僕は出入り禁止になってしまう。場所を移す。今度は絶対に逃がさないからね。連れていけ」

三杉が立ち上がるが、部下たちは動こうとしない。

「何をしている？　早くしろ」

部下たちの顔が引き攣《つ》っている。彼らの背後から、江藤と蘭が顔を出した。

「この人たち、体に穴が開いちゃうと思ってビビってるみたい」

蘭が愉快そうに笑う。

江藤と蘭は部下たちの背中に銃を突きつけていた。

「君は……九鬼操か。ハッピーライフの事件後に組を捨てて逃亡したはずだが」

蘭は竜新会の覚醒剤《かくせいざい》取引を仕切る立場にあったから、密輸ルートを管理している三杉も彼女を知っているようだ。

「違うよ。私、矢野蘭っていうの」

「矢野？　そうか……九鬼は偽名だったな。これはどういう真似だ？」

「まず、この人たちに銃を捨てるように命令してくれないかなあ」

「銃を置け。構わん」

部下たちが畳に銃を放《ほう》り投げる。それを瑠美と冬湖が拾い上げた。

「おまえら、この二人に気がつかなかったのか」

三杉が部下を叱責《しっせき》した。部下たちは無言で項垂れる。

「だって私たち二時間も前から、すぐそこの部屋で食事を楽しんでたんだもん、気づかないよねえ？」

蘭が部下たちに問いかけるが、彼らは何も答えない。蘭はその反応すら楽しむように笑みを浮かべている。

「まあ、あんまり気にしないでね。それにしてもこのお店の料理、とってもおいしい。ねえ、研介」

蘭が正面を見据えたまま江藤に同意を求めた。

「常連になりたいくらいに」

蘭に応じた江藤が口元を緩める。

瑠美は銃をリキに渡した。リキが立ち上がり、三杉に銃口を向ける。

「取引をしましょう、三杉さん」

「何だと」

「三杉さんが正直に答えてくれれば、組長にこのデータは渡しません。これは脅しではなく、あくまで取引です」

「こんなところで銃を撃ってみろ。すぐに警察が駆けつけるぞ」

「わかっていますよ。その代わり、三杉さんは死にますがね」

三杉が顔を歪める。瑠美が会ってから初めて見せるような表情だった。

「言ってみろ」

「その前に部下を下がらせますよ。江藤」

江藤が「さあ、二人は僕らの部屋に」と三杉の部下を促し、蘭とともに部屋から出ていく。

「では取引を開始します。三杉さん、ここにいる佐々木若菜さんを殺すよう、何者かに命じられましたね？」

「どうしてそう思った？」

「三杉さんも言っていたんでしょう？　尾ノ上の内通を調べるのに、初対面の者に頼むなんておかしいって。そのままですよ。おかしいんです。あまりにも強引で不自然だ。まるで何かに焦っているように。内通疑惑の細工も拙速な印象を受けました。若菜さんと冬湖を殺すつもりだから、多少杜撰《ずさん》でも構わないと考えたのでしょうか。三杉さん……あなたはその何者かから、早急に事を成せと命じられたのでしょう」

「なぜ急ぐ必要がある」

「十五年前に間柴に犯行を命じた者……若菜さんが追っている人物こそ、三杉さんにそう指示した者である可能性が高いからですよ。早くしないと若菜さんに突き止められてしまう。それを怖《おそ》れているんです」

「仮に僕に命じる者がいたとして、僕に何の得がある」

「あなたは広橋組の猪又と通じ、そしてその何者かとも通じる掛け持ちのスパイだ。その何者かからの見返りは金、さらには将来的な出世の約束といったところでしょうか」

「もしそうだとしても、絶対に言えないな」

まただ。組長の朝比奈だけでなく、三杉までも同じ反応を示す。いったいどんな人物なのか。

「組長にデータを渡せば、三杉さんは裏切り者として処分されますよ」

「組長は僕が口を割らなかったほうを評価してくれるだろうね。データなんていくらでも捏造できるし、提出しても意味はないよ」

三杉が首を横に振りながら鼻で笑う。

「つまり三杉さんは、その何者かをご存じなんですね。その名を明かせば竜新会が壊滅的なダメージを負う。だから組長は口を割らないほうを評価する」

「僕はこれ以上、何も喋らないよ」

「内通しておいて、よく言いますね。竜新会への忠誠心などまったくないだろうに、どうして喋らないんですか」

「竜新会だけの問題じゃない」

「何？」

リキが眉根《まゆね》を寄せて問い返す。

瑠美も三杉の発言を聞き逃さなかった。どういう意味だ。竜新会だけではない？　当初瑠美が接近を試みた、二次団体の子竜会を指しているのだろうか。いや、今の言い方は竜新会とその傘下以外という感じだった。猪又が所属する広橋組がそうなのだろうか。

三杉は失言だったと悔いたのか、苦い顔をする。

「とにかく僕は一切、話さな――。おい、何を考えている」

三杉の目が驚きに満ちていく。瑠美は彼の視線の先に顔を向けて、三杉と同じように驚き、目を見開く。

冬湖が三杉に銃を向けていた。

「さっさと吐けよ。すっとぼけてばっかりじゃないか。リキが知りたいって言ってるんだから、言えばいいんだよ」

冬湖が怒気を露わにして三杉に銃口を突きつける。先ほど三杉の部下が放り投げた銃だ。

「リキ、やめさせろ。こういう危ないものを手にした素人が一番怖いんだ」

三杉の声が動揺している。

「冬湖、やめるんだ」

「リキも甘いよ。こんなやつ」

冬湖が引き鉄にかけた指に力を込める。

「冬湖さん、やめて。銃を下ろしなさいよ」

瑠美がたしなめると、冬湖の目が一瞬こちらを向いた。

「あんただってね、聞きたいんでしょ。こんなやつらの事情なんて、知ったことじゃない。私はね、リキを早く解放してあげたいの。十五年……縛られて生きてきた。そのために生きてきた。愛した人のために捧《ささ》げてきたのは尊いと思うよ。でも、もういないんだよ。その人はこの世にいないんだよ。それなのにこんな人生がずっと続くなんて、あんまりじゃない」

瑠美の心に、冬湖の言葉が突き刺さる。まるで自分のことを言われているような気がした。

「私はリキに救われた。だから今度は私がリキを救いたいの！」

冬湖が目を閉じて叫んだ。

その瞬間、三杉がスーツの懐から銃を抜き取った。

サイレンサー付きの銃だ。これなら大きな発砲音はしない。

三杉が冬湖に向けて銃を撃つ——そのわずかコンマ何秒か前に発砲音が轟《とどろ》いた。三杉が銃をその場に落とす。三杉の腕から血が噴き出し、下唇に前歯を立てて片膝《かたひざ》をついた。

リキが発砲した——。

リキは三杉が落とした銃を素早く拾い、

「行くぞ。早く！」

瑠美と冬湖に退室を促す。戸が開いて、蘭が顔を出した。

「ああ、やっちゃった。みんな、急いで」

銃声を聞いて駆けつけた蘭が、三杉に銃を向けて動きを制する。瑠美は立ち上がったが、冬湖は放心したように銃を手にした両腕をだらりと下げている。

「冬湖さん」

呼びかけるが、目の焦点が合っていない。瑠美は冬湖の頰を軽くはたいた。

「冬湖さん、しっかりしてよ」

もう一度頰をはたかれ、冬湖の目がはっとする。

「冬湖、すまない」

リキが冬湖の腋《わき》に手を入れて抱きかかえ、そのまま持ち上げる。瑠美は冬湖の手から銃を取り上げて、スカートのベルトの下に突っ込んで上着で隠した。冬湖を抱えたリキが部屋から出ていく。瑠美はそのあとを追った。

三杉に銃を向けていた蘭が、リキと冬湖、瑠美が部屋から出て廊下を走りだすのを待って、戸を思い切り閉めて皆に続いた。江藤は逃走経路を確保するため、先に店を出たようだ。

発砲音を聞いて、店内にはいくつもの悲鳴があがり、客や店員たちがパニック状態に陥っていた。我先にと店を出ようとして、玄関のほうに人が集まり始めている。それらの人々を掻《か》きわけながら玄関を出ると、江藤が手を振っていた。

「こっちに」

四人は江藤のもとに駆け寄った。江藤が先導して、小走りで上野駅とは反対方向へ向かう。動物園通りに出ると、少し先にあるマンションの駐輪場に二台のバイクが駐《と》めてあった。蘭が「瑠美ちゃん」とヘルメットを投げる。瑠美は受け取って、蘭のバイクの後部座席に跨《また》がった。もう一台のバイクに江藤が乗る。二十メートルほど先に時間貸しの駐車場があり、リキと冬湖はそこに駐めてあったバンに乗り込んだ。

江藤が一番に発進し、続いて蘭、最後にリキの順で走り去る。

冬湖の行動で思いも寄らぬ結果になってしまった。けれど、彼女を責められない。

風を切り裂くバイクの後部座席で、瑠美は冬湖が吐露した心の叫びを頭の中で繰り返していた。

4

五人は十条の印刷工場へと戻った。

「ごめんなさい」

二階に上がるやいなや、冬湖が皆に頭を下げた。

「いいんだ。俺が三杉からもっとうまく情報を引き出せばよかったんだ」

「あの様子じゃ絶対に口を割らなかったよ。あのくらいしても、よかったんじゃないかな」

瑠美の発言に、冬湖が意外そうな目を作る。

「なんかひどいこと言っちゃって……」

冬湖が反省するように、肩をすぼめて顔を伏せた。

「ううん。ありがとう」

瑠美が微笑《ほほえ》むと、冬湖はほっとしたように目元を緩めた。

「三杉はあの店を重要な商談にも使っている。銃による発砲ではなく、動画内の効果音だとか言い訳をして、店に迷惑料でも払って沈静化を図るだろう。撃たれたとあっては部下に示しがつかないし、店で騒ぎを起こしたとなると組長から処罰を受けるだろうからな」

「三杉の部下が私たちに銃を突きつけてきたんだよ。非は向こうにある」

瑠美が口を尖《とが》らせると、蘭が「そうそう」と相づちを打った。瑠美はリキに目を向ける。

「三杉は竜新会だけの問題じゃないって言ってた」

「内通相手の広橋組にも影響を及ぼすという意味なのだろうか」

リキが顎に手を添えて呟《つぶや》く。

「そうかもねえ。あ、でも、もっと多くの暴力団とか？」

蘭が首を傾げながらリキに問う。

「多くの？」

「広橋組との内通は明らかなのに、広橋組にも迷惑がかかるとは言わなかったんでしょ？」

「そうだが……」

リキと蘭のやり取りを聞きながら、瑠美の頭にある考えが浮かんだ。三杉は竜新会だけの問題じゃないと言ったが、それは暴力団を含めて、もっと広い範囲を指しているのではという考えだ。

自分はリキたちにまだ打ち明けていない事実がある。それを話さなければ、事態は進展しない。むしろ自分自身がその道を塞《ふさ》いでしまっている。

信頼関係――。

その点だけに限れば、一番は名取だ。彼からの信頼を失うなんて、絶対に嫌だ。

次は？　警視庁だ。彼らの支援がなければ、潜入調査の仕事はできない。

そして今、その次に信頼すべきは……。ここにいる彼らではないだろうか。彼らはもともとリキのために動いている。でも、リキが成し遂げたいことは自分と同じだ。彼らは自分を受け入れて、行動をともにしてくれている。命だって救ってくれた。自分も彼らとの信頼関係を優先すべきではないだろうか。

しかし――。打ち明けてしまえば、間接的に名取からの信頼を失うかもしれない。でも自分の考えが合っていたとしたら、それはないはず。名取ならわかってくれる。

「どうした？」

瑠美が黙り込んでいるからか、リキが声をかけた。やはり、打ち明けなければ事態は変わらない。

「聞いてくれる？」

瑠美はリキ、そして皆の顔を順番に見てから話し始めた。

「三杉が私の命を奪うよう指示を受けたのなら、指示を出した者は私の素性を知っている」

「それについては、先日話しただろう」

「私の関係者では絶対にないって答えた。でも、さっきの三杉の発言を思い返すと……」

「疑念が生じたか」

　リキが察して問うと、瑠美は頷いた。

「レッドサークル。この社名は知ってる？」

「元暴力団員も雇っている警備会社ですよね。僕も辞めたら世話になろうと思ったことがあるんですよ」

　江藤が答える。リキが眉根に縦皺を刻みながら言う。

「それがどうした。俺も知っているが、暴力団員とはいえ辞めた者たちだろう」

「辞めていない者もいる」

「何だと」

「レッドサークルは複数の暴力団内にエスを抱えているの」

「何……」

　リキたちは知らなかったようで、皆の顔が一様に強張《こわば》る。

「そのエスと交際関係という設定にして、竜新会に潜入したんだよ」

「あの人、そうだったの」

　冬湖は何度か会っている。

「河中鉄也。リキの知ってる人だよ」

「河中？　知らねえな」

　リキが真剣な顔で答えるので、瑠美は思わず笑いをこぼす。

「何がおかしい」

「ガレージにリキを殺しに来た人」

リキの目がゆっくりと開かれていく。

「あいつ？　レッドサークルのエスだったのかよ」

「あの時はエスじゃなかった。リキにやられて自信を失って、組を辞めようとしてレッドサークルに相談に行ったら、エスとして活動するように誘われたって。私も会ってびっくりしたけど」

「レッドサークルが抱えるエスが、暴力団内部の情報を流しているのか」

「その情報は警視庁にも送られている」

「とんでもねえな」

「赤城と石丸という人が共同経営しているんですよね。赤と丸でレッドサークルと」

江藤が二人の名を出した。

「今回潜入するにあたって、その二人には私の目的を話したの。その二人にしか、直近では話していない」

「警察内部の人間には話しているだろう？」

リキが瑠美に訊ねる。

「私の依頼主と上司の課長、部長は確実に知っている」

「そいつらは？」

「絶対にない。断言できる」

名取は百パーセントない。課長の沖田は今回の潜入調査の中止を決めたが、それは瑠美の身を慮《おもんぱか》っての決断だろう。一度は沖田を疑う瞬間もあったが、あの時は間柴が殺されて自分自身が冷静ではなかった。その何者かは間柴という重要人物すら一顧だにせず殺したのだ。今思えば、あのまま潜入を継続、または再潜入するという選択はありえない。

「レッドサークルの二人のうちのどちらかが、瑠美さんを殺すよう、三杉さんに指示を出したんですか」

江藤が腕を組みながら考えを述べる。

「まだわからないけれど、可能性はある」

「どうしてあんたを殺すのか、理由はひとつしかないじゃねえか」

「十五年前に間柴に犯行を命じた者だから。私に突き止められると困るため、三杉を使って私の抹殺を命じた。さらには間柴の存在も邪魔になる……って、ちょっと待って」

瑠美の頭に新たな考えが浮かんだ。

「私と冬湖さんが殺されそうになったのと、間柴が殺されたのは同じ日だ。時間も夕方から夜にかけてで似通っている。たまたまなのかと思っていたけれど、これって偶然？」

「今となっては偶然とは思えないな。どちらか片方が殺されたと知らされたら、残ったほうがその何者かにとって都合の悪い行動をしかねない。だから同時に亡き者にしようとした。やはり三杉は何者かと連動して、あんたと冬湖を殺そうとしたんだろう」

「赤城さんは元マル暴なの。拘置所の刑務官にも、つてがあるかもしれない。間柴の殺害は赤城さん、私たちの殺害は三杉。その二人が繋がっていたとしたら、話の筋は通る」

「元マル暴の赤城なら、俺も話には聞いたことがある」

「赤城さんと竜新会の関係が鍵《かぎ》かもしれない。それも十五年前の」

「組長や古参幹部以外に知っているやつがいるのか」

「もしかしたら……私の依頼主なら知っているかもしれない」

名取の顔を思い浮かべながら、瑠美は答えた。

「聞き出せるか？」

「たぶん。今の考えを話さなければならないけど」

「構わん。ただ、いずれにしても証拠が必要だ。河中と話をしたい。連絡は取れるか？」

「取れる」

「よし。あんたが依頼主と話したら、そこで聞いた話を教えてくれ。それから河中と会う」

リキの指示を受けて、瑠美は名取に連絡をすることになった。

「込み入った話になると思うから、自宅から電話したいんだけど」

「ああ。痣のメイクは落としていけよ。途中、人に見られたら驚かれるだろうからな」

瑠美はメイクをし直した後、いったんこの印刷工場から離れてJR十条駅へと歩を向けた。

瑠美は鬼子母神の自宅ではなく、警視庁の前にいた。

事は重大だ。話すなら直接会いたい。警視庁に行くと言うとリキたちに警戒されるかもしれないと思い、自宅から電話したいと訊いてみたのだった。

時刻は午後十時を回っているが、名取ならまだいるはずだ。

警視庁舎前で名取に電話をかけると、すぐに出た。

「名取さん、今いい？」

『大丈夫だ。怪我《けが》の具合はどうだ』

「まずまず。会って話したいんだけど」

『明日の午後なら――』

「今から。警視庁の前にいるよ」

『本当か』

さすがに名取も驚いたようで、声が少し大きくなる。しかしすぐに返事をした。

『わかった。下りるから、そこにいてくれ』

通話を切り、三分ほどで庁舎から名取が出てきた。

「こんな時間にここまで来るなんて、そんなに重要な話なのか」

「うん。そこの植え込みのところで」

警視庁舎の周囲には木々が植えられており、石垣の部分に腰を下ろせる。普段は警備の警官に注意されそうだが、名取と一緒ならいいだろう。瑠美は石垣に座った。名取がやや間をあけて右隣に並ぶ。

「赤城さんのことを教えて。特に十五年前の」

「赤城さんの……？」

名取は怪訝《けげん》そうに問い返したが、十五年前という言葉の持つ意味に気づいたのか表情に緊張が走る。

「赤城さんを疑っているのか」

「疑いたくはない。でも事実なら事実として受け止めなきゃと思って。赤城さんはマル暴で、どんな刑事だったの」

「その前に、どうしてそう思った？　それを話してくれ」

瑠美は名取に根拠を話した。三杉が瑠美を殺すよう命じられた節があること、三杉が広橋組だけでなくその何者かにも通じており、そのことを追及した際に「竜新会だけの問題じゃない」と言ったこと。

「竜新会組長の朝比奈竜司にも会った」

「そうなのか」

まっすぐ前を見ていた名取が、瑠美のほうを向いた。瑠美は名取の目を見て小さく頷く。

「組長にね、間柴に犯行を命じたやつが誰なのか聞いたの。そしたら、『もはや切っても切れない関係で、その名を明かせば竜新会が壊滅しかねないほどのダメージを受ける』って言った。三杉は内通の件を措《お》いてでも、その者の名を出さなかったほうを組長は評価するとも。

つまり竜新会だけではなく、ほかの組も含む外部の関連組織にも影響を及ぼす者ということになる。そしてその何者かは、私が竜新会に潜入した目的を知っている。でなければ殺害を命じない。私の目的を最近知った者で多くの暴力団に関連している者となると、元マル暴で今は元暴力団員を雇い、さらには暴力団員をエスとして活用している赤城さんが浮上する。

それに私が殺されそうになったのと間柴が死んだのは同じ日だった。赤城さんは拘置所の刑務官と今も繋がっているかもしれないし、三杉が赤城さんと口裏を合わせて、私と間柴を同じ日に殺そうとしたという可能性が出てくる。時間帯もほぼ同じだったからね。どちらかが残れば、その何者かにとって都合の悪い行動をとりかねないでしょ。こうしたことから、赤城さんを疑う余地があると判断した」

瑠美は推測した理由を一息に話した。名取は黙したまま、正面に向き直って目の前にある赤レンガ造りの法務省旧本館を見つめている。

名取は何も答えない。

瑠美は黙って待つ。

名取は——また勝手に動いた瑠美に今度こそ腹を立て、呆《あき》れ果てているだろうか。

かつての先輩で今も関係を保っている赤城を疑われて不愉快に感じているだろうか。

そして何よりも、こんな言動をとる瑠美は信頼するに足りないと思い始めているだろうか。

そんなの嫌だ。

今ならまだ撤回できるかもしれない。自分の勘違いだった。そう言い訳できる、ぎりぎりのタイミングだ。

瑠美が名取のほうを見て、口を開こうとしたその時——。

「赤城さんは、暴力団員の心をつかむのが上手《うま》い人だった」

名取が話し始めた。

通じた。伝わった。瑠美の思いを、名取は汲《く》み取ってくれた。瑠美は唇を噛《か》みしめて、名取が見ている赤レンガの建物を視界におさめた。

「俺が所轄の渋谷署から、本庁の組織犯罪対策部に転属となったのは……十五年前だ」

「そうなんだ」

あの事件があった頃に、名取は警視庁に転属になったのか。初めて聞く話だったが、どこか運命的なものを感じた。

「俺は二十三歳だった。赤城さんは四十を超えた頃で、捜査員として最も脂がのった時期だった。組員の犯罪を挙げることも多かったが、その反面、彼らを手なずけてもいた。幹部の犯罪を一組員に肩代わりさせるような取引にも、頻繁に応じていたらしい。点数をよく稼いでいたし、上司からの評価も高かった」

「でも、辞めたんだよね」

「その五年後に辞めた。『新しい事業を始めたい』というのが理由だったが、当時部署内では赤城さんに対する疑惑が出始めていた」

「疑惑？」

「暴力団組織との癒着《ゆちゃく》だ。暴力団員とあまりに近い関係になりすぎて、赤城さん自身が取り込まれていった。拳銃や覚醒剤の違法取引といった犯罪にも関わっていたと噂《うわさ》されていた」

「そうなの？」

「決定的な証拠はなかったが、赤城さんは自身で危ないと判断したのだろう。辞めたうえで、今後も暴力団の情報を提供するという条件のもと、責を負うことなく退職した。当時の警視庁幹部は毒をもって毒を制す……と考えたのだろうな。その後すぐにレッドサークルを設立して、各暴力団にエスを抱えて警視庁へ情報を提供し、元暴力団員も雇うようになっていった」

瑠美は聞きながら細い息を吐いた。そんな事情があったのか。

「十五年前、赤城さんが竜新会とどういう関係にあったかわかる？」

「それはわからない。ただ、当時の赤城さんはさまざまな暴力団組織に影響力を持とうと躍起になっていた。時には捜査情報も漏らしていた。これは退職後に聞いた話だがな。今、ルーシーの話を聞いて思いついたんだが、その一環として組員のスカウティングもしていたんじゃないか」

「スカウト……」

「暴力団員として有能そうな人物を紹介、斡旋《あっせん》する。特に幹部候補はどの組も欲しいはずだ」

「それは……」

瑠美の記憶が蘇《よみがえ》る。間柴を竜新会へ推薦する条件が、大きな犯罪を起こせというものだった。間柴は上層部からの覚えがめでたくなるし、推薦した者にも箔《はく》がつくと、リキたちに撃たれた後、入院中の聴取で間柴が語っていた。暴力団組織に対して影響力を持つために幹部候補を紹介していたのなら、この間柴の発言とも合致する。

「赤城さんが竜新会に間柴を紹介したのであれば、間柴が逮捕されて一番困るのは赤城さんだよね」

「そのとおりだ。それに赤城さんがもし逮捕されれば、関係のあった暴力団組織すべてが困ることになる。赤城さんが、各暴力団の内情を洗いざらい話してしまいかねないからな。間柴が口を割ったことで赤城さんが逮捕されてしまったら、複数の暴力団から報復されるかもしれない。間柴はそれを怖れていた。間柴の口を封じていたのは、恩義ではなく恐怖だった」

名取が拳を握りしめ、ぐっと力を込める。その手が震えている。名取は法務省旧本館に向けて、厳しい視線を送っていた。見えているのは赤城の顔かもしれない。

「赤城さんの……十五年前の件、さらには暴力団組織に今も関係している件、すべて証拠が必要だ。俺も乗り出す」

いつになく力強い名取の声だった。瑠美は目元に熱を感じたが、その熱が涙へと変わるのをぐっと押しとどめた。

「ありがとう」

「それは俺の台詞《せりふ》だ。よく情報を集めてくれた」

「私がこそこそしていたのは知ってたんじゃないの？」

「間柴が死んだ後、ルーシーが突飛な行動をとるかもしれないと思い、また人をつけようとした。だが、やめた」

「そうなの？」

「ルーシーがどうしようと、俺の信じた結果になる。そう思ったからだ」

「もう……」

信頼関係がどうのこうのと悩んでいた自分が馬鹿らしいではないか。名取の信頼は揺るぎない。少しでもそこに疑念を持ったことこそが間違いだった。

「一度危険な目に遭《あ》ったし、心配ではあったけどな。だが、江藤に助けてもらったと言っただろう？　もし行動するなら、一人ではないはずだという読みもあった」

「まあ、その……」

さすがに見抜かれていたようだ。瑠美が言い淀《よど》んでいると、名取はふっと笑ってから真顔になって言った。

「話を戻そう。竜新会以外の暴力団にも影響を及ぼすとなると、エスの存在だけでなく、元暴力団員たちの動向も怪しいな。ちなみに三杉の有明の倉庫も調査中だ。結果はまた連絡する」

「お願い」

「今ルーシーが話してくれた情報だが、どうやって集めたんだ。竜新会の組長にも会ったとか。江藤だけではそこまでは無理に思えるが」

瑠美は名取に笑顔を向けた。信頼できる人は、ほかにも多くいる。

「江藤さんだけじゃないよ。私にも協力者がいるの。それもたくさん」

「そうか」

名取は口元に笑みを刻み、夜空を見上げた。江藤以外の協力者が誰なのか察しはついたようだが、それ以上は何も訊かない。瑠美も黒い空に目を向ける。都心の空に星はなく、月の姿もなかった。

「これから協力者たちとともに？」

「そのつもり。でも、名取さんが協力者として私を必要とするなら、いつでも呼んで」

「了解した」

名取が立ち上がる。瑠美もそれに合わせて腰を上げた。

「私も名取さんに伝えたほうがいいと思ったら連絡する」

名取は「頼む。俺はこれからすぐに赤城さんに対する調査を始める。気をつけろよ」と小さく手を上げて警視庁舎へと消えていった。

瑠美は庁舎を見つめて「よしっ」と呟くと、十条の印刷工場に戻るため、地下鉄への階段を駆け下りていった。

5

瑠美は十条に戻り、リキたちに先ほどの名取との話を伝えた。

「腑《ふ》に落ちる。赤城が間柴とどうやって知り合ったのかはわからんが、スカウトをしていたのなら、日々犯罪者やそれに近しい者たちの情報も集めていたのだろう。そういう者と接する機会が多いだろうし、逆にそういうやつらの情報が多々あったから、スカウトを始めたのかもしれん。間柴は実家を飛び出した後、盗みなどをして生活していた。その時に面識を持ったのなら、これも腑に落ちる」

リキが小さく舌を鳴らして瑠美に訊いた。

「あんたの依頼主も動くと?」

「証拠をつかみたいって。私たちは私たちで動けばいい」

「もちろんだ。河中から話を聞きたいが、今日はもう遅い。明日の朝に連絡を入れて、約束を取りつけてくれ」

「了解。鉄也と会うなら身なりを整えておかないと妙に思われるだろうから、また自宅に帰らせてもらうよ」

「夜も更けてきた。送ろう」

リキの申し出に、冬湖が少しこちらを見た。だが、冬湖は笑みを浮かべて瑠美に手を振る。瑠美は冬湖に手を振り返して、蘭、江藤にも挨拶をして部屋から出た。

リキが江藤からキーを借り、二人で江藤のバイクに乗った。

「都電の鬼子母神前駅までお願い」

瑠美が行き先を告げると、リキはバイクを発進させた。蘭が豹《ひょう》のような走りだとしたら、リキのそれは虎《とら》のようだった。荒々しくも安定した走りで明治《めいじ》通りを南下していく。

鬼子母神の駅前で停《と》まった。リキが用心のため自宅の周囲を警戒してから帰りたいと言う。

自宅の場所は名取しか知らない。少し迷ったが、リキならば心配はいらないだろうし、周辺を確認してくれるのなら断る理由はないと判じて承諾した。マンションまで送ってもらい、駐輪場にバイクを駐める。瑠美は後部座席から下りて、ヘルメットを返した。リキもバイクから下り、スタンドを立てる。

「この付近を見回ってから帰る。不審者に気をつけろよ」

「ありがとう」

「あと少し……だといいがな」

「冬湖さんの言葉、私にもちょっと刺さった」

「まあな」

三杉に銃を向けた冬湖が、リキに投げた言葉だ。縛られて生きてきたリキを解放したい。彩矢香はもういない。そんな人生が続くのはあんまりだ――。

それは瑠美もわかっている。でもそれだけを生きる理由にして、これまでやってきたのだ。今さら引き返せないというのはリキも同じだろう。

だからこそ終わらせたい。あと少し……そう願いたい。

「河中に電話をする時はこれを使え」

リキがジャケットの懐からスマホを取り出して瑠美に渡した。

「エス相手にプライベート用の端末は使わないほうがいいだろう」

「ありがたく借りるよ」

瑠美はスマホを受け取った。前回は自分のスマホを使ったが、その時は非通知でかけたのだった。

「河中の件が終わったら返却してくれ。俺のほうで処分する。じゃあな。頼んだぞ」

リキは駐輪場から道路の向こうへと歩いていった。瑠美はオートロックの玄関を開けてマンションに入る。自動ドアが完全に閉まるまで待機してから、エレベーターのボタンを押して待つ。箱が一階についた。誰もいないのを確認し、素早く乗り込んで七階のボタンを押下する。ようやく自室へと戻った。

ここ数日の疲れが堆積しているが、もう一踏ん張りだ。緊張が続いているせいか、自宅に戻っても症状はぶり返さなかった。このまま最後まで乗り切りたい。

さっぱりしてからお酒を飲んで眠ろう。着替えを手にして、ふと写真立ての中の彩矢香が目に入る。瑠美とよく似ていると言われた大きな二重瞼を、線にして笑っている。

「見ててね、彩矢香」

瑠美は力強く言って、彩矢香に微笑みかけた。

最終章　真相

1

翌朝瑠美は、リキから預かったスマホを使って河中に電話をかけた。今度は番号も表示させた。

「鉄也？　久しぶり」

『何だよ。もう連絡するなって言ったのに』

「あれから竜新会に関して新たな情報を得たのかどうか、気になって」

『赤城さんの許可は？』

「ない」

『じゃあ駄目だ』

「些細《ささい》なことでもいいの」

『無理だ。というか、最近情報が全然下りてこねえの。だから赤城さんの許可をもらっても、協力なんてできない。赤城さんに手間かけさせるから、先に言っとくけどよ』

「情報が下りてこない？　ほんと？」

『だから俺《おれ》に訊《き》いても無駄だよ。若菜が、三杉さんや尾ノ上さんに勝手に連絡するのはいいけど、殺されかけた身でできるわけねえよな』

「なんで下りてこないの？」

『知らねえよ。箝口令《かんこうれい》みたいな感じなんだ。警察の捜査もあるし、ピリピリしてんだろ』

パーティーでの組長拉致《らち》や、料亭で三杉がリキに撃たれた件も、河中の耳には入っていないようだ。彼らのメンツに関《かか》わるから、居合わせた部下たちに厳しく口止めしているのだろう。

「私、その理由を知ってるよ」

『はぁ？　嘘《うそ》つくな』

「嘘じゃないよ。じつは、もし鉄也が知らないんだったら、教えてあげようと思って電話したの」

『どうして教えてくれるんだよ』

「この前、鉄也の信頼を損なっちゃったからね。そのお詫《わ》びとして、私が知っている情報を全部教えようと思って」

河中が押し黙る。瑠美は返答を待った。

『……情報はどうやって仕入れた？』

「エスが鉄也だけだと思わないで。もちろん名前は明かせないけれど、結構上のほうの人から情報を得たの。だから正確だよ」

朝比奈の拉致と三杉銃撃の現場にいたのだ。言っていることは間違いではない。

『そうか……。若菜なりに動いてたってわけか。なら、少しだけなら聞いてやる』

瑠美は思わずにんまりとした。

「直接会える？　電話は盗聴が心配だから」

『仕方ねえな。今日の……そうだな、午後一時に高田馬場の稲門ビル前でどうだ』

河中と最初に待ち合わせた場所だ。竜新会のシマである上野から遠く、河中の自宅がある根津からは一回の乗り換えで済むため、この場所を指定しているのだろう。

「いいよ。後でね」

瑠美は通話を終え、すぐにリキに連絡を入れて待ち合わせの時間と場所を知らせた。

『あんたは直接行くか？』

「そうする」

『昨夜、あんたのマンションの周囲に不審は感じなかった。安心してくれ』

「よかった」

リキと少し打ち合わせをして電話を切り、約束の午後一時に瑠美が稲門ビルの前に着くと、河中はビルの壁に背をつけてスマホをいじっていた。話の内容が気になるのか、遠目からでもそわそわしているのが見てとれた。

「お待たせ」

「喫茶店でどうだ」

「私、いいお店を知ってる。こっち」

瑠美は早稲田通りを渡って駅のほうへ戻り、ディスカウントストアの前を通って裏道に入る。河中は黙って瑠美についてきた。

裏道を少し進んだところにバンが停《と》まっている。それをやり過ごしたところで「おい」と声をかけられた。瑠美が背後を振り返るのに合わせて、河中も後ろを向く。

リキが立っていた。

その姿を認めるや河中は「えっ」と声をあげ、表情がみるみる強張《こわば》っていく。

「あ、あ、あんたは」

「久しぶりだな。腫《は》れた顔が治って男前になったじゃねえか」

河中はそれ以上言葉を出せず、全身が硬直したように突っ立っている。

「そんなに緊張するなよ。これに乗ってくれないか」

リキが親指でバンを指差す。

「わ、若菜、てめえ。俺を嵌《は》めたな」

「ごめんね」

「謝って済む問題かよ」

河中が瑠美に詰め寄ってくる。リキが河中の肩に手をかけると、河中の頬《ほお》が引き攣《つ》り始めた。

「女に手荒な真似《まね》はするな。それと、逃げようとしても無駄だぞ」

リキが前方に顎《あご》をしゃくる。江藤と蘭が行く手を塞いでいた。

河中はアスファルトを踵《かかと》で蹴《け》ってから、観念したように肩を落とした。

「話をしたいだけだ。抵抗しなければ、四ヶ月前のようにはならない」

「わかったよ」

河中はおとなしくバンに乗り込んだ。

「どうも、ご無沙汰《ぶさた》」

バンの最後列に乗っていた冬湖が鉄也に手を振る。

「あんた、尾ノ上さんの彼女……。そうか、若菜と一緒に逃げたんだったな。おまえら何なんだよ」

河中がぶつくさ言いながら、バンの中ほどの席に座る。河中の左に江藤、右にリキが着席した。蘭が運転席で、瑠美は助手席だ。

「河中。おまえは赤城のエスで、竜新会の情報を外部に流しているそうだな」

「若菜、話したのかよ。裏切りじゃねえか。赤城さんに報告するぞ」

「黙れ。おまえの相手は俺だ。いいか、よく聞けよ。赤城は殺人を教唆《きょうさ》した罪で裁かれる可能性があるんだ。おまえの雇い主は犯罪者なんだよ」

「殺人教唆？　どうしてそうなる」

「俺の大切な人を、間柴に殺させた」

「え……。そ、そんなの急に言われても信じられねえよ。それに大切な人って誰《だれ》だ」

「十五年前、俺の交際相手だった女だ」

「そんな昔に？　まだ子どもだろ」

「子どもが殺されたんだ。おまえは何も感じないのか」

「いや、そういうわけじゃねえけど……。間柴に殺させたという証拠はあるのか」

「証拠と言えるかはわからんが、ある。いいか？」

リキが瑠美に視線を向けた。瑠美は「いいよ」と答える。

リキが自分のスマホを取り出して、「読んでみろ」と河中に端末を手渡した。

河中は受け取ったスマホの画面をタップしながら目を動かす。

「……この樫山彩矢香という中一の女の子が、リキさんの交際相手だったのか？」

読み終えた河中が顔を上げてリキに問う。

リキが河中に見せたのは、十五年前の誘拐殺人事件の記事だった。河中がリキの言葉を信用しない時のために、ネットに残っていたものを探してきた。リキに言われた時は少し躊躇《ちゅうちょ》したけれど、河中の協力を得るためには必要だと判じ、瑠美も承諾した。

「そう、彼女が俺の大切な人だ。その記事にある、二十代から三十前後くらいの男というのが、間柴だ。この事件の犯人が間柴だったというのは最近ニュースにもなったから、おまえも知っているだろう。俺は当時町田に住んでいて、彼女と交際していた。それに今年二十九歳を迎える。年齢も合うだろ？」

「でも……これだけじゃ、まだ信じられないな」

河中もなかなか用心深い。

「鉄也」

瑠美は呼びかけた。河中が「何だよ」と瑠美に視線を移す。

「彩矢香は私の妹なの」

「え？」

河中が目を見開いて驚く。

「記事にある姉というのが私」

「樫山っていうのか。苗字《みょうじ》が違うじゃないか」

「彩矢香が殺された後に両親が離婚したから、お母さんの姓を名乗っているの」

「私は間柴を捜し出すために、十二年前から暴力団やそれに近い組織に潜り込んできた」

「そうだったのか」

「十二年？　そんなに……」

「三年前から警視庁の協力者として、暴力団への潜入調査を請け負い始めた。やることは変わらないからね。それが実を結んだのが四ヶ月前だった。鉄也もあの時のことはよく覚えているでしょ？　間柴は逮捕されたけれど、十五年前に間柴を竜新会に紹介した者がいる。大きな事件を起こせば竜新会に推薦すると言ってね。だから間柴は彩矢香を殺したの。私はそいつの正体を暴くために竜新会に潜入した」

「ってことは、間柴に事件を起こせと命じたのが赤城さんなのか？」

「私たちはそう判断した。理由も教えてあげる」

瑠美は三杉がなぜ瑠美と冬湖を殺そうとしたのか、そして赤城と暴力団との癒着《ゆちゃく》疑惑について話し、当時間柴を紹介した可能性が最も高い者が赤城なのだと説明した。

「だから私はリキと行動しているの。と言っても、リキと会って話をしたのは四ヶ月前が初めてだったんだけどね」

「赤城さんを怪しんでいるというのはわかった。どうして俺に？」

「俺たちは赤城を逮捕させたいと考えている。おまえにも協力してもらいたい」

リキが答えたが、河中は眉根《まゆね》を寄せたまま応じた。

「事情は理解できた。同情もする。でも、俺は関係ないだろ。若菜やリキさんに協力する義理はないはずだ」

「無関係ではないだろう。間柴殺害も赤城の指示ではないかと、俺たちは踏んでいる。間柴は知りすぎているからな」

「そんなこと……」

「信じられないか。朝比奈組長とも話した。さまざまな情報を組み合わせてそう結論づけたんだ。警察にもこの情報は渡っている」

「組長と？　それに警察にも……」

「組長は俺と会った際に失態を犯した。だからそれらの情報はきつく口止めされているはずだ。三杉も同様だ。今、あいつは右腕を怪我《けが》している。俺が撃ったんだが、おまえは知らされていないだろう？」

「そうなのか」

「ここ数日、何も情報は下りてこないし、ピリついているだろ」

「確かにそうだけど……」

「いいか？　赤城は危険だ。俺たちに協力しないと、おまえの身も破滅する。だから頼んでいるんだ」

「赤城さんを裏切れっていうのかよ」

「違う。裏切ったのはむしろ赤城だ」

河中は唇を噛《か》みしめ、下を向いた。皆が河中の様子を見守る。やがて河中は顔を上げ、リキに訊いた。

「間柴さんが赤城さんから大きな事件を起こせと命じられたのは間違いないんだな？」

「ここにいる皆が、そう確信している」

「若菜の妹が間柴さんに殺されたというのも事実か？」

「事実だよ」

瑠美は力強く答えて続けた。

「私、もうひとつ鉄也に黙っていたことがあるから、それも教える」

「何だ？」

「私の名は佐々木若菜じゃなくて、伊藤瑠美。旧姓、樫山瑠美。私も町田に住んでた。事件後にお母さんの実家がある名古屋に引っ越したの。鉄也を信じて、このことも明かすよ」

「伊藤、瑠美……っていうのか。まあ、潜入するなら偽名を使うだろうな。妹さんとは仲がよかったのか？」

「じゃなきゃ、十二年も犯人を捜していないよ」

「でもおまえは、二十代を犯人捜しに費やしてきたってことだろ。もっとほら、若いからこそ楽しめることがいっぱいあるじゃねえか」

「私は後悔しているの」

「やっぱり、そうじゃねえか」

「ううん。彩矢香を救えなかったことを。あの時、私が死を選ばなかったことを。あの日以降の私の人生は彩矢香がくれたもの。彩矢香のために使わなくて、どうするの？　だから、そのことに関しては後悔なんてしていない。それに犯人捜しを続けてきたのは私だけじゃない。そこにいるリキもだよ。お互い後悔はしていないと思う」

リキが大きく頷《うなず》いた。瑠美はあえて冬湖のほうは見なかった。

「だからってよ……いや、それを終わらせるのか。おまえらが本気なのはわかった。それなのに俺はひどいことを……」

河中が自戒するように呟《つぶや》き、頭を伏せた。

「鉄也はたまたま間柴の下につかされただけなんだから。リキを殺しに来たのも、間柴の命令に従わざるをえなかっただけ。そうでしょ」

「ん、ああ。そうだけどよ」

河中が弱々しく顔を上げる。瑠美は微笑《ほほえ》みながら河中に言った。

「でもね、鉄也が言うこともわかるの。十二年……いつ終わるんだろうって、不安になる時もたくさんあった。それももう終わりが近い。私はそう信じている」

河中は真剣な眼差《まなざ》しを瑠美に向けた。

「若……これからも若菜と呼ばせてもらうぞ。慣れちまったからな。若菜、おまえはおまえの人生を歩めよ」

続いてリキに視線を移す。

「リキさんも、そうしろよ」

「河中、おまえ」

「鉄也……」

河中は自らを決意させるように、生気を取り戻した目で頷いた後、言った。

「そのために俺は何をすればいい?」

2

翌日の昼頃《ごろ》、十条の印刷工場の二階に、瑠美、リキ、江藤、蘭、冬湖が集っていた。昼過ぎに河中から瑠美のもとに連絡が入る予定だ。スマホは瑠美のプライベート用のものを使っている。河中を信頼すると決めたからだ。

今、河中はレッドサークルで赤城と会っている。彼からの連絡を待つ五人は黙したままその時を待った。

十二時十二分、瑠美のスマホが鳴った。河中だ。通話ボタンをタップして、スピーカーホンにする。

「どうだった？」

『うまくいった、と思う。竜新会を辞めたと伝えたら、警備の仕事を斡旋《あっせん》してくれた』

リキが瑠美に目を合わせ、小声で「いいぞ」と応じる。

あの後、赤城に竜新会を辞めると伝えるよう、リキは河中に指示した。赤城から理由を問われた際には、もともと辞めるつもりだった、エスは自分に向かないと思い知ったと話すよう言い含めた。そのうえで、仕事を斡旋して欲しい、エスを早々に辞めて申し訳ないから、どんな仕事でもいいと訴える。まずはそこまでだが、うまくいったようだ。

「いつから働くの？」

『三日後の……週明けの月曜だな。場所は前日の夜に知らせるってよ』

「竜新会のほうは大丈夫？」

『短期間とはいえ俺は間柴さんのもとにいたから、そのせいで浮いてたしな。昨日尾ノ上の兄貴に報告したけど、特に引き留められなかった。それはそれで寂しかったけどよ』

最初に尾ノ上の飲みの席に赴いた際、河中が組員たちに気を遣ってテーブルをまわっていたのを思い出した。

「そんなもんだって。気にしないほうがいいよ。場所がわかったら連絡ちょうだい」

『それまで羽を伸ばしておくわ』

河中が電話を切る。

「明後日の夕方、ここに集合だ。計画を練りつつ、場所がわかり次第、方針を定める」

リキの言に、皆は一様に頷いた。

その日から翌々日の夕刻まで、各自思い思いに過ごした。

瑠美は名取に連絡を入れようか散々迷った挙げ句、やめた。まだ確実にそこに何かがあると判明したわけではない。違っていたら、やり直しになる。名取に連絡するなら、証拠をおさえた時にその場からでもできる。名取からも連絡がなかったので、ほとんど自宅マンションを出ずに過ごした。

普段の潜入調査の時もそうだが、任務が完了する目処《めど》が立ったらお酒は飲まない。体調不良になるのを避けるためと、我慢したぶんおいしいお酒が飲めるからだ。今回もその日を迎えるまで、お酒には手をつけないと決めた。

日曜の夕方頃、五人は印刷工場に集まり、計画を練りながら河中からの電話を待っていた。

午後八時をまわったところで、瑠美のスマホが着信を告げた。河中だ。

『明日、朝七時に集合という連絡を受けた』

「場所は？」

『それがよ……武蔵五日市駅《むさしいつかいち》だって』

集合場所を伝える河中の声が憂鬱《ゆううつ》そうだ。

「え、本当にそこなの」

『間違いねえよ。早起きしないといけねえ。朝は弱いんだよな』

「遠いね」

武蔵五日市は東京都あきる野市にあるJR五日市線の駅だ。電車の場合、十条からでも一時間半はゆうにかかる。接続が悪ければ二時間は要するだろう。車やバイクも同様に二時間は見ておいたほうがいい。

『そこから専用バスに乗るんだと。さらに一時間近くかかるらしい』

「山奥のほうに行くのかな」

『詳しくはわからねえ。仕事は一応警備っぽいけど。なあ、本当に来てくれるのか？』

河中が派遣された場所に直接訪れて確かめる。怪しければその場をおさえて警察に通報するというのが皆で考えた計画だった。十五年前の件は名取も動いてくれているから、まずは赤城を逮捕させることを優先しようという結論に至った。河中がそうした場所に派遣されるとは限らないが、レッドサークルでは一般人ではなく元暴力団員も雇っている。彼らは一般とは違う仕事を与えられるのではないかというのが、リキの意見だった。

「必ず行く。ＧＰＳのアプリを起動しておいてね」

互いの位置がわかるGPSのアプリを、河中のスマホにインストールしてもらってある。瑠美のIDも渡しているので、どちらの位置も把握できる。

『わかった。寝坊しないように、もう寝るわ』

河中が通話を切った。

「聞いた？　武蔵五日市からバスで一時間だって」

「となると奥多摩《おくたま》か、山梨《やまなし》のほうへ入るかもしれんな」

リキがスマホの地図アプリを見ている。

「人里離れた山奥っていうのが、これまた」

蘭が心なしか楽しげに言う。

「だからこそ、見失わないようにしないといけませんね。山奥だし、GPSがどの程度機能するかわかりませんし」

江藤がだいぶ伸びてきた鬚《ひげ》をさすりながら、同じようにスマホの地図を眺めている。

「明日は朝早い。あんたはどうする？」

「ここで皆と一緒に過ごすよ」

「布団はないが、いいか」

「そうなの？　どこかに仕舞ってあると思った。床でいいよ」

「こっちで横になろうよお」

蘭が倒れ込んで、瑠美に向かって両腕を広げる。

「寝るにはちょっと早いですよ」

瑠美と蘭が笑い合う。ふと冬湖が浮かない顔をしているのが目に入った。

「冬湖さん、大丈夫？」

「……あ、うん。私なんて行っても役に立つのかなって」

「冬湖もしっかり見てくれ。これまで俺たちとやってきたんだから」

リキが励ますように言うと、冬湖は「うん」とはにかみながら小さく笑った。

「寝たくなったら適当に寝ろよ。休んでおくようにな」

リキが壁板に背をつけて目を閉じた。寝るのではなく、精神を統一しているようだ。

明日、すべてが明らかになり、この十五年間の決着がつく。そうなって欲しいし、きっとなる。

瑠美はリキの顔を横目で見ながら、「うまくいきますように」と心から念じた。

3

翌朝四時に車とバイクで十条を出発した。

リキのバンに瑠美と冬湖、バイクは江藤と蘭が単独で乗る。バンはリキが運転席、瑠美と冬湖が二列目に並んで座った。万が一に備えて、リキと江藤が拳銃《けんじゅう》を所持している。蘭はナイフでいいと言ってライダースジャケットの裏側に潜ませた。

リキはダークグレーのTシャツの上に黒いフライトジャケットを羽織り、細身のブラックジーンズを穿《は》いている。江藤は蘭と似たようなライダースジャケット姿だ。瑠美は薄手の黒いコートにグレーのパンツルック、冬湖はダークブラウンのニットと黒のデニムスカートという格好で、今日に臨んでいる。

行き先が施設のような建物の場合、侵入するなら夜になるだろう。そのために黒っぽい服を着てくるよう、昨日皆で集まる前にリキから指示があった。

高速道路や幹線道路はNシステムやオービスの目が心配だ。三方にわかれ、そうした道路を避けつつ武蔵五日市へと向かった。

バンが駅に到着したのは六時二十五分頃だった。江藤と蘭は先に着いていた。それぞれが無関係を装うように、距離をとって駅の周辺に展開する。武蔵五日市駅は南口がロータリーになっているため、バスを乗りつけるならこちらだろう。北口は道が細くて入り組んでおり、バスが停まっているとかえって目立つ。一応、念のために江藤を北口に回らせ、リキの車と蘭のバイクは互いに離れた場所に停めてロータリーをうかがっている。

「バスはまだ来ていないな。それらしい者もまだいない」

現在、集合時間の三十分前だ。六時四十五分着の電車があるから、おそらく皆それに乗ってくるのだろう。

息を潜めて待っていると、定刻通りに電車が到着した。武蔵五日市が終点のため、電車はこの駅で折り返す。すぐに駅舎から乗客たちが出てきた。

「河中が来たぞ」

駅舎から眠そうな顔をした河中が現れた。ネイビーのパーカーに黒い細身のパンツを穿いている。

河中がロータリーの手前で立ち止まった。必要以上に周りを見るなと伝えていたので、河中は退屈そうに前方を眺めている。ロータリー脇にジャージ姿の数人の男が固まっていた。坊主頭や短髪姿で、顔つきや目つきが元やくざ者というのを物語っている。彼らがレッドサークルに雇われている警備員のようだ。河中はその輪には入らず、バスを待っている。

七時少し前に、白い小型バスが入ってきた。側面に社名などは入っていない。バスは男たちの前に停まった。中からスーツ姿の痩《や》せた中年男性が現れ、男たちに呼びかける。その声を受け、河中がバスのほうへ歩いていく。河中を入れて七人がバスの前で並んだ。男たちが順番にバスに乗っていくが、その際にスーツの男に何かを渡している。

瑠美は目を凝らした。スーツの男が袋のようなものを広げている。河中たちから渡されたものをその中に入れているようだ。

「スマホを没収していやがる」

リキが苦々しく舌を打った。

「あの袋には、携帯電話の電波を遮断するジャミングが施されているはずだ」

「そんなのあるの？」

冬湖が問うと、リキは「ああ」と応じて説明する。

「市販でもそういう商品が売られている。ポーチとかな。映画館のようなマナーモードや電源オフが要求されるシーンで使われている。電波自体はポテトチップスの袋を何重かにするだけでも遮断できるからな」

「ＧＰＳも追跡できない？」

瑠美は男の持つ袋を見ながらリキに訊いた。

「できないな。見てみろ」

瑠美はスマホのアプリを確認したが、河中の位置を示すアイコンが消えてしまっている。

「やっぱり無理だね。アイコンが表示されない」

「物理的に追うしかないな。江藤と蘭に連絡する」

リキが二人に電話をかける。

「同じ車やバイクで尾行をし続けるのは危険だ。入れ替わりながら追うぞ」

リキが二人に同じ言葉を伝える。それだけで互いに理解したのか、多くは語らずに通話を終えた。

バスが出発し、ロータリーを出ていく。リキはまだ発車しない。蘭のバイクも停まったままだ。

「バスが見えなくなるよ」

冬湖が急《せ》かすように言うと、リキは「まだだ」と返す。バスはロータリーから国道３３号線を西に走っていく。バスの間に二台、三台と車が続く。

「行くぞ」

バスが見えなくなってから、リキが車を出した。リキの車の後ろに蘭のバイクがつく。北口のほうから江藤のバイクが回り込んできて合流した。江藤のバイクはスポーツタイプで、蘭はオフロードバイクに乗っている。タイプが違うため、この二人は無関係に見えるかもしれない。江藤と違う種類のバイクを使っているんですねと蘭に訊いた時、「これはこれで便利」と言っていた。尾行する必要が生じた際に都合がいいという意味もあったのだろう。

バスは四台先を走っていて、前方の車越しにバスの上部が見える。

「このくらい離れていても問題ない。バスの車高は高いからな」

バスが青信号を通過した後、赤信号で停められた。このあたりは市街地ですぐ先にも信号があり、そちらが赤になっている。バスが停まったのが見えた。

リキは淡々とバスを追っていく。市街地はすぐに抜けてしまい、周囲に木々が増え始めてきた。

瑠美は地図アプリを見ながら行き先を推測した。このまま国道を進めば檜原村《ひのはら》に入る。檜原村役場のあたりで道は北、西、南にわかれる。いずれもほぼ一本道でバスを見失うおそれはなさそうだが、追跡しているのを勘づかれる可能性が高くなる。今はまだ二台の車が間を走っているが、進むにつれてバスとの間に車がいなくなるかもしれない。

リキが前を走る軽自動車とやや距離をとった。行き交う車の数自体が少なくなってきている。檜原村役場の近くになり、バンのすぐ前に新たな車が入ってきた。ほっとする間もなく、役場前の信号でバスが右折した。その直後、信号が赤に変わってしまう。前を行く車が順番に停止していく。

「まずいよ、バスが」

冬湖がはらはらした口調で前方を指差す。

「問題ない」

リキが応じると、バンの脇《わき》を江藤と蘭のバイクがすり抜けていき、先頭に立った。

瑠美はスマホに目を落とす。右折先の道はすぐに北と西に分岐する。バスがどちらに向かったのかわからないのではないか。

信号が青に変わるや、江藤と蘭のバイクが右折して視界から消えた。

リキはゆっくりと前の車に続く。車は二台が左折、一台が右折した。リキは右折車のあとにつき、北と西の二手に分かれる道に差しかかったところでスピードを緩めた。

「あそこに停める」

一般バスの折り返しスペースがある。アスファルトにオレンジ色の斜線が引かれ、「駐車禁止」と書いてあるが、その枠にかからないようにリキが車を停めた。

「どうするの」

瑠美が訊くと、リキは「すぐわかる」と即応した。

三分ほどして、リキのスマホが振動した。

「そうか。了解」

リキが通話を切り、車を西に向かわせた。

「蘭からだ。北には行っていない。かなり先まで進んだが、バスの姿はなかった」

発進してすぐにまたスマホが振動した。

「出てくれ」

瑠美が応答すると、江藤だった。

「西です」

それだけ言って通話を切る。やはり西だ。

リキが車を飛ばす。道路はかなり曲がりくねっており、S字の連続だ。リキはコーナーを滑らかに沿っていき、最短距離で抜けていく。神社を二つほど通りすぎると、集落が見えてきた。細い道を抜けて国道205号線に入り、さらに西へと進んでいく。

曲がりくねった山道を上っていき、自然休暇村のあたりで江藤のバイクをつかまえた。

江藤が気づき、速度を落としていく。リキの車がバイクを抜いた。その折に江藤が人差し指で前方をさした。バスはこの先か。江藤はさらに減速して、いったん停止した。

バスの運転手とスーツの男は、ここまでリキの車を認識していないはずだ。江藤はしばらくバスの後ろを走っていたから、ここでリキと入れ替わったのか。蘭のバイクもいずれ追いついてくるだろう。

右手に川が流れており、左側は崖《がけ》をコンクリートで固めた法面《のりめん》が沿っている。バスのテールランプが見えた。あれだ。曲線道路が続いているため、バスの後部が視界から消えるか消えないかの距離を保ってあとを追う。

「バスが右に曲がるぞ」

リキがバスの動きから右折を察知した。瑠美は地図アプリを確認する。

「右に曲がった先は……あっ、一キロ程度で行き止まりになるよ。航空写真で見ると、突き当たりに倉庫か工場みたいな建物があるみたい。四角くて平らな屋根が写ってる」

「目的地はそこだ」

「右には曲がらないで。深追いすると気づかれる」

「わかっている」

リキは瑠美の言うとおり、バスに続いて右折はせずに直進した。

「この先に停車できるような場所はあるか？」

「ええと、五百メートルくらい先に回転場がある。結構広いから、数台停められそう」

「そこを使う」

左手に回転場のスペースが見えてきた。すでに一台、別の車が停まっているが、運転手はいない。駐車にも利用しているようだ。

リキが回転場の端に車を停めると、すぐに江藤と蘭のバイクがやってきた。リキの車を認めて、すぐ脇に停車する。二人はバイクから下りて、車に乗り込んできた。

「バスはさっきの道を右折した。その先は地図上では行き止まりだが、そこに建物がある。けれども、はっきりとはわからない」

リキが二人に説明する。

「ストリートビューは？」

江藤がスマホを手にして訊《たず》ねる。ストリートビューは実際その地に降り立ったような視点で風景や景色が見られるサービスだ。

「今見てるよ。右折した道の途中までしかカバーしてないね。どんな建物なのかはわからない」

瑠美はスマホの画面を眺めたまま首を横に振った。

「車やバイクでは近寄れないね」

蘭が言うと、リキは「それは危険だな」と同意した。

「徒歩で様子を見にいく。先遣隊だ。本格的に動くのは夜になるが、明るいうちに周囲を見ておきたい。俺と江藤で行く」

「私も行きたい」

冬湖が手を挙げて名乗り出る。

「行っても何もない可能性がある。体力を温存しておいたほうがいい。すぐに連絡するからここで待て」

冬湖が口を尖《とが》らせ、しぶしぶ了承する。瑠美もついていきたかったが、リキの言うことももっともだ。ここで待たせてもらおう。

リキと江藤が並んで歩きだし、元来た道を戻っていく。

「いい天気だねえ」

車の窓から見える青空を眺めながら、蘭が両腕を前方に伸ばした。

「秋晴れですね」

少しの間、空を見上げていると、瑠美のスマホが振動した。スピーカーホンにして出る。

『河中たちを乗せたバスが戻ってきた。あいつらを降ろした後、仕事を終えた者たちを駅まで送るのだろう。シフト勤務を敷いているようだな』

「二十四時間体制で警備している？」

『そのようだ。茂みに隠れてバスをやり過ごしたところだ。あ、待て。トラックが来る』

少し間をおいて、リキが会話を再開した。

『トラックが奥から出てきて、どこかへ向かったようだ。四トンほどの比較的大きなトラックだった』

「何だろう」

『回転場の後ろを通過するかもしれん。少し様子を見てくれ』

車なら二、三分でここまで来られるだろう。待っている間、普通車が一台通ったがトラックはやって来ない。五分が経過したが、それらしい車両は現れなかった。

「来なかったよ」

『わかった。先に進んでみる』

リキが通話を切る。

その後は三人とも口数少なく、リキの報告を待った。

十五分ほどして瑠美のスマホが振動した。

『やはり倉庫か工場のようだが、その手前の道路に警備員が二人いる。建物の近くや内部に、残りの警備員がいるだろうな』

バスに乗ったのは河中を入れて七人だ。少なくともそれだけの人数の警備員がいる。

「どうする？」

『いったん戻る。本番は暗くなってからだ』

通話を終えると、蘭と冬湖が頷いた。時刻は午前九時前だ。日没まであと八時間近くあるだろうか。なかなかつらい時間を過ごさなければならないが、三人ともそれは顔に出さない。

リキと江藤が戻ってきた。

「ここに長時間、留《とど》まりたくない。不審車両で通報されるかもしれないからな。一度離脱しよう。それぞれわかれて、夕方五時過ぎにここへ戻ってきてくれ。来た道は戻らず、先に進んで欲しい」

「了解」

口をそろえて応じた江藤と蘭が車を降り、それぞれバイクで走り去っていった。

数分後にリキも発進し、奥多摩湖方面へ車を向かわせた。うねる山道を一時間ほど進むと、奥多摩湖が見えてきた。水面が太陽の日を浴びて煌《きら》めいているが、とても観光気分にはなれず、瑠美はただ湖を眺め続けた。

湖の北側に売店と広い駐車場があり、車が何台も駐《と》まっている。ここなら不審に思われないだろう。売店で飲み物とサンドイッチを買った。瑠美と冬湖はあまり食が進まなかったが、リキはあっという間にたいらげていた。

午後四時を回った頃に、奥多摩湖をあとにした。来た道をゆっくりと戻っていく。日が傾き始め、谷間に影が落ちている。

回転場に戻ったのは午後五時前だった。江藤と蘭はまだ戻っていない。周囲はかなり暗くなっており、空が藍色に塗られていく。

五時を少し過ぎた頃、江藤が戻ってきて車に乗った。その一分ほど後に蘭も現れて、車の中に五人が再び集う。

「あと三十分ほど経《た》ったら皆で歩いていくが、建物に侵入するには手前にいる警備員を無力化する必要がある」

「どうやって？」

瑠美がリキに問う。

リキは瑠美と冬湖を交互に見つめ、「体力を使う時が来た」と親指を立てた。

4

瑠美と冬湖は走っていた。

この先が行き止まりというのはわかっている。だから道に迷う心配はない。ただひたすら足を動かした。冬湖も負けずについてくる。工場のような施設があるのは一キロほど先だ。あと二百メートルくらいか。

途中から舗装がなくなり、砂利道になった。緩やかなカーブを曲がった先に光が見える。ライトが立てられており、紺色の制服を着た警備員が二人いる。

瑠美と冬湖はその二人にめがけて駆けた。警備員がこちらに気づき、何事かという顔を作る。彼らが発声する前に、瑠美は叫んだ。

「助けてください！」

日が落ちてから若い女性が二人、助けを求めて走ってくる。救いたくなる感情が湧《わ》くだけでなく、元暴力団員となれば、こういう局面で女にいい顔をしようという気持ちが強く出るはずだ。というのが、リキの策だった。さらには施設侵入ではなく、暴力沙汰《ざた》という問題にすり替えることで、ほかの警備員への救援要請を避けるという狙《ねら》いもある。

瑠美は警備員の胸に飛び込んだ。

「どうしたんだ」

ごつごつしたジャガイモみたいな顔をした警備員が瑠美を抱きかかえ、切迫した表情で訊ねる。冬湖ももう一人の細身の警備員に身を預けていた。

「男に襲われたんです。ほら、来る。お願い、助けて」

瑠美は息を荒らげて、ジャガイモ顔に懇願した。ここまで走ってきたから、疲れの表情や仕草は演技ではなかった。

ジャガイモ顔は「こっちにいろ」と瑠美を背後にやった。冬湖も同じように男の後ろに移動する。

瑠美たちが来た闇《やみ》の先から、人影が二つ現れた。

リキと江藤だ。

彼らも小走りでこちらに駆けてくる。

「おい、女をよこせ」

リキが恫喝《どうかつ》するような声で男たちに要求する。ジャガイモ顔が「ここは立ち入り禁止だ。帰れ、帰れ」と追い払う仕草をする。

「女と立ち入り禁止は関係ねえだろ。女はもらっていくぞ」

江藤が髭《ひげ》を揺らして凄《すご》みながら、もう一人の細い男に近づいていく。

「てめえ」

同じく近づいてきたリキに、ジャガイモ顔が拳《こぶし》を振るう。リキがその軌道の外側に身を避《よ》けると、男は勢いでバランスを崩した。直後、リキの爪先《つまさき》が男のみぞおちにめりこんだ。

ジャガイモ顔がその場に両膝《りょうひざ》をつく。

それを見た細い男が「この野郎」と江藤に飛びかかる。江藤は男の腕をつかみ、一本背負いのように男の身を投げ飛ばして地面に組み伏せた。

すると闇の向こうから蘭が軽やかに走ってきて、ジャガイモ顔の男の背後から猿轡《さるぐつわ》を嚙ませ、腕を後ろに回して手首をロープで結んだ。リキがその後を継いで、男をうつ伏せに倒してから足首を縛る。

蘭は江藤に組み伏せられている男にも取りつき、口を塞いで手足を拘束した。

「そこらの木に縛っておくぞ」

リキはジャガイモ顔の男を引きずっていき、木の根元に括《くく》りつけた。このあたりは縛りつける木には事欠かない。江藤も別の木に男を縛りつけて戻ってくる。

「当分は大丈夫だろう。疲れはあるか?」

リキが瑠美と冬湖に訊いた。二人とも首を横に振る。

「よし、先に進むぞ」

リキが先頭に立ち、皆がその後に続く。身を屈《かが》め、できるだけ道の端を歩いていった。

五十メートルほどで、木々の間をすり抜ける建物の明かりが視界に入った。百メートル四方といった規模で、二階はない。窓は少なく、屋根は平らになっていて、煙突か排気ダクトのようなものが数本、天に向かって伸びている。

建物の外壁にもライトが間を置いて備えつけられており、これ以上近づくと発見されてしまうだろう。

「待て。こっちへ」

リキが茂みの陰に移動した。皆がそれに倣《なら》う。

「建物の入り口だ。看板がある」

瑠美は目を凝らし、入り口ドアの横に貼りつけてある看板を読んだ。

「檜原カラーボール工場？」

カラーボールは強盗や窃盗犯が逃げた際、投げつけると破裂し、中に入っている蛍光塗料が賊の体にペインティングされるという防犯道具だ。

「偽装かもしれん。内部を確かめる必要がある」

瑠美は落胆しかけたが、リキがまだ諦《あきら》めていない口調で言う。

「そうだね。どうする？」

瑠美が訊ねると、リキは答えた。

「入り口のドア付近には警備員が一人と、監視カメラもついているな。ほかに入り口がないか、探ってくる。蘭、逆から回り込んでくれ。ほかは待機だ」

リキと蘭が二手にわかれる。蘭は道を素早く横断して、逆側の茂みの中に消えていく。

十五分程度で、リキが向かっていったほうから二人が戻ってきた。

「裏に車が三台、駐まっていた。そのうちの一台はトラックだ。今朝見たトラックとは違うようだった。シャッターの閉まった搬入出口があったが、そちらにもカメラがついていた。警備員は周辺に三人いる。河中はいなかった。施設内だろう。バスに乗り込んだのは七人だったから、内部の警備員は河中を含めて二人だな。入り込んでしまえばこちらが有利だ」

「どうやって中に入る？」

瑠美は小声で訊ねた。

「電力を落とす。裏手に電線があったから、それを切る。非常用電源があるだろうが、監視カメラは一時的に止まるはずだ」

「誰が切るの？」

「私」

蘭が手を上げた。

「屋根の下側に線が来ていた。蘭なら問題なく切断できる。警備員たちは混乱しつつも電線の確認に向かうだろう。その隙《すき》に入り口のドアから侵入する。蘭、頼んだぞ」

「任せて」

蘭が茂みをかきわけて裏手に回っていく。

皆が黙り込み、その時を待つ。

五分ほどして突然、周囲が闇に落ちた。

「何だ？」

「停電か」

警備員がそれぞれ不審げな声をあげる。入り口のドアの前から人影が消えた。警備員が電線の確認に行ったようだ。複数の慌ただしい足音が、施設の裏のほうへ集まっていく。

「今だ」

リキが飛び出した。その後に瑠美、冬湖、江藤の順に続く。リキが手前にドアを開け、皆を促す。江藤が入った直後、リキはドアを閉めた。

リキがスマホの懐中電灯アプリで周囲を照らす。

「突き当たりに部屋のドア、その左に通路があるな」

リキが突き当たりまで静かに走り、ゆっくりとドアを開ける。

「警備員用のロッカーだ。何もない。奥へ行くぞ」

左に折れた通路の先に、再びドアが現れた。重そうな作りで、ハンドルを回して開けるタイプだ。

リキがスマホを瑠美に手渡し、その光を頼りにハンドルを回す。ドアが手前に開いた。

四人は中に踏み込んだ。非常用電源が作動したのか、施設内が明るくなる。

「これは」

瑠美の目の前に現れたのは、数々の機器だった。巨大なボンベのようなものもあれば、攪拌機《かくはんき》のようなものもある。壁の脇のほうに、オレンジ色のボールの入った段ボール箱がいくつも置かれていた。

「カラーボールですね」

江藤が箱に近寄り、ボールを手に取った。箱の近くには、オレンジ色の塗料が入った缶が積まれている。

「やっぱりカラーボールの製造工場なの？」

瑠美の胸の内に失望感が広がった。リキは厳しい顔をしてカラーボールを睨《にら》んでいる。

すると突如、搬入出口のシャッターが開いた。警備員たちが居並ぶ中、その中央にスー
ツ姿の見覚えのある顔がある。

赤城――。

「おい、おまえら。工場への不法侵入、および器物損壊で現行犯逮捕だ。警察にも通報し
た。ここからは逃げられんぞ」

赤城は勝ち誇ったように大声を出したが、何かに気づいたように目を大きく広げた。

「おいおい、ルーシーまで一緒とはな。とんだ裏切り者だ。名取の面を汚しやがって」

「赤城さん、この工場は……」

瑠美が力なく問うと、赤城は鼻を鳴らして答えた。

「見てのとおり、カラーボールの製造工場だ」

「どうして赤城さんがここに」

「こいつを見ろ」

赤城の背後から、一人の男が肩を落としながら前に出た。

「鉄也」

河中は消沈したように床に目を落としている。まさか、赤城にこの計画を話してしまったのだろうか。

「おまえらの表情から察するに、やはりこいつも裏切り者だったようだな」

赤城が河中の肩を勢いよく叩いた。河中がびくりと体を震わせる。

「最初は河中がまた竜新会の下についたんじゃねえかと勘繰ったんだが、おまえらと手を組んでいたとはな」

「どうして……鉄也がまた竜新会の下についただなんて思ったんですか」

瑠美の問いに、赤城は激しく舌を打って答えた。

「河中から組を辞めた理由を聞いて一応は納得したんだが、しばらくして妙に感じた。エスだと露見して、逆に竜新会が俺を探ろうとしているのかと疑った。竜新会はハッピーライフの事件以降、警察に追い詰められつつある。俺の会社や工場を探り、弱みを見つけて俺から警察の捜査情報を引き出そうとしているんじゃねえかってな」

「弱みがあるということですか」

「あいつらにとって、理由は何だっていいんだよ。ほんの些細なことに難癖をつけてくる連中だからな。だからこの工場に誘い込んでやろうと考えた。竜新会のやつらがここに踏み込んだところを現行犯として逮捕させる。その後に示談するという話を組長や幹部たちに持ちかければ、あいつらはそれを呑《の》むだろう。俺は竜新会に大きな貸しができるって寸法だ」

赤城は一度言葉を切り、河中の背中を見ながらにやりと笑って続けた。

「そうした考えのもと、あえて河中をここの警備につかせた。顧客の自宅や会社を罠《わな》に使うわけにはいかねえし、俺としてもここのほうが何かと都合がいいからな。そしたら、とんでもねえ魚がかかったってわけだ。おまえは元竜新会の菊川梨樹だな？　それと江藤研介。若い女は知らねえが、仲間だろ。菊川も江藤もお尋ね者だ。おまえら全員お縄だな」

警備員たちが警棒のような道具を手にして構える。

リキが両手の拳を握り、赤城に吼《ほ》えた。

「あんたが赤城か。十五年前、間柴を竜新会に紹介するために犯行を命じただろう？　そのせいで俺の大切な人が間柴に殺された。俺はあんたを許さん」

「そんなの知らねえぞ。とんだ妄想だ」

赤城が撥《は》ねつけるように言う。瑠美は赤城の目と表情を見続けた。白を切っているのかは判然としない。

「おまえら、捕縛して黙らせろ」

警備員たちがこちらに突進してくる。リキと江藤が瑠美と冬湖の前に出て、応戦体勢に入る。

「待て！」

棒立ちしていた河中が叫んだ。皆が河中に注目する。

「赤城さん、あんたは……」

「河中。おまえがあいつらをおびき寄せたんだ。あいつらと繋《つな》がっているようだが、チャンスをやろう。一人残らず捕まえろ」

「黙れ。お、俺は……やっぱりあんたを許せない」

「何だと？」

「俺は見たんだ」

「何をだ」

「ここはカラーボール工場なんかじゃない。覚醒剤の密造工場だ！」

この場にいる全員の動きが止まった。

瑠美は周りに置いてある機器に目を向けた。覚醒剤《かくせいざい》の密造工場？　これらの機器はそのために？

赤城が嘲笑《あざわら》いながら河中に言う。

「何だその妄言は」

「バスを降りた後、夜勤の警備員たちが急いでトラックに運び込んでいるのを見たんだ。

あれは間違いなく覚醒剤の結晶だった。こんな大きな板みたいなやつをトレイにのせて運んでいた。あれを砕いて粉にするんだろ。俺だって竜新会の一員だ。そのくらいの知識はある」

河中は両腕を広げて大きさを示して続けた。

「タンクみたいなやつがトラックに積まれているのも見た。あれは覚醒剤の原料だったんじゃないか。そんな危険な場所だから、俺たち元暴力団員を警備員として雇っていたんだろ。結局、どこまで行っても駒《こま》は駒だ」

瑠美は河中の話を聞きながら思った。そうか。カラーボールはダミーだ。バスが戻っていった後にトラックが出てきたとリキが言っていた。河中が見たという覚醒剤の原料や完成品はその時に運び出された。工場の看板、カラーボールや塗料はいざという時に言い逃れをするために、もともとここに置いてあったのか。

何者かがここに侵入するのなら河中が配置についてしばらくしてからだと読んで、ぎりぎりまで覚醒剤の製造を続けていたのだろうか。河中が来る前に運び出しを終えたかったはずだが、見たところ大掛かりな製造工場だ。大量の覚醒剤や原料などを移動させるのに、思いのほか時間がかかってしまったようだ。

さらに、ある考えにいきあたった。ここで密造された覚醒剤は複数の暴力団に卸されていたのではないか。だから竜新会だけの問題ではなく、組長の朝比奈も竜新会が壊滅するほどの打撃を受けると懸念していた。ハッピーライフで密売されていた覚醒剤は竜新会の下部組織から仕入れていると所長の大比良は言っていたが、ここで製造されたものだったのかもしれない。

「赤城。河中が言ったことは本当なのか」

リキが厳しい語調で問う。

「嘘に決まっているだろ。でまかせだ」

「赤城さんこそ、嘘ばかりだ。見ただけじゃなくて、昼休憩の時に警備員からも聞いたんだ。ここにはいないけど、そいつは得意げに教えてくれた。じつはこの工場ですごいものが造られているって。しつこく訊いたら、覚醒剤だって。砕いた時の破片をくすねるだけで、いい小遣いになるって。そのうちやり方を教えてやるって言われた。ほんと、俺たちはどうしようもねえんだよ」

河中の言葉に、警備員たちが渋い顔を作る。この場にいない警備員ということは、外で伸びている二人のうちのどちらかだろう。

「うるせえよ。ふざけた野郎だ」

赤城が河中に近寄り、いきなり殴りつけた。元マル暴で体格のいい赤城は、今もなお体力や筋力に衰えはないようで、拳を食らった河中はよろけて尻《しり》から倒れ込んだ。

赤城は馬乗りになって、河中に拳を振るい続ける。

「やめろ！」

リキが怒鳴るが、警備員たちがこちらとの距離をじりじり詰め始める。河中の言葉に動揺したようだったが、ここが覚醒剤の密造工場と知っている彼らは赤城と一蓮托生《いちれんたくしょう》なのだ。

瑠美は気づかれぬよう、スマホを手に取った。名取の電話番号は暗記している。素早くタップする指を動かしたが、警備員の声が飛んだ。

「スマホだ。奪え」

警備員の一人に気づかれた。警備員たちが一斉にこちらに走りだす。リキと江藤が行く手を阻むが、多勢に無勢だ。すり抜けた警備員が瑠美の手首をつかんだ。早く。もう少しで打ち終わる。

「痛っ」

手首を捻《ひね》られ、スマホを落としてしまう。あと一桁《けた》だったのに。

瑠美がしゃがんで拾おうとすると、警備員がスマホを蹴り飛ばした。スマホはほかの警備員の足下に滑っていき、彼に奪われてしまった。

リキと江藤がそれぞれの相手を殴りつけて倒していく。二人の警備員が蹲《うずくま》っている。瑠美のスマホを奪った警備員に、リキが飛びかかろうとした時だ。

「てめえら！　これを見ろ」

赤城の怒声が工場内に響く。その手に拳銃が握られていた。銃口は倒れている河中の頭に向けられている。

「あ、赤城さん……やめろ。やめてくれよ」

顔を腫らした河中が泣きだしそうな顔をして頼み込む。

「正当防衛だ。なにせ凶悪な強盗犯を相手にしたんだからな。どうせおまえらも銃を持っているんだろ？　つまり俺たちは命を脅かされている状態ってわけだ」

銃を所持しているのはリキと江藤だ。蘭はナイフを持っている。そういえば蘭は？　電線を切った後、合流していない。瑠美は周囲を目だけで見渡す。

搬入出口の外に人影が見える。あれか？　蘭とおぼしき人影は、赤城の出方をうかがっているようだ。赤城は背後の動きに気づいていない。

リキがフライトジャケットの懐《ふところ》から銃を取り出し、赤城に向けた。

「撃つって言ってるだろ。仲間が死ぬぞ」

「仲間？　そいつはな、もとは俺を殺しにきた男だ。撃ちたけりゃ、撃てよ」

リキの放言に、河中が「なんだと、てめえ」と叫ぶ。

「河中、みじめなものだな。裏切りに次ぐ裏切り。そういうやつの末路は決まってるんだ。だが少し待ってやる。こっちが先だ」

赤城が振り返り、銃を外に向けた。その先に蘭がいる。気づいていたのか。

発砲音が轟《とどろ》く。

不意を打たれた蘭だったが、瞬時に左に転がって銃弾を避けた。リキが赤城を狙っているけれども、赤城の向こう側にいる蘭が弾道と重なり、発砲をためらっている。

飛び退《の》いた蘭が起き上がり、赤城に突っ込んでいく。手に煌めくものがある。ナイフだ。

蘭は左右に飛びながら接近する。乾いた音が二発鳴った。赤城の弾はいずれも外れ、蘭が赤城にナイフを突き出す。

赤城は蘭の攻撃を躱《かわ》しながら真下に発砲した。

「ぐああっ」

赤城が撃ったのは河中だった。河中の太腿《ふともも》から血が溢《あふ》れ出す。太腿には大動脈がある。動脈を突き破っていたら、出血多量で死ぬかもしれない。

ナイフの突きを空振った蘭がたたらを踏む。赤城は身を反転させながら、蘭の腹部に蹴りを入れた。蘭はカウンターを食らった形になって吹き飛ばされ、背中から地面に落ちた。

仰向《あおむ》けに転がった蘭は素早く立ち上がろうとしたが、赤城が蘭に銃口を固定させる。

「こっちは正真正銘の仲間だろ。俺、今殺されそうになったな？　こりゃあ、まさしく正当防衛だなあ」

赤城が醜く笑い、リキと江藤に語りかける。

「おまえら、銃を捨てろ」

「鉄也の手当をして。早くしないと手遅れになる」

瑠美は赤城に懇願した。河中は太腿をおさえたまま、歯を食いしばっている。指の間から血が流れ続けていた。

「銃を捨てるのが先だ」

リキが銃を足下に投げるのを見て、江藤も銃を放《ほう》り投げた。警備員たちが二人の銃を拾う。

「通報した警察署に手柄をやりたかったが、ここで始末するしかねえな。おまえら、よく聞け。こいつらは銃で俺たちを脅した挙げ句、俺の銃を奪って警備員の河中を撃った。俺たちは協力して銃を奪い返し、やむなく全員射殺した。警官が駆けつけたら、そう説明しろよ」

赤城がこの後に警察に話すストーリーを警備員たちに言い含める。彼らは顔を見合わせた後、黙って頷いた。

ここで殺される？　赤城をもう少しで追い詰められたのに。

瑠美が唇を噛んだその時、河中が口を開いた。

「俺はもう駄目だ……あんたに言っとく。ほ、本当にすまなかった……」

河中の目の焦点が合っていない。意識が朦朧《もうろう》としているようだ。

「今になって謝罪か。遅《おせ》えよ」

河中が自分に謝ったと思ったのか、赤城はそう毒づいて笑う。しかし河中は口を動かし続けた。

「ま、間柴さんを……間柴さんを殺したのは俺だ。赤城さんに命じられた」

「え……」

瑠美の胸が激しく衝《つ》かれた。河中が間柴を？　総合病院で急患が多数運ばれた混乱のさなか、河中がジギタリスの毒で間柴を殺したというのか。赤城の命令だと言った。今の謝罪は赤城ではなく、瑠美に言ったのか。

瑠美は思い出す。彩矢香が間柴に殺されたと河中に打ち明けた後、河中は「俺はひどいことを」と自戒するように頭を伏せた。リキを殺しに来たことに対して言ったのだと思ったのだが、これから裁かれるであろう間柴を自分が殺してしまったからだったのか。

「てめえ！　何を言い出すんだ。黙れ」

赤城が河中の声を掻《か》き消すような大音量で怒鳴り散らす。

「すまねえ。俺、知らなかったんだ……す、すまねえ……だから俺、せめて」

「黙れって。撃つぞ」

「赤城さんの仲間……拘置所にもいる。急患を混乱させたのも赤——」

赤城が発砲した。直後、河中の額に穴が開き、血が噴き出す。河中の唇はまだ何かを伝えたがっているようだったが、そのまま動かなくなった。

「鉄也！」

瑠美は心の奥底から叫んだ。

そんな。また目の前で殺された。

「黙らねえからだ。このクソ野郎」

赤城がすでに絶命している河中の体を蹴りつけた。

瑠美は河中のもとへ駆けた。赤城がいようと、警備員たちがいようと構わない。

私のせいで、また――。

瑠美は河中の肩に手を置いて、「鉄也、鉄也」と名を呼んだ。河中は目を開けたまま、一言も喋《しゃべ》らない。

「ごめん。ごめん……」

瑠美は河中の胸に額をつけた。もっとほかのことを楽しめたのにと、河中は瑠美に言った。彼の二十代は永遠に失われてしまった。こんなはずじゃ、なかったのに。彼の人生がこんな結末になるのなら、誘わなければよかった。自分たちだけで何とかすればよかった。それにさっき、一瞬とはいえ彼を疑ってしまった。さまざまな後悔が瑠美を飲み込んでいく。

頭のすぐ後ろで、金属音がした。

「なんだあ、その態度は。まるで俺のせいみたいじゃねえか。ええ？　ルーシー。次はおまえの頭を吹き飛ばしてやろう。ここで捕まっても、名取がおまえの罪を不問にするかもしれねえからな。そしたら手が出せねえ。おまえこそ、今ここで死ぬべき女だ」

死ぬべき女？　瑠美は頭を上げて赤城を仰ぎ見た。顔半分を醜く歪《ゆが》めた赤城が、瑠美に銃口を向けている。

「やはりあなたは」

瑠美が赤城を睨みつけた直後――リキが動いた。

リキは自分の銃を拾った警備員に突進して殴り飛ばし、銃を奪い返した。それを見た江藤もリキに続き、自分の銃を持っている警備員を羽交い締めにして銃を取り返す。

「菊川！」

赤城が怒鳴り、瑠美に向けて引き鉄を引いた。

が、弾は出ない。

赤城は何度も引き鉄を引くが、銃声は鳴らなかった。腰に巻いたウエストバッグに弾倉が入っているのか、手を伸ばそうとしたところで、リキと江藤が赤城に銃口を定める。

「ちゃんと数えとけよ。それ、ニューナンブM60だろ。日本の警官が使っているものだ。あんた、マル暴を辞める時にちょろまかしたな？　その銃の弾数は五だ。河中を殺した時点で使い切ったんだよ。一発目を撃った後の蘭への連続二発、あれが数え間違いを誘ったようだな」

リキは赤城の残弾数を把握していたのか。瑠美は記憶を辿《たど》る。最初に蘭を狙って一、避けた蘭を撃とうとして二、河中の大腿部で一、そして今、河中を撃ち殺した銃弾がラストだ。

瑠美は河中の遺体に目を向けた。

河中は残弾数を知っていた？　瑠美に何度も謝った後の「だから俺、せめて」という言葉。あれは赤城に最後の弾を使わせようとしたのではないか。間柴を殺した罪を償うため、そしてこの場にいる皆を救うため、彼は――。

瑠美の視界が急速にぼやける。

「赤城、おまえが間柴の殺害を命じたとはな」

リキが銃を構えたまま赤城に言った。その声を聞き、瑠美は人差し指の背で瞼《まぶた》を拭《ぬぐ》う。

「死にぞこないの虚言だ。河中がそのことを喋ったという証拠もねえ」

「ここにあるよ」

冬湖がスマホを手にしていた。レコーダーのアプリが起動されている。

「おい、それは」

「最初から録音してたから。覚醒剤密造のくだりもね」

「てめえ、このクソアマ」

赤城が冬湖に悪態をつく。直後、蘭が赤城の背後から手を伸ばし、ナイフを赤城の喉元《のどもと》に添えた。

「まあまあ、落ち着いて。お腹《なか》を蹴られてムカついたけど、全部吐いたら許してあげる」

「誰が吐くかよ」

「全員、そこに並べ。ひざまずいて両手を頭の上にのせろ」

リキが赤城と警備員たちに命じた。赤城は屈辱に満ちた表情を作ったが、拳銃を足下に置いて、「おまえら、従え」と警備員たちを促す。赤城を中心に横一列に並び、皆がリキの言うとおりにひざまずいた。赤城の後ろにはナイフを手にした蘭が立っている。

立ち上がった瑠美は赤城を見下ろした。赤城は憎らしげな目で瑠美を睨《ね》め上げている。

「赤城さん、どうして鉄也を撃ったんですか」

「俺を裏切ったからに決まっているだろう。黙れと言ったのに、くだらねえ戯《ざ》れ言《ごと》をベラベラと喋りやがって」

「くだらない？　覚醒剤の密造や、間柴を殺したことがくだらない？」

瑠美が厳しい口調で問うと、赤城は「挑発しても無駄だ。俺は知らん」と撥ねつけた。

「赤城さん。あなたは警視庁に勤めていた時から、暴力団との癒着が噂《うわさ》されていたそうですね」

瑠美は赤城に問い質《ただ》した。

「名取から聞いたのか。あいつも口が軽いな。そんな根も葉もない噂を、たかが協力者に話すなんて、どうかしてるぞ。そうか、おまえらできてるのか。名取のやつ、やたらルーシーに肩入れしていると思ってたんだ。その噂もベッドの上で聞いたんだろ」

瑠美の心に怒りの灯が点灯し、赤城の顎を蹴り飛ばそうとしたその時、銃声が轟いた。

弾丸は赤城のすぐ近くの床で跳ね、あらぬほうへと飛んでいく。

瑠美が振り返ると、リキが拳銃を構えていた。

「おまえこそ、くだらねえ妄想を振りまいてるんじゃねえよ」

赤城は顔を引き攣らせて、撃たれた床を見つめていたが、すぐに顔を上げてリキに向かってがなり立てた。

「この野郎！　俺に向かって撃ったな」

「口の減らねえやつだ。次は体に食らいたいか」

リキが引き鉄に掛けた指に力を込める。

「や、やめろ」

「わかったら、問いに答えろ」

リキが瑠美に顎をしゃくる。瑠美は頷き、赤城のほうを向き直った。

「暴力団と癒着していたあなたは、組に対して影響力を持とうと、組員のスカウトもしていたんじゃないですか。竜新会に間柴を紹介したのも、そのうちのひとつなんでしょう？」

「知らねえって言ってるだろ」

「なら、どうして私が死ぬべき女なんですか。間柴に犯行を命じた何者かを探るために竜新会に潜入するという目的を、私はあなたに話しました。その瞬間、私はあなたにとって殺すべき人間となった。違いますか」

　赤城は分厚い唇を閉じたまま、頭の上に置いた両手を小刻みに震わせている。

「私がここに来たと知り、さらにはリキの目的も私と同じだと知ったから、全員を殺そうと考えた。警察に通報したのに私たちを殺すと言い始めたのは、そういうことなんですよね」

　赤城が瑠美の足下に向かって唾《つば》を吐いた。唾液《だえき》は瑠美の手前で失速して、床に醜い跡を描く。瑠美は不快さを抑えつけて追及を続ける。

「間柴の口を封じたのも同様です。間柴は恩義があると言っていましたが、消されるのを怖《おそ》れていたのでしょう。間柴は逮捕以来、口を割らなかったのに殺された。存在自体、都合が悪いという、殺した者の強い意思が見てとれます。

　竜新会の朝比奈組長が口を閉ざすのも、あなたが間柴を紹介したという事実があるからでしょう。それだけじゃない。密造した覚醒剤を、竜新会を始めとする複数の暴力団に卸していた。あなたと竜新会は切っても切れない関係で、あなたの名を明かせば竜新会は壊滅しかねない。だから赤城さんに関しては何も言えない。さらには辞めた組員を雇い、密造工場の警備にあたらせていた。あらゆることが、すべて赤城さんに繋がるんですよ」

　赤城は歯を剝《む》き出しにして、目に憎悪をたぎらせている。今まで接してきた赤城とはまるで違う人間が、目の前にいる。

「銃を置いて両手を上げろ！」

入り口のドアのほうから叫び声が割って入った。振り返ると、大勢の制服警官や私服警官たちがこちらに駆け込んでくる。

「五日市署の者だ。武器を持っている者はそこへ置け。手を上げてその場に留《とど》まれ」

先頭にいるスーツ姿の中年男性が、リキたちに命じる。赤城が通報した警官たちか。五日市署なら、車でもそれなりに時間がかかるはずだ。今着いたのか。

「通報いただいた赤城さんは？」

先頭にいた中年刑事が訊ねる。

「ああ、よかった。私だ」

赤城が立ち上がり、安堵《あんど》した表情で刑事に歩み寄った。

「本庁におられたとか。通報いただき、ありがとうございます。おい、銃を持っていた者は銃刀法違反で現行犯逮捕、残りは器物損壊と不法侵入だ。署で話を聞く。一応、警備員の方も聴取させてください」

警備員たちも皆、両腕を下ろして立ち上がる。

「待って。私たちは――」

瑠美が説明しようとするが、中年刑事は「署で聞くと言ってるだろ」と受けつけない。

銃を床に置いたリキと江藤は両手を上げたまま立ち尽くしている。

瑠美は中年刑事に訴えかけた。

「警視庁組織犯罪対策部の名取警部に連絡してください。名取さんに話を聞いてくれれば
わかります」

「名取？　誰だそれは。いいから連れていけ」

制服警官たちが瑠美を取り囲む。

「だから、名取さんを呼んで」

「うるさいな。早く連行しろ」

「呼んでってば！」

「その必要はない」

よく知った声が飛んできた。新たに私服警官が何人かやってくる。先頭にいるのは――

名取だ。

「俺はここにいる。呼ばなくていい」

名取はゆっくりとした足取りで、五日市署の刑事たちの前に立つ。瑠美は信じられない
ものを見るような心持ちで名取に訊いた。

「名取さん、どうして」

名取はこちらを見ずに答えた。

「それを今から伝える。五日市署の皆さん。赤城さんは本庁で預かります」

「何だと」

声を荒らげたのは赤城だった。

「こちらの工場を調査したところ、株式会社レッドサークルの所有で、用途はカラーボールの製造とありましたが……カラーボールを製造するには似つかわしくない機器が多々ありますね。残留物の検査をさせてください」

「何の権限がある。捜索令状はあるのか」

赤城が拳を振るわせて怒鳴る。

「あります」

「何……」

「有明の倉庫からエフェドリンとメチルアミンが見つかりました。いずれも覚醒剤の原料となる物質です。密輸されたそれらの物質がここに運ばれていると、倉庫の所有者から証言を得ました」

有明の倉庫……三杉だ。名取は有明の倉庫も調べると言っていた。瑠美と冬湖が連れていかれた時、倉庫の中に英語や中国語が書かれたダンボールが積まれていた。あれは覚醒剤の原料だったのか。密輸した物質を発見されて観念した三杉が吐いたようだ。

「本当か？」

「ええ。間柴が死んだ病院の防犯カメラも隈《くま》なく解析しました。白衣に眼鏡、マスクをして医師に扮《ふん》していたために時間がかかりましたが、病院の医師たち総出で確認してもらったところ、同病院にはいない者だという結論に達しました。その人物の顔画像が、我々の知る人物とほぼ一致しました。そこで事切れている、河中鉄也です」

赤城の目が一瞬、河中に移る。

「河中単独の犯行とは考えにくい。そしてなぜ、河中が撃ち殺されているのか」

名取が赤城の足下に置いてある拳銃に目をやった。

「これらに関しても赤城さんにお話をうかがいたい」

「証拠になるかわかりませんけど、河中さんの発言を録音してあります」

冬湖がスマホを手にして、名取に差し出した。

「まずはそれを聞いてからですね。スマホを提出いただいても？」

「もちろんです。ロックは解除していますから、再生ボタンを押すだけでいいです」

「ご協力、感謝します」

名取がスマホを受け取り、隣にいる部下に手渡した。

「さて、赤城さん。この後、本庁で詳しい話を聞かせてください。警備員の方々も同様です。連れていけ」

名取の部下が赤城の拳銃を押収し、残りの部下たちが赤城や警備員らの周囲を固める。

五日市署の者たちはただ眺めるだけだ。

「すべてを話してください。赤城さん」

瑠美が呼びかけると、赤城は顔を歪めた。

「すまん」

赤城が目を伏せた。謝ったということは、彼は認めたのだ。

「赤城さん、やっぱりそうなんですね」

「あんなひどい事件を起こすなんて、俺は思ってなかった。伝え方が悪かったようだ。子どもはやめろと念を押したのに……」

「他人事《ひとごと》のように言わないでください」

間柴にすべての責任を押しつけようとしている赤城に怒りが湧き、瑠美は思いがけず叫んでいた。

「あなたのせいで、あなたのせいで」

瑠美は赤城に詰め寄った。

「ルーシー、よせ」

名取が間に入って、瑠美を制する。

「許せない。こいつが。こいつが！」

瑠美は両手の拳を振り上げた。名取が瑠美の両手首をつかむ。

「思いは同じだ。必ず裁く」

「名取さん……」

瑠美がゆっくりと腕を下ろすと、名取は手を放した。

「絶対だよ」

名取が力強く頷く。

「来い」

部下の一人に背をはたかれ、赤城は下を向きながら弱々しく歩きだした。警備員たちも連行されていく。

「こちらの女性は本庁の協力者です」

名取が五日市署の警官たちに説明した。入ってくる時に先頭にいた中年刑事が答える。

「そうでしたか。調査のご依頼を？」

「ええ」

「ほかの方々は？　特に彼らは銃を所持しています。我々の権限で逮捕しても？」

黙ってやり取りを眺めていたリキが、名取の前に歩み出た。

「あんたが依頼主か」

「ああ」

リキが両腕を差し出し、名取に向けた。名取が五日市署の中年刑事に言う。

「彼らはもともと、我々が追っていました。ここにいる全員、我々が預かります」

「私たちは無駄足だったと」

「いえ、この後すぐに、この工場やその周辺の捜査が必要になります。ぜひご協力をお願いしたい」

「わかりました。まずは工場を封鎖します。おい、取りかかれ」

中年刑事が五日市署の者たちに命じる。彼らはそれぞれ散っていった。

名取が懐から手錠を手にして、リキの手首に向ける。

「菊川梨樹。とりあえずこの場では……銃刀法違反で現行犯逮捕する」

名取が罪状を読み上げてリキに手錠を嵌めた。

「江藤研介も同様だ。頼む」

名取の横にいた部下が応え、江藤に手錠をかけた。

「待って。リキと江藤さんは、私に協力してくれたんだよ」

瑠美が名取に抗議すると、リキは笑みを浮かべた。

「これでいい。間柴に犯行を命じた者がわかったし、そいつもこれから裁かれる。前に言っただろ？　彩矢香を殺したやつを捜すためとはいえ、俺はこれまでにさまざまな悪事をこなしてきた。その罪を清算し、償わなければならないとな」

「でも……」

「いいじゃねえか、あんたの依頼主。目を見りゃ、わかる。信頼できそうだ」

瑠美はリキの顔を見上げ、声に力を込めて言った。

「信頼できる。だから……任せられる」

リキは罪を償う気になっている。その決意を邪魔するわけにはいかない。

「江藤さんは」

「リキがそのつもりなら、僕も付き合わないとね」

江藤が髭の間から歯を覗かせながら目を細める。瑠美は江藤に笑みを返した。蘭はどうするのだろうと思って周囲を見ると、蘭の姿がない。まさか――。

瑠美の表情で気づいたのか、リキが目だけで応じた。

蘭は逃げた。いつだ？　五日市署の警官たちが来た時か。あれから見ていない。彼女はリキから報酬を受け取って参加していただけの関係だ。今ごろはもうバイクの上かもしれない。

「そこの女は、俺が無理を言って協力させただけだ。できれば見逃してやって欲しい」

リキが冬湖を見ながら名取に言う。

「どうして？　私は自分から――」

冬湖が言い返そうとすると、名取が人差し指を自分の口にあてた。

「話だけは聞かせてください。レコーダーの件もありますし」

「わかりました……」

冬湖は納得がいっていないようだが了承した。

「外に二名、縛ってある」

リキが名取に告げると、名取は「知っている。彼らも連行する」と答えた。

「さあ、行こうか」

名取が歩きだそうとすると、リキが「少し待ってくれ」と言い、河中の亡骸《なきがら》の横で屈んだ。手錠を嵌めた手で、河中の開いた両目を閉じさせる。

「あれは赤城を挑発しようとして言ったんだ。すまなかったな。おまえは俺たちの仲間だ。ありがとうよ」

リキが目を閉じて合掌した。

瑠美もリキの横に屈んで同じように掌を合わせた。江藤と冬湖も二人に合わせ、河中を取り囲み、皆で彼の冥福を祈った。

リキが「よし」と立ち上がった。それを合図に皆もリキに倣う。

リキが名取と頷き合い、歩き始める。江藤もその後に続いた。冬湖、そして瑠美の順にこの場をあとにする。

ドアを出る手前で、瑠美は振り返った。覚醒剤を密造するための機器がひしめく工場が、禍々《まがまが》しい空間に見えた。

5

リキと江藤は同じ車、冬湖は別の車に乗せられて、警視庁本庁へと送られていった。

瑠美は名取の車の助手席におさまった。名取が発進を告げて車が動き始める。

エンジンをかける直前、名取が唇を噛みしめたのに瑠美は気づいた。かつての先輩だった赤城が、間柴を竜新会に紹介したのだ。それが元で彩矢香が殺された。名取の心中は複雑な思いで満たされているだろうが、こうして瑠美のために捜査を進め、ここまで来てくれた。瑠美にはその事実だけで充分だった。

「名取さん、本当にありがとう」

十五年分の感謝を込めて瑠美は言った。

「犯人を突き止められてよかった」

「うん」

瑠美はヘッドライトに照らされている暗い山道を見据えた。名取の声には安堵の色が含まれていた。十年以上に及ぶ瑠美の潜入調査がようやく実ったことに、名取も嬉《うれ》しく思ってくれているだろうか。

瑠美の心境をよそに、名取は無言のままハンドルを回し続けている。

「あっ、そうだ。さっき私を本庁の協力者って言っていたよね。警視庁からは協力者の依頼を受けてないけど？」

「ルーシーが警視庁に来た夜、赤城さんの過去の話をしただろう？　あの後、ルーシーに依頼をしたと沖田課長に話を通した。だから、あの日が任務開始日だ」

「そうなの？　沖田さんは許可してくれたの？」

「ああ。事は重大だ。しっかり捜査するようにと厳命されたよ」

やはり沖田は信頼すべき人物だった。

「沖田さんが許可してくれたのなら、私がリキたちといたのは……」

「彼らと何をしていたかは聞く必要はあるが、不問を前提と思ってくれていい。おかげで、こうして赤城さんの犯罪を暴けたんだ」

警察の潜入捜査、おとり捜査は、犯行の意思を固めている者に犯罪の機会を提供するのみなら適法とされている。その一方、犯罪行為をしようとしていない者を唆《そそのか》して犯罪を行わせるのは違法という解釈だ。今回はリキたちの計画に乗った形であるため、不問で問題ないという名取たちの判断なのだろう。

「それもありがとう」

「今日は疲れただろう。自宅に送ろう。リキたちに聴取をした後、明日にでもまた話を聞かせてくれ」

「うん。お願い」

これから赤城は逮捕され、さまざまな罪が暴かれていくはずだ。

終わった。

すべてが終わった――。早く帰って彩矢香に報告したい。

瑠美は車の窓から暗闇を見続けた。

思い立って窓越しに空を眺める。月はなかった。日が暮れた後も見た覚えはないから、出ていないようだ。月は彩矢香の死と重なり、不吉さを感じてしまう。三杉に殺されそうになった時も月が輝いていた。その日に間柴も死んだ。今日、事がうまくいったのは月のない夜だから。迷信じみた考えだったが、何となくそうかもしれないなと思った。

それにしても赤城は――。

あの男は最後まで間柴のせいにしていた。

――あんなひどい事件を起こすなんて、俺は思ってなかった。伝え方が悪かったようだ。子どもはやめろと念を押したのに……。

彩矢香を殺させたくせに、なんて言い草だ。

だがふと、引っかかりを覚えた。

伝え方が悪かったようだ？　どうして、こんな言い方をしたのだろう。間柴に指示した内容がうまく伝わっていなかったのか。間柴が早とちりをしたのか。どういうことだ。

瑠美は赤城に「他人事のように言わないで」と叫んだ。そうじゃなかったら？　赤城の伝え方が悪かったのではなく、本当に他人事なのだとしたら？

瑠美ははっとして、流れゆく闇を見つめた。

もしかして――。

「名取さん。無理を承知でお願いするんだけど」

「なんだ？」

「突飛なお願いだよ」

「いつもそうだろ」

「竜新会の朝比奈組長と話がしたい」

名取が沈黙した。継ぐ言葉も見つけられないようだ。それはそうだろう。自分だって、無茶苦茶なお願いをしていると思っている。

「……なぜだ？」

ようやく発した名取の声は、少し掠《かす》れていた。

「十五年前のことを一番よく知っているから。赤城さんの件が明るみに出た今なら、話してくれるかもしれない。できればすぐに」

「赤城さんの件はまだ捜査に着手した段階だ。それを朝比奈に伝えるというのは、立場上難しいな」

「だったら、竜新会に乗り込む。このまま上野で降ろして」

「馬鹿を言うな。……俺から電話をしてルーシーに代わるが、赤城さんに関する捜査が始まるというのは明かすな。それが条件だ」

「わかった。もし組長が私と話すことに応じなかったら、十月九日の夜、何が起きたかを全組員にぶちまける。そう伝えて」

「十月九日の夜？　なんだそれは」

「後で説明する。まずは訊いてみて」

「停められそうな場所を探す」

山道で道幅が狭い。しばらく走らせて集落が見えてくると、数台停められそうなスペースがあった。名取がゆっくりと車を寄せてエンジンを切る。

名取はスマホを手にし、部下に電話をかけた。竜新会の事務所の連絡先を聞いている。当然知っているはずだが、個人的な繋がりを疑われる可能性があるからか、スマホには登録していないようだ。聞き終わると、「まずは非通知で」と事務所へ電話をかけた。

「夜分失礼いたします。私、警視庁組織犯罪対策部の名取と申します。朝比奈組長に取り次いでいただきたい件があり、お電話を差し上げました」

電話には出てくれたものの、通話先の相手が凄むような声がスピーカー越しに聞こえてきた。名取は構わずに淡々と用件を述べる。

「ハッピーライフに関する捜査の件ではありません。警視庁の協力者が一個人として朝比奈組長に質問したいというのが要望になります。……そこを何とか。組長と最近お会いした女性です。ええとですね、応じていただけなければ、十月九日の夜に何が起きたかを全組員にぶちまけると彼女は申しております。それを組長に伝えたうえで、話ができるかだけでも訊いていただけますか？　ええ、お願いします」

名取が黙り込む。相手が取り次ぎできるか確認しているようだ。五分ほど待たされて、名取が口を開いた。

「やはりお会いできませんか。ええ、個人的な用件にすぎませんので、通話の録音はしていませんよ。……このまま電話で？　はい、お願いします」

名取がやや驚いた顔をして、瑠美の目を見た。

あの日の夜、竜新会のパーティーで組長を拉致した。メンツを重んじる朝比奈は「リキたちの余興だ」と駆けつけた部下たちに嘯《うそぶ》き、今も厳しく口止めをしている。そこを突けばあるいはと思ったのだが、脅しがきいたようだ。

さらに三分ほど経ち、名取が応答する。

「朝比奈組長ですか。応じていただき感謝します。今、代わります」

名取がスマホを瑠美に手渡した。瑠美はスマホを受け取る。この先に、朝比奈がいる。彼は知っている。絶対に聞き出す。強い気持ちを込めて、スマホを耳にあてた。

「私、伊藤瑠美と申します。先日のパーティーの折は失礼いたしました」

『スピーカーホンにはしていないな？』

「していません」

もとより、する気はなかった。朝比奈との一対一の駆け引き。そこには名取といえども入る余地はない。

名取もそれを察したのか、運転席のドアを開けて車から降りた。

『今の音は？』

「車の中からお電話を差し上げたのですが、名取警部が外に出ました。車内には私しかいません」

『よかろう。俺に何が訊きたいんだ』

朝比奈の声は不機嫌そのもので、異様なほどの圧を感じる。その威圧感に負けないよう、瑠美は腹に力を込めて話し始めた。

「あの時に質問した件に関してです。十五年前、間柴を竜新会に紹介した者を突き止めました」

『何？　誰だ。言ってみろ』

「今それは言えませんが、じきに明らかになります。でも彼は当時、警視庁に属してはいませんでしたよね？」

『警視庁に？　まあ、確かにそうだな』

やっぱり、そうか。

「それでいて、竜新会をお世話する立場にあった。そうですね？」

『多々、世話にはなったな』

「十五年前といえば、暴力団対策法が改正された年ですよね」

『何度か改正されているが、十五年前にもあったな』

「その法改正関連でも、いろいろと情報を提供されましたよね」

『末端組員の行為に対して、組長らに使用者責任が生じるという、相当に厳しい法改正だった。さまざまな方面から情報を仕入れていた。俺たちも生き残るためにな』

「改正内容を事前に伝えられませんでしたか？　いわゆるリークです」

『……ここまでだ。あの時、俺がなんと言ったか覚えているか』

「その者の名を言えば、竜新会が壊滅的なダメージを受けると仰《おつしや》いました」

『本当に突き止めたのか？』

「おそらく」

『おそらくだと？』

「今の組長とのやり取りで、かなり確度は上がりました」

『わかった。これから対策を練る。伊藤瑠美といったな？　殺された子は樫山だったと記憶しているが、苗字を変えたのか』

「あの事件が原因で両親が離婚したので」

『そうか。あんたにも、そして妹さんにも……すまなかったな』

瑠美は目を押し広げた。朝比奈が謝るとは思ってもみなかった。

「いえ……」

『だが、あの日の夜のことは絶対に口外するな。したら殺す』

瑠美はそっと口角を上げてから答えた。

「言いませんよ。死ぬまで」

朝比奈が通話を切った。瑠美は大きく息を吐く。

これで終わる。本当に――。

瑠美は体を伸ばして運転席の窓ガラスを軽く叩いた。名取が気づき、車内に戻る。

「ありがとう」

瑠美は名取にスマホを返した。

「知りたいことはわかったのか」

「うん」

「十月九日の夜というのは？」

「言ったら殺すって。だから言えない」

「それなら……しょうがないな」

名取がスマホを懐に仕舞いながら、真面目な調子で応じた。

「名取さん、お願いがある」

「なんだ」

「自宅に帰る前に寄って欲しいところがあるの」

「どこにだ？」

「西新宿」


瑠美と名取は西新宿にあるレッドサークルに着いた。

午後十時をまわっているが、ビルのフロアには電気がついている。赤城は毎日夜遅くまで仕事のために残っていると名取が言っていた。やはり石丸もそうだった。

ビルの脇に駐車し、エレベーターに乗って五階で下りる。受付は暗く、誰もいない。会議室も電気が落とされていたが、奥の事務室には明かりが灯《とも》っている。

瑠美はノックをして事務室のドアを開けた。室内は思いのほか広く、いくつかのデスクが向き合って置かれて島を作っている。窓際に独立したデスクが二つあり、そのうちのひとつに石丸が座っていた。瑠美に気づいて小首を傾《かし》げる。

瑠美の後ろから名取が顔を出して言った。

「石丸さん、夜分すみません。赤城さんの件で報告したいことがありまして」

「赤城の？」

赤城が警察に連行された情報はまだ伝わっていないようだ。

「お手間は取らせません」

「では、そちらの会議室で」

石丸が席を立って会議室に案内し、部屋のライトをつける。石丸が席を勧めるので、瑠美と名取は並んで腰を下ろした。名取の正面に石丸が着席する。

「赤城さんがどうされたんですか」

「今日のスケジュールはご存じない？」

名取が訊いた。

「朝から檜原村にあるカラーボール工場の視察に行って、そのまま自宅に直帰すると」

「その工場で、赤城さんの身柄を確保して警視庁に連行しました」

「え？　なぜですか」

常に冷静さを保っていた石丸の顔が驚きに満たされていく。

「カラーボールではなく、覚醒剤の密造工場でした」

石丸の顔が急速に強張る。

「石丸さんにも時を置かずにお話を聞かせてもらいます」

「私は知らない。あの工場は赤城に任せていた」

「そういうお話も後ほど。さて」

名取が瑠美に目配せする。瑠美は頷いて口を開いた。

「石丸さん。ひとつ確認させてください」

「何ですか」

「十五年前、間柴丈治を竜新会に紹介したのは石丸さん、あなたですよね？」

石丸の表情が消えた。口を引き結び、何も答えない。

「先ほど赤城さんの身柄を確保した現場に私もいました。赤城さんは十五年前の件について言ったんです。『あんなひどい事件を起こすなんて、俺は思ってなかった。伝え方が悪かったようだ。子どもはやめろと念を押したのに』って。赤城さんが間柴に直接伝えたのなら、それほど大きな齟齬《そご》は生まれないでしょうし、子どもは狙わなかったかもしれません。でも、第三者を挟んでいたとしたら？」

石丸の眉が一瞬動いた。

「私はこう考えました。当時警視庁マル暴の赤城さんが、犯罪者やそれに近しい者をピックアップする者。そして当時東京総合大学の教授だった石丸さんが、それらの候補者を暴力団に推薦、紹介する者。そのように役割をわけていたのではないかと。だからこそ、赤城さんは『伝え方が悪かったようだ』なんて、他人事のような言い方をしたんです。赤城さんは重大性を考慮せずに、軽い気持ちで言ったのかもしれません。幹部候補にするなら、大きな事件を起こしたほうがいいかもなといった感じで。それを聞いたあなたは間柴をその気にさせるために、また、あなた自身が竜新会から評価されるように、必ず大事件を起こせと要求した。子どもはやめろという赤城さんの言葉はあえて間柴に伝えなかったのかもしれませんね。あなたの都合でニュアンスが歪められましたが、それを真に受けた間柴はあのような事件を起こした。だから赤城さんは『あんなひどい事件を起こすなんて、俺は思ってなかった』と言ったんです」

「私はそんなことはしていないし、言ってもいない」

石丸が強い語調で突っぱねる。

「ついさっき、竜新会の朝比奈組長と話をしました」

「は？」

石丸が口を開け、そのまま表情が固まる。

「朝比奈組長はその何者かの名は明かしませんでしたが、世話になったと仰いました。十五年前に暴力団対策法が改正される際、石丸さんは改正法の検討会に参画していましたよね。その内容を事前に竜新会にリークしたのではありませんか？　組長はその何者かの名を明かせば、竜新会が壊滅的なダメージを受けかねないと懸念していました。覚醒剤の密造、そして改正暴力団対策法の事前リークという二つの真相が公になるのを怖れていたのでしょう。竜新会幹部の三杉も、竜新会だけの問題ではないと言っていました。きっと複数の暴力団に法改正の内容をリークし、その見返りを得ていたのでしょうね。警察組織のような権力はないけれど、情報を流せる立場にあったんです。赤城さんが暴力団と癒着していったように、あなたもそうだったんじゃありませんか？

だから互いに警視庁、大学教授を辞め、会社を設立した。その後も暴力団と繋がり続け、覚醒剤の密造に手を出し、複数の暴力団に卸していた。製造者が一番儲《もう》かりますからね。巨額の金が動いているのでしょう。元暴力団員を雇用して、密造工場の警備にあたらせてもいました。それに暴力団組織の厄介さはあなたたちも知っていますから、上層部と繋がりつつも若衆の中にエスを作り、幹部たちの知らないところでも情報を得ていた」

瑠美は石丸の様子を窺《うかが》った。表情がなくなり、能面のような顔つきのまま宙を見つめている。瑠美はさらに追及を続けた。

「逮捕された間柴を危険視し、拘置所で事故を装って怪我をさせて病院に搬送させた。拘置所内で殺すのは、きっと拘置所の協力者が嫌がったのでしょうね。責任問題になりますから。だからあえて重傷を負わせて外部へと送り出した。拘置所の内部より殺人を実行しやすいというのもあったでしょう。間柴の意識が一時的に回復したという報を受けたあなたたちは、何人もの急患患者を発生させて現場を混乱させ、河中さんを利用して間柴にジギタリスの毒を打たせた。そこで死ねば責任を病院に転嫁できますから。実際にマスコミや世論の批判は病院に向けられていきました。

そして間柴が殺害された日、私も三杉に命を狙われました。三杉と繋がっていた赤城さんとあなたが、私を殺すよう命じた。私の潜入目的を知ったのは、直近ではあなたたちしかいません。潜入調査中に死亡、または行方不明になるのはさほど不自然ではありませんからね。

私が覚醒剤の密造工場に侵入したと知った赤城さんは、突然その場にいる者たちを全員射殺しようとしました。三杉の手から逃れた私を殺す機会が訪れたと判じたのでしょう。こうしていろいろと挙げていくと、すべての辻褄《つじつま》が合うんです」

瑠美は石丸の目を見た。焦点が合っていない。最後の一押し。

「私が動いていたのと同じように、名取さんも捜査を進めていました。警視庁に連行された赤城さんはすぐに逮捕されるでしょう。石丸さん、あなたも逃げられませんよ。ううん、逃がしはしない」

石丸の体が震えだした。歯と歯のぶつかり合う音が聞こえてくる。

名取が厳しい口調で告げた。

「石丸さん、あなたにも今から話を聞く必要がありますね。警視庁までご同行いただきたい。ここもすぐに家宅捜索が入り、赤城さん同様、あなたにも逮捕状が出るでしょう」

名取がスマホを手にして、部下たちにここへ来るように指示を出す。

「私は知らない。全部赤城がやったんだ」

この期《ご》に及んで人のせいにする石丸に、瑠美の心が燃えあがる。

「責任転嫁ばかりじゃないですか。あなたたちには必ず罪を償わせる。犯人を懲らしめるために私はこの十五年――」

急に胸が苦しくなってきて、瑠美は顔を歪めた。

「ルーシー、どうした」

すぐに瑠美の異変を感じとった名取が案じるように訊く。

呼吸が浅くなり、目元に涙が滲《にじ》む。

こんな時に。ようやく突き止めた犯人を前にして……。それに、こんな姿を名取に見られたくない。

瑠美は項垂《うなだ》れて、歯を食いしばった。

おさまれ、おさまれ――。

瑠美の肩に手が触れた。名取が介抱してくれている。

椅子《いす》が引かれる音がした。

「石丸！　待て」

名取が叫ぶ。名取の手が瑠美から離れ、二つの足音が遠ざかっていく。瑠美が顔を上げると、名取と石丸の姿はなかった。

石丸が逃走した――。

自分のせいだ。待って。

瑠美はテーブルに置いた腕を支えにして立ち上がる。痛む胸を押さえながら、受付のほうへ足を向けた。逃げるならエレベーターのほうだ。

エレベーターの脇にある非常階段のドアが開けっぱなしになっている。石丸はここから逃げたのか。

瑠美は五階に止まったままになっているエレベーターで一階に下りた。

ビルを出ると、騒然としていた。

名取が道路の脇で血相を変えてスマホに叫んでいる。

その名取から少し離れたところ、道路の中央で人がうつ伏せに倒れていた。

石丸だ――。

石丸のすぐ手前に中型のトラックが停まっていた。トラックの脇で運転手らしき高齢男性が「突然出てきたんだ」と喚《わめ》いている。

轢《ひ》かれた？

そんな。駄目だ。死ぬな。

瑠美は足を引きずりながら石丸に駆け寄った。頭から血を流している。まだ息はあるようだ。

「死なないで。絶対に死なないで。お願い」

瑠美は石丸の肩を揺すろうとした。

「動かさないほうがいい。すぐに救急車が来る」

名取が瑠美の手をとる。

「私のせいだよ。こんなのって」

「俺の責任だ。すぐに連行すればよかったんだ」

瑠美は名取の顔を見た。悔しさを露わにしている。

名取はこう言うが、自分のせいで――。胸の痛みが激しさを増してくる。

「ルーシー」

瑠美は名取の胸に額をつけた。溢れ出した涙が止まらない。

自分が嗚咽《おえつ》する声を掻き消すように、救急車のサイレンが近づいてくるのを、瑠美は確かに聞いた。

エピローグ

瑠美は東京拘置所の面会待合室にあるベンチに座り、電光掲示板を見つめていた。落ち着かない。

そろそろ自分の番号が表示されるはず。そう思いながら、二人が先を行った。また違った。少し気が抜けた途端、自分の番号が表示された。

瑠美はロッカーにバッグを預けて、七階の面会室にエレベーターで上がった。

指定された部屋の、灰色がかったドアの前に立つ。

会うのは約二週間ぶりか。

あの日のことを思い出しながら部屋に入り、椅子《いす》に座った。目の前にはアクリル板があり、こちらとあちらの世界をわけている。

向こう側のドアが開いた。彼は刑務官に伴われて現れた。

「久しぶりだな」

リキが正面の椅子に腰を下ろして笑みを浮かべる。

「たった二週間だよ」

「時間が経《た》つのが遅《おせ》えんだよ。ここは」

あの後リキは取り調べを受け、ハッピーライフ事件に関してと、過去に自分がしてきた犯罪についてすべて話した。銃刀法違反、覚醒剤《かくせいざい》取締法違反、詐欺罪、暴行罪、窃盗その他諸々《もろもろ》……で起訴されて、現在拘置所に収容中だ。

「それにしても、石丸が助かってよかったな」

「ほんとに」

車に轢《ひ》かれた石丸はすぐに救急車で最寄《もよ》りの大学病院に運ばれ、緊急手術を受けた。意識不明の重態に陥っていたが、三日後に意識が回復して一命を取りとめた。瑠美はあの後も症状がおさまらず、名取の車で石丸が運ばれた病院に行き、急患扱いで点滴を受けながら一夜を過ごした。翌朝、瑠美が起きると名取はいなくなっていたので、まだ意識不明だった石丸を置いて自宅に帰った。石丸の妻が来ていたからだ。その後瑠美は名取から石丸の命が助かったという報を聞き、安堵《あんど》のあまりスマホを手にしたまま自室の床に膝《ひざ》から崩れ落ちた。

「赤城と石丸は全面的に罪を認めたそうだな」

「石丸さんはお父さんの代から、暴力団と癒着《ゆちゃく》していたって」

「それも弁護士から聞いた」

リキは弁護士を雇っていたが、減刑を求めているわけではなく、単に外部の情報を仕入れるために使っているようだった。

「石丸と同じように刑法の法律学者だった父親は、暴力団対策法の成立や改正の際に検討会に参加していた。その頃《ころ》から暴力団に情報をリークしていたそうだな。見返りとして多額の謝礼金を受け取っていた」

「赤城さんは改正法の内容を聞き出そうとして、最初は石丸さんのお父さんに近づいたって。その情報を暴力団に流すつもりだったみたい」

「それは知らなかったな」

瑠美は名取から話を聞いている。今日、リキのもとを訪れることは知らせてあり、近く公開される情報についてはリキに伝えてもいいという許可を得てきた。記録係の刑務官にも、瑠美は警視庁の関係者だと名取から連絡を入れてもらってある。

「でも石丸さんのお父さんはすでに暴力団に情報を流していた。いずれ息子に継がせるからと、石丸さんを紹介された。それが二十年ほど前のことで、二人の出会いだった。それでお父さんが体調を崩した後、石丸さんが引き続き十五年前と十一年前の改正時の検討会に参加し、その情報を暴力団にリークした」

二人は年齢も近く意気投合し、互いに暴力団との関係を深めていく。赤城は幹部たちの犯罪を見逃してやったり、石丸は法改正や警察行政に関する情報を仕入れたらその都度流し、さらには法律相談にも乗ったりして、暴力団から多額の現金を受け取るようになっていった。

「そういう繋《つな》がりがあったのか。間柴を紹介した件についてはどうだ？」

「それも聞いたよ。推測したとおり、二人は暴力団への人材斡旋《あっせん》もするようになり、赤城さんが候補者を選定し、石丸さんが組に推薦、紹介するという形をとっていた。赤城さんはやくざ者を相手にした傷害事件を通して間柴と知り合い、将来性を見込んでその事件を揉み消し、暴力団に入るよう勧めた。その提案に間柴が応じると、石丸さんが直接間柴に犯行を命じた。赤城さんは子どもを巻き込むなと石丸さんに念押ししたそうだけれど、石丸さんは子どもでも何でもいいからやれと命じていたの」

「ひでえ野郎だな。そいつのせいで彩矢香は」

リキが右手で作った拳《こぶし》を、左の掌《てのひら》に打ちつけた。

伝え方が悪かったと赤城は言っていたが、石丸は完全にねじ曲げたうえで間柴に伝えていた。間柴ならどんな犯罪でもしてのけるだろうし、幹部を目指すならとことんやれと命じたと、石丸は供述している。その意図はもちろん、自身が竜新会から評価され、発言力を強化したいと考えたからだ。

「うん……。十五年前に彩矢香が殺された事件は、二人に殺人教唆《きょうさ》が適用されるかが焦点になっている。間柴に直接指示した石丸さんは絶対に許せないけれど、赤城さんも同罪だよ。刑が確定するまで裁判の傍聴をするつもり」

「しっかり聞いてきてくれ。罪といえば……石丸の父親は亡くなったんだろ？」

「十年前にね。癌《がん》だったそう。それもあって、石丸さんは大学を辞めて赤城さんと会社を設立したのかもね。暴力団との取引に本腰を入れるために」

「暴力団内部にエスを作っていたのもその一環だろうな」

彼らは組の幹部に一人、若衆に一人、最低それだけの数のエスを作っていた。竜新会の場合、幹部は三杉で、若衆が河中だった。最初に赤城に依頼にいった時、竜新会にエスは河中だけと言っていたがあれは嘘《うそ》で、幹部にもエスがいるというのは警視庁にも伏せられた彼らだけの秘密だった。河中は三杉がエスというのは知らなかったが、三杉は河中が赤城のエスだと知っていた。だから三杉が瑠美を取り逃がした後、瑠美の彼氏役を務めていた河中を咎《とが》めなかったのだろう。

「それに三杉は赤城たちのエスというだけでなく、広橋組やほかの組の幹部とも通じていた。猪又の名をでっち上げに使ったのも、やはりあんたと冬湖を殺す前提だったからか」

「そう。裏でほかの暴力団と繋がっていた三杉は、赤城さんたちが密造した覚醒剤の販売ルートを広げるのにも一役買っていたみたい」

「結局、逮捕されたがな」

リキが苦笑して小さく肩をすくめた。

三杉は有明の倉庫にあった覚醒剤の原料に関して警察に口を割った後、同じ倉庫内から覚醒剤も発見されて逮捕された。三杉は右腕を三角巾《きん》で吊《つ》った状態だったそうだが、リキに撃たれた傷というのは明かしていない。逮捕されてもメンツを重視しているのか、組長たちに知られたくないのか、単なる不注意で怪我《けが》をしたと説明しているらしい。

「三杉は覚醒剤の密造を吐いてしまったからな。この拘置所内にいるそうだが、報復に怯《おび》えて暮らす毎日だろう」

「覚醒剤は七年も前から密造されていたって」

「その間、ずっと暴力団に影響力を与え続けてきたのだろうな」

「ハッピーライフの利用者を使って密売していた覚醒剤も、檜原村で造られたものだった」

「俺は大本の仕入れ先は把握していなかったんだ。それは当時の蘭も同様だ。覚醒剤密売の元締めは三杉だったし、すでに卸されてきたものを売っていたからな」

「仕入れ先は組長と一部幹部しか知らない極秘情報だったみたいだね」

「赤城たちの販売網は全国に広まっていたらしいな」

「主要都市を中心にね」

瑠美は小さく溜息《ためいき》をついた。

赤城と石丸は覚醒剤の密造を七年前から始め、東京だけでなく大阪、名古屋、福岡、札幌など、各地の大小の暴力団に卸していた。かつて犯罪を起こして会社や大学を解雇された化学者二名を赤城がスカウトして覚醒剤を製造させていた。彼らもすでに逮捕されている。

「こうした内部情報のリークや覚醒剤取引によって、レッドサークルと暴力団組織は親密な関係になっていったというわけか」

「朝比奈組長が言っていた『切っても切れない関係』ってやつ」

「そのとおりだったな。これは竜新会にとっても大きな痛手となるはずだ。それこそ壊滅しかねないほどのな」

「三杉さんも破門にしたそうだけれど、かなり厳しいんじゃないかな」

竜新会は間柴に続いて三杉を破門とし、覚醒剤の密造は三杉が赤城と勝手に行っていたと主張している。暴力団対策法改正のリークも、当時在籍していた元幹部が独断で動いたとしている。苦しい言い訳だが、確実に捜査のメスが入るとみられていた。そうなれば朝比奈の立場も危うくなるだろう。朝比奈は対策を練ると言っていたが、今度ばかりはその責任からは逃れられないのではないか。それは広橋組を含むほかの暴力団も同様で、今後は全国的な捜査へと発展していく見込みだという。

一方で一連の事件に関してはマスコミが大々的に報じ続けており、警視庁と警察庁の幹部たちは暴力団との癒着に対する釈明にいまだ追われている。

「竜新会は間柴の殺害には無関係なんだろ?」

「まったく関与してなかったみたい。間柴の殺害を計画したのは赤城さんと石丸さんだった。間柴を殺しても竜新会は黙認するだろうと考えた。口を割られて困るのは赤城さんたちだけではないからね」

瑠美はリキの後ろで記録をとっている刑務官に視線を向けた。間柴殺害を手助けしたのは赤城の旧知の拘置所員だったと、すでに報道されている。彼も逮捕され、もう拘置所の職員ではない。

目の前にいる刑務官は何事もないように、こちらに背中を見せている。同僚が殺人事件に関与していたのだ。思うところはあるだろうが、今は仕事に集中しているようだ。

赤城はその拘置所員に多額の金で間柴を転倒させるように依頼した。彼がギャンブルや風俗に金をつぎ込んでいて、生活に苦労しているのを知っていたからだ。彼は依頼に応じたが殺害は拒否したため、赤城と石丸は外部で間柴を殺す策を練った。それが病院での事件だ。

拘置所員は間柴が朝にトイレへ行くタイミングを狙い、突き飛ばして転倒させた。打ちどころが悪く、意識不明に陥ったために相当焦ったそうだが、最寄りの堀切の病院に搬送されるという情報をすぐに赤城に伝えた。

赤城はマル暴時代に世話をした元暴力団員の中高年男性らをこれも金で雇い、間柴の様子を見て指示を出すから、その際は自らを傷つけて重傷を負うよう命じていた。元暴力団員たちの経済的困窮は社会的にも問題となっている。例に漏れず男たちは日々の生活に困窮しており、赤城の打診に即座に応じたという。集中治療室の外には赤城と通じた拘置所員が間柴の警護役としてついており、適宜《てきぎ》赤城に連絡を入れていた。

間柴の意識が一時的に回復したと看護師から聞いた拘置所員は、すぐに赤城に報告する。赤城は石丸と協議し、間柴の殺害を決断した。午後六時に実行するよう男たちに指示し、病院内で彼らは思い思いの方法で自ら腹を刺したり、転落したりして、急患対応の現場を混乱させた。

混乱に乗じて拘置所員が医師に扮《ふん》した河中を手引きし、集中治療室に呼び込んだ。通常は入室時に看護師などの許可がいるが、相当な混乱状態に陥っており、その隙《すき》を突いて二人は集中治療室への入室に成功した。河中はジギタリスから抽出した毒を間柴に注射してすぐに病院を去った。毒の生成は覚醒剤を造っていた化学者たちが行っていた。ジギタリスは栃木県内に自生しているものを採取したという。

さらには赤城と三杉は口裏を合わせ、瑠美と間柴を同じ日に亡き者にしようとした。間柴が瑠美の死を知れば、自らの命も危ないと考えて、警察に取引を持ちかけて赤城たちのことを話してしまうかもしれない。逆に瑠美が間柴の死を知れば、潜入調査が中止になることを恐れ、なりふり構わず真相を突き止めようとするかもしれない。そうした可能性を潰《つぶ》すために、同じタイミングで殺そうとした。

間柴は死んだが、瑠美は三杉の手から逃れた。赤城と石丸はリキたちが仕切り直したのと同じように、彼らも瑠美を殺害する計画についてあらためて相談を続けていたそうだ。だから檜原村の工場に瑠美も侵入したと知り、好機ととらえた赤城は瑠美を殺そうとした。

赤城は河中に、間柴を殺さないと竜新会にエスだとばらすと脅して手を汚させた。河中がどこまでも駒《こま》だと言っていたように、赤城は彼を都合のいい駒としてしか認識していなかった。それでも河中は罪を償わせるべき人物を殺してしまったことを悔やみ、瑠美たちに協力してくれたのだろう。

「河中には悪いことをした。俺があいつを利用しようと提案したばかりに」

「ううん。私も同意したから。鉄也のご両親は私たちについては何も言わなかったけど……」

河中は新潟県の出身で、その死を聞いて両親が駆けつけてきた。両親の怒りは手を下した赤城と、若くして死んだ河中に向いていた。十八歳で実家を飛び出して以来、一度も帰省していなかったそうだ。河中に対して怒りを露《あら》わにしながらも、二人とも遺体を抱きしめて号泣していたのが瑠美の記憶にしっかりと残っている。

「そうか。だからといって、俺たちの責任がなくなるわけじゃない。あいつのことも一生忘れずに生きていく」

「私もそう。すべてを終えられたのは、彼のおかげだから。鉄也は私の人生を生きろと言った。でもそれは彼がいたからこそ。彩矢香だけじゃなくて、彼のことも背負って生きていくよ」

「そうだな」

リキが優しさの籠《こ》もった目で頷《うなず》く。

「俺《おれ》もこれから新たな人生を歩んでいくが……俺に手錠をかけたのがあんたの依頼主でよかった。よろしく伝えておいてくれ」

「うん。石丸さんの交通事故も、名取さんが全部責任をかぶってくれて。頭が上がらないよ」

名取は犯人を逃走させた責任を取り、一ヶ月の減俸に加えて始末書を書いたそうだ。

「石丸から目を離した依頼主にも責任はある。気にするな。ところで、彩矢香の墓参りには行ったのか？」

「赤城さんと石丸さんが逮捕されてすぐにね。ちゃんと報告してきたよ。リキのことも」

彩矢香の墓はかつて瑠美が住んでいた町田市にあるが、ようやく解決の報告ができた。

「すまねえな。俺も出所したら真っ先に行かないとな。犯人を捜し出して殺すまで、墓参りはしないと決めたんだ。場所がわからないから、案内してくれよ」

「いいよ。当分先になりそうだけど」

「どれほどの刑期になろうと、忘れはしない。頼んだぞ」

「任せて。そうだ。昨日の夜、満月だったけど、見た？」

「小さい窓だが、ちょうど見えたな」

「彩矢香が殺された日は、月が出てたの」

「そうだったのか」

「だから不吉なものに思えていたんだけど……昨夜はほんと綺麗《きれい》で、ずっと見入ってた。あの事件以来、あんなに月を眺めていられたのは初めて」

「これからは彩矢香が月にいると思って見るのはどうだ？　俺もそうする」

「妹が月に、か。それはいいかもね」

リキの一言で、月に対する印象が真逆になった。これからは空に彩矢香がいるかどうか探してしまいそうだ。月を見ながらお酒を飲むのも楽しいかもしれない。

「そうそう、前にリキと江藤さんからもらった竜のボトル、やっと開けたよ。仰天するほどおいしかった」

「まだ飲んでなかったのか」

「間柴に犯行を命じた者が明らかになったら飲もうと思って」

「何よりだったな。江藤には会ったか？」

「明日だね。元気にしてるといいけど」

「あいつは心配ないだろ。俺より刑期は短いだろうし」

間柴の運転手をしていた江藤は、リキに比べると犯罪に関《かか》わる機会が少なく、長期の収監はないと見られていた。

「冬湖さんは？」

「昨日来たが、だいたい一日おきくらいに来てるな。恥ずかしいからやめてくれって言ってるが、なかなか聞いてくれん」

リキが渋い顔をするが、嫌そうな表情ではなかった。冬湖については赤城たちの犯罪行為を調査するために瑠美に協力したという体をとって事情聴取のみで終わり、今は仕事を探しながら拘置所に通う毎日を送っているそうだ。

「蘭さんの行方はわからないよね？　引き続き警察が追ってるけど」

瑠美が小声で訊《たず》ねる。

「当然、知らん。警察に捕まることはないだろう。二度と会えないか、ひょっこり現れるか、どちらかじゃないか」

「そうだね」

「協力者の仕事は続けるのか？」

「一応ね。だいぶ悩んだけど」

事件が解決し、彩矢香との約束を果たした。そのために協力者として働いてきたから、これ以上続ける理由はなかった。

名取はルーシーが決めることだなんて言っていたが、組織犯罪対策部の沖田課長は瑠美との協力者契約を続けたい意向を強く持っていると聞かされ、実際に彼と話をした。これだけ大掛かりな犯罪の実態を暴いたのだからと説得する彼の熱意に負けて、当面は契約を続けると返答したのだった。あらためて考えるとずっとこの仕事をしてきたこともあり、転職するイメージが湧《わ》かなかった。何だかんだで、この仕事の水が合っているのではないかと思ったのも一因ではあった。

唯一、体調が心配だったが、原因となった間柴が死んで彩矢香の事件も解決した。これを機に症状がおさまっていくかもしれない。それはやってみないとわからないし、症状が出たらその時に考えればいい。石丸と話をしている時に出た症状は、名取はそれまでの疲れと、石丸を前にして興奮状態に陥ったからだと思っているようだった。

契約継続を名取に報告すると、「そうか。これからも頼む」と素っ気なく答えたが、少しほっとした表情をしたのを瑠美は見逃さなかった。それを見て、自分の決断は間違っていなかったと確信した。

「あんたなら、やり遂げられるはずだ」

「いざとなったら刑務所まで助言をもらいにいくから、よろしく」

「いつでも来てくれ。待ってるぞ」

リキが楽しそうに笑って腰を上げた。

「そろそろ戻る。またな」

リキがアクリル板に拳をつけた。瑠美も立ち上がって掌を握りしめ、リキの拳に合わせる。互いに笑みを交わし、同時に手を離す。

リキが身を翻して、刑務官とドアの向こうに消えた。

瑠美は拘置所から出ると、空を見上げた。鰯雲《いわしぐも》が天の端を泳いでいる。

腕時計は午後二時過ぎを指していた。ここまで来たし、浅草《あさくさ》に出て甘味を食べてからお酒でも飲もうか。手始めにあんみつなんていいかもしれない。

お店の候補を考えながら小菅駅へと足を踏み出すと、スマホが振動した。着信表示の番号は名取だ。

『ルーシー、今いいか』

「ちょうどリキとの面会が終わったところ。名取さんによろしくだって」

『そうか』

「今日の様子は、今度会った時に教えるよ」

『それなんだが、新たな調査を依頼したい。今日の夕方、警視庁に来られるか?』

「もちろん。あんみつ食べてからね」

『あんみつ?』

「ううん、何でもない。また後で」

『ああ、そうだ。ひとつだけ先に伝えておく』

「何を？」

『次は名古屋での任務だ』

「ええっ、そうなの？」

『詳しくは後で。よろしく頼む』

名取が通話を切った。

瑠美はスマホをバッグに戻した。

「名古屋かあ。久しぶり」

どんな任務になるのだろうか。東京をはじめとする関東圏での仕事の経験はあるが、名古屋は初めてだ。彩矢香の事件を探らずに済む任務も初となる。それでもきっと、彩矢香は私の身を案じてくれているはず。

瑠美は空に向かって微笑《ほほえ》み、九年ぶりになる名古屋の街並みを思い浮かべた。

本書はハルキ文庫の書き下ろし作品です。

Haruki Bunko
ハルキ文庫

こ16-2

シスター・ムーン 協力者《きょうりょくしゃ》ルーシー❷

著者 越尾《こしお》 圭《けい》

2023年6月18日第一刷発行

発行者 角川春樹

発行所 株式会社角川春樹事務所
〒102-0074 東京都千代田区九段南2-1-30 イタリア文化会館

電話 03(3263)5247(編集)
03(3263)5881(営業)

印刷・製本 中央精版印刷株式会社

フォーマット・デザイン 芦澤泰偉
表紙イラストレーション 門坂 流

ISBN978-4-7584-4568-9 C0193 ©2023 Koshio Kei Printed in Japan
http://www.kadokawaharuki.co.jp/[営業]
fanmail@kadokawaharuki.co.jp[編集] ご意見・ご感想をお寄せください。

今野 敏 安積班シリーズ 新装版 連続刊行

ベイエリア分署篇

『二重標的《ダブルターゲット》 東京ベイエリア分署』
今野敏の警察小説はここから始まった!!
巻末付録特別対談第一弾! 今野 敏×寺脇康文(俳優)

『虚構の殺人者 東京ベイエリア分署』
鉄壁のアリバイと捜査の妨害に、刑事たちは打ち勝てるか!?
巻末付録特別対談第二弾! 今野 敏×押井 守(映画監督)

『硝子《ガラス》の殺人者 東京ベイエリア分署』
刑事たちの苦悩、執念、そして決意は、虚飾の世界を見破れるか!?
巻末付録特別対談第三弾! 今野 敏×上川隆也(俳優)

Haruki Bunko
ハルキ文庫